LA LIBERTÉIDE,

OU

LES PHASES

DE LA

RÉVOLUTION FRANÇAISE.

LA LIBERTÉIDE,

OU

LES PHASES

DE LA

RÉVOLUTION FRANÇAISE,

TABLEAUX HEROÏ-LYRIQUES

des évènemens et faits mémorables qui ont eu lieu depuis la formation des états-généraux (1789) jusqu'à la paix générale, an X (1802).

AVEC DES

NOTES HISTORIQUES ET POLITIQUES,

ET SUIVIS DES

CHANTS DU PHILOSOPHE.

Par P. MOUSSARD.

Univers! admire et fré....

IMPRIMERIE DE BRASSEUR AINÉ.

A PARIS,

Chez { L'ÉDITEUR, libraire, rue Helvétius, n°. 560.
{ MARADAN, libraire, rue Pavée, n°. 16.

AN X. — 1802.

ERRATA.

Page 32, ligne 5 : au lieu de impératoriale, - *lisez :* impériale.
———— 78, —— 10 : ———— poursuit en deuil, *lisez :* a mis en deuil.
—— 117, —— 10 : ———— nom, ———— *lisez :* non.
—— 213, —— 6 : ———— agrandit, ———— *lisez :* agrandis.
—— 227, —— 3 : ———— les hommes, ——— *lisez :* honneurs.
—— 269, —— 7 : ——— canteleux, ——— *lisez :* cauteleux.
—— 270, —— 15 : ———— sibilliens, ——— *lisez :* sibillins.
—— 272, —— 29 : ———— tous ces maux, - *lisez :* tous les maux.
—— 273, —— 15 : ———— rameurs, ———— *lisez :* français.
—— 293, —— 5 : ———— des vampires, — *lisez :* de vampires.
—— 299, —— 29 : ———— genévois, ——— *lisez :* génois.

EXAMEN

POLITIQUE, LITTÉRAIRE ET CRITIQUE

DE LA LIBERTÉIDE.

———

Il est des ouvrages qu'il est impossible de ne bien juger qu'après s'être initié, en quelque sorte, au mystère de leur création. Celui-ci, sans doute, est de ce nombre, et comme poëme historique, et comme annales d'évènemens extraordinaires, et comme offrant un genre nouveau. N'ai-je pas dû le faire

1 *

précéder de quelques réflexions pour éclairer succinctement, sur mes principes littéraires, politiques et philosophiques, la bienveillance du lecteur?

C'est en citoyen de tous les climats et de tous les tems que j'ai vu, analysé, considéré la révolution française ; c'est en irréconciliable ennemi des violences et des excès que je la rappelle, que je la présente aux hommes. J'ai toujours pensé comme le bon, le populaire Rousseau : LA RÉVOLUTION QUI VERSE UNE GOUTTE DE SANG EST UN CRIME. Que la terminaison de chacune des stances de *la Libertéide* n'excite donc point la prévention, ne soulève donc point la tourbe des sots ; je méconnais tout ce qui peut blesser la raison, la sagesse humaine : telle est l'invariable irascibilité de ma philosophie, qu'elle ab-

horrera toujours les crimes de la révolution, tout en exaltant son principe immortel, tout en partageant l'enthousiasme
généreux et sublime qu'a produit la plupart de ses évènemens. Par LIBERTÉ,
je n'entends point, je n'ai jamais entendu cette frénésie, ces convulsions
démoniaques et sanglantes des divers
partis; mais la LIBERTÉ dont toutes les
ames éprouvent le besoin; cette LIBERTÉ
qu'adoraient les Solon, les Lycurgue,
les Charondas, les Marc-Aurèle, tant
d'hommes supérieurs, tant de peuples
généreux.......... cette LIBERTÉ douce
et sensible, aussi pure, aussi sainte,
aussi inhérente à l'espèce humaine que
le desir du bonheur et des jouissances,
du besoin du repos et du mouvement,
de cette faculté vers laquelle les êtres, en
particulier comme les sociétés en géné-

ral, tendent et gravissent sans cesse, de ce domaine de la nature , dont le sentiment brûle dans tous les cœurs, et qui est à l'essence de l'homme , surtout , ce que le souffle animateur est aux ressorts de l'ame. Oui , je la célèbre cette LIBERTÉ que je suppose vraie ou chimérique , victorieuse ou dans la tombe éternelle , honorée ou méconnue , souffrante ou pleine de vie , déjà loin de nos regards ou que nul effort ne pourra nous ravir !.... Ce ne fut jamais la forme de gouvernement qui détruisit ou constitua le règne de la LIBERTÉ , mais les institutions plus ou moins sages , plus ou moins fondées sur le droit naturel ; mais les lois plus ou moins égales et justes. On est souvent esclave sous des formes républicaines , et libre sous des formes monarchiques. En toute chose , il n'appartient qu'aux esprits superficiels de s'attacher aux formes. Lacédémone était gouvernée par des rois ivres eux-mêmes de la LIBERTÉ. Qu'on se rappelle donc, en parcourant *les Phases de la Révolution française*, et en répétant ma finale, que mon opinion particulière, que mes principes personnels sur la LIBERTÉ, sont indépendans de tout parti, dégagés de tout fanatisme, absolument étrangers à la révolution elle-même.

Dans quel moment publié-je cet ouvrage qui, comme je le dis ailleurs, n'a été commencé et fini que pour mon amusement? (Chacun a le sien.) Hommes ! qui que vous soyez, celui-ci vous paraîtra sans doute plus glorieux que bien d'autres. Toi qui, dans le repaire du jeu, dévores sans rougir

la subsistance de ta famille en pleurs ;
toi qui , dans les bras d'une Phrinée
corrompue , affaiblis ton existence las-
cive ; toi , cupide spéculateur , lâche
suppôt d'une faction ténébreuse , vil im-
portun des insolens dispensateurs d'emplois , dis quelle estime , quelle considération , quel bonheur peut éprouver
ta conscience ? Dites , mortels timides et
déshonorés , quel est le plus grand à ses
propres yeux ou de l'esclave des jouissances honteuses , ou du sage consacré
à l'amour de la gloire ?

Dans quel moment , dis-je , fais-je
paraître cet abandon de mon ame et de
ma pensée ? Les gens de bien le remarqueront : c'est quand les tourmentes per-
sécutrices paraissent amorties , éteintes
autant qu'elles peuvent l'être ; c'est
quand l'assiette du jugement semble

rendre à l'intelligence humaine sa grandeur et sa fixité que j'élève une voix impartiale; c'est devant le miroir des passions calmées que je déroule le tableau des passions en désordre. Je me suis toujours dit qu'écrire au sein des convulsions politiques c'était marcher en aveugle à travers les décombres. Quelles livrées de partis et de factions, en effet, quel langage furieux et versatile, quelle incertitude de maintien, quel télescope rampant et vulgaire, quel prisme fangeux et rétréci, quel partial et stupide aveuglement caractérisent nos prétendues histoires de la révolution, les divers opuscules que la plupart de nos écrivains ont publiés jusqu'aujourd'hui sur les évènemens et les hommes ! Mon horreur pour tous les genres d'excès m'a fait dire chaque jour, à chaque heure, dans ma solitude : N'entache du limon d'aucune secte l'inexorable burin qui doit les frapper toutes ; mérite la haine des divers partis pour être digne un jour du suffrage et de l'estime de quelques justes.

Je ne me dissimule point l'étroit sentier que j'ai à parcourir , et les ronces qui le dérobe si souvent à l'œil le plus exercé. D'après tant d'attachemens, d'affections, de désastres contraires , tant de situations et de sentimens opposés , oui, sans doute, chacune de mes pages , chacun de mes mots , pour ainsi dire , doit avoir son contradicteur , son ennemi , son antagoniste. Mais , ainsi que tout est relatif , tout est balancé dans la nature : l'approbation est à côté du blâme ; l'apologiste est toujours le contre-poids du diffamateur ; en face du du lâche Zoïle s'élève le juge magnanime : l'offensé a toujours ses vengeurs.

Je m'écrie au sein de l'univers : Si, dans tel antre, sur tel infame théâtre, on outrage mon nom, sous tel chaume, dans tel palais il sera honoré.

Si tel être amolli lacère mon livre, tel austère chef de famille en rassemblera les lambeaux ; tel homme simple et laborieux, en cultivant l'héritage de ses pères, redira mes accens à l'agriculture. Le penseur dans la solitude me vengera des sarcasmes de nos cercles bruyans et corrompus.

Tel homme libre fera retentir mes chants avec orgueil, quand tel esclave pâlira d'épouvante.

Enfin, quand tel siècle, tel peuple ou tel évènement repousseront mon ombre plaintive,..... tel évènement,

2*

tel siècle ou tel peuple honoreront ma mémoire..... Voilà ce que doivent se dire les écrivains philosophes, ce qu'ils se sont dit dans tous les tems. C'est ce juste orgueil, cet héroïque sentiment qui leur fait braver l'amertume de leur siècle, et les fait vivre à l'avance dans les siècles futurs.

« Il faut donc vaincre le découra-
« gement que font éprouver de cer-
« taines époques de l'esprit public,
« dans lesquelles on ne juge plus rien
« que par des craintes et par des cal-
« culs entièrement étrangers à l'im-
« muable nature des idées philosophi-
« ques. C'est pour obtenir du crédit
« ou du pouvoir qu'on étudie la direc-
« tion de l'opinion du moment : mais
« qui veut penser, qui veut écrire,

« ne doit consulter que la conviction
« solitaire d'une raison méditative.

« Il faut écarter de son esprit les idées
« qui circulent autour de nous, et ne
« sont, pour ainsi dire, que la repré-
« sentation métaphysique de quelques
« intérêts personnels ; il faut tour à
« tour précéder le flot populaire, ou
« rester en arrière de lui : il vous dé-
« passe, il vous rejoint, il vous aban-
« donne ; mais l'éternelle vérité de-
« meure avec nous. »

Suspendez vos préventions injustes,
contemporains toujours abusés par vos
propres passions.

Observateur aussi impartial qu'un
Français a pu l'être, et par caractère
amant de ce qui élève l'homme, je
n'ai suivi dans mes ouvrages d'autre
guide que mon cœur, d'autre im-

pulsion que celle qui porte un homme de bien à s'honorer soi-même. Les taches qu'on y trouvera m'appartiennent, comme ce qui sera jugé digne d'approbation. Oui, ma muse ardente a souvent l'auguste empreinte de l'exaltation : j'ai partagé ce noble enthousiasme, père des actions héroïques et des écrits immortels. Mais, élevé au berceau de la morale, je vis pour elle : mon ame formée, agrandie par elle, s'est pénétrée d'une sainte horreur pour tout ce qui peut blesser la raison et la dignité de mon espèce. Ah ! quel est l'homme, quel est le penseur dont l'existence n'était pas un frémissement continuel dans nos jours de ténèbres et de massacres ! Mais l'ouvrage de la cruauté ne peut éteindre, ne peut même obscurcir le flambeau de la Philosophie. Les sages, les apôtres des idées consolantes et restauratrices se sont montrés idolâtres d'une amélioration de régime, d'une régénération qui, d'abord, s'est offerte sans effusion de sang, et qui semblait à tous être dictée par le destin même. Oui, Français! vous avez tous partagé l'ivresse des premiers momens. Vous, qui errez encore sur les sols étrangers comme ennemis de cette révolution, vous en fûtes peut-être les premiers partisans : descendez en vous-mêmes, vous en êtes encore les amis, les secrets ou les publics approbateurs. Vous, membres de la dynastie succombée, vous sentiez le besoin de tendre les bras à cette révolution : vos cœurs en ont pressenti la fougue et les orages ; une voix intérieure, impérative et toute suprême, faisait retentir au-dedans de vous :

« Un renversement de choses va s'opé-
« rer ; l'opposition ne fera qu'en préci-
« piter le choc terrible. » Oui, tous les
hommes pensans, quelque rang qu'ils
aient occupé, quelque caste dont ils fis-
sent partie, ont avoué, partagé l'opinion
et le besoin d'une réforme dans le gouvernement * ; ils n'ont pu être divisés
que sur les moyens de l'opérer. Français ! la révolution est donc véritablement fille de tous les Français : beaucoup
d'entre eux crurent possible un changement sans révolution ; d'autres une
révolution sans crimes.... Tous, Fran-

Monsieur, frère de Louis XVI, a voté, dès l'assemblée des notables, pour le tiers-état, et de la
manière la moins équivoque. Voyez ce que l'infortuné Bailly lui dit à ce sujet, au sein de la commune, en réponse à son discours, relativement
à M. de Favras.

çais , vous desiriez le bonheur ; vous
l'avez cru possible , vous lui avez ouvert vos bras implorateurs , vous vous
êtes armés , honorés des plus modestes
emplois civils et militaires. Des cris
d'alarme se sont fait entendre : chefs
de famille , vous avez comblé les sacrifices ; vieillards , vous vous êtes ra-
jeunis pour vaincre ; enfans presque
au berceau , je vous ai vus parmi les
guerriers triomphans. Pères et mères ,
vous avez conduit vos postérités sous les
étendards de la patrie ; vous leur avez
dit , à l'exemple de cette Lacédémo-
nienne : Honorez vos boucliers ; *reve-
nez avec ou dessus*. L'enthousiasme
vertueux a donc été le partage des
belles ames , et les belles ames s'en
louent avec orgueil : les cœurs flétris ,
les suppôts mercenaires..... le crime

seul rougit de l'exaltation généreuse qu'il a éprouvée. C'est la touchante, l'auguste ivresse qui m'a inspiré que je chante pure et dégagée de tout ce qui a pu souiller sa grandeur que je transmets avec ses attributs et son héroïsme à l'admiration des races futures.

Mais, comme s'il était dans l'ordre politique, ainsi que dans l'ordre des saisons, d'éprouver des températures contraires, bientôt les noirs frimats succèdent aux doux zéphyrs de l'émaillé printems; les idées grandes et libérales fuient devant les fugues de l'ineptie et de l'abjection. Elle s'agite, elle s'élève avec toutes ses fureurs, l'horrible Discorde : des nuits d'épouvante, des fleuves de sang et de larmes remplacent un ciel pur, un monde radieux et serein ! la terre fré-

mit sous le poids des échafauds !......
il n'est plus qu'un océan de crimes ,
de proscriptions , de deuil et de calamités !..... un voile lugubre étend ses
ondes plaintives sur le sol naguère
embelli de phalanges triomphales ! la
France glorieuse n'est plus que l'horreur , que la risée du monde , n'annonce plus aux nations consternées que
l'opprobre , le dépérissement , le ma-
rasme et la dissolution ! elle redit à
l'histoire que la grandeur d'un peuple
fragile est passagère , comme celle des
individus n'est qu'un trait rapide qui
s'éclipse en naissant , ou ne brille un
jour que pour éclairer l'horreur de son
nouvel abaissement. — Toutes les es-
pérances évanouies font des sacrifices
meurtriers à tous les désespoirs. Irrite-
toi , mon ame , agite les plus sombres

pinceaux , voile toutes les affections , retrace , en caractères indélébiles , inexorables et terribles ; ce chaos d'oppresseurs et de victimes , d'audace et de lâcheté , de tyrans et de suppôts , d'ivresse et de consternation , à la haine des siècles et de nos contemporains ; épouvante les tigres à venir.

C'est donc la tiédeur et l'enthousiasme , l'espérance et le découragement , le calme et la tempête, le bien et le mal , la vie et la mort des Français que je retrace aux Français. Quelle tâche pénible , encore , pour ainsi dire , au sein du dédale , du choc des idées comme des intérêts différens , des souvenirs douloureux , des vengeances méditées , des partis qui s'agitent en secret , des abymes prêts encore , peut-être , à se r'ouvrir de nouveau !..... Ah ! ne le sais-je point : Dieu même apparaîtrait au forum, et prononcerait en éternel oracle sur les évènemens politiques, que la diversité des sentimens contraires ne lui répondrait que par des cris, vociférateurs !.... Que pourrait donc espérer l'écrivain solitaire qui, sans ménagemens, sans prôneurs, sans crainte, frappe les factions, comme ces ignorantes, ces méprisables cotteries littéraires, dispensatrices, au sein de l'aveugle foule, des réputations d'un jour ?

Oui, je m'élance avec fierté dans l'arène, et mon isolement, qui dédaigne les regards de la multitude, fixera, peut-être, celui de quelques sages. Quiconque est homme a dû avoir une opinion, et doit oser la dire : le lâche seul sacrifie au silence ; et le lâche, au sein des tempêtes qui nous ont agités, s'est

rendu plus coupable que les bourreaux.
— L'être digne du titre d'homme,
l'homme, enfin, ne fut jamais le suppôt
d'aucun dogme contraire à sa conscience ; c'est au milieu des tortures
qu'il a dû et doit professer sa doctrine
quand il la croit utile. Dans tous les
tems, les ames fortes ont bravé les ténèbres de leurs siècles, et professé les
principes voulus par la raison. Je lis ces
phrases dictées par l'histoire (à un
homme trop fameux) en faveur de la
presse, inhérente à la nature, et sacrée
comme elle-même :

« Aristote présenta les avantages de
« la démocratie sous Alexandre, le plus
« vain et le plus ambitieux des rois. »

« Platon célébra les bienfaits de la
« LIBERTÉ dans ses écrits à la cour du
« plus atroce des tyrans, Denis de Sy-
« racuse. »

« Tite-Live , passionné pour la ré-
« publique , écrivit pour elle sous Au-
« guste. »

« Tacite , le fléau des tyrans , bu-
« rina l'histoire de leurs crimes sous
« le règne de Domitien. »

« Machiavel dévoilait les manœu-
« vres sourdes et les sombres ruses de
« la tyrannie sous les Médicis. »

« Sydney stipulait pour la liberté dé-
« mocratique sous l'atroce et féroce an-
« glais Cromwel. »

« Rousseau dicta aux nations les élé-
« mens de la liberté et de leur souve-
« raineté sous le plus despote et le plus
« corrompu de nos rois. »

Pourquoi ne rappellerais-je pas ici la
grandeur , la sublimité... que dis-je ?
le bon sens , la simple équité naturelle

d'Otane , * qui , rougissant de sa puis-

* Après la mort de Cambyse , roi de Perse , et de celle du faux Smerdis , mage , Otane ou Otanès , dans une assemblée des satrapes , vota pour que l'on fît de la Perse une république démocratique. Il termine ainsi les principes éternels qu'il oppose au despotisme. « Mon avis est que nous renoncions à la « monarchie , et que nous remettions au peuple « l'autorité , parce qu'on trouve les talens et toutes « les vertus dans un grand nombre d'hommes plutôt « que dans un seul. »

Darius parla pour la monarchie , et réunit la majorité des suffrages.

« Il est donc décidé , dit Otane , que l'un de « nous sept possédera seul la puissance souveraine. « Quant à moi , ne voulant ni servir ni commander , « je ne vous disputerai point la couronne ; je vous « cède mes droits , mais à condition que ni moi ni « mes descendans ne seront jamais assujétis à aucun « de vous. »

Otane demeura libre , et, seul au milieu de la Perse esclave , sa r e fut toujours indépendante.

sance et de son rang, voulut, d'un mouvement généreux et volontaire, affranchir sa patrie de toute domination tyrannique.

Thésée, une foule de régnans,...... Sylla même abaissa ses faisceaux devant la majesté populaire,.... laissa quelque chose aux droits sacrés de la nature..... Français ! au moment où j'écris, que ne devez-vous pas attendre de ceux qui vous gouvernent ! Vos nombreux héros, plus braves que ceux de l'histoire[1], les effaceront, sans doute, en justice, en

---

[1] Devant l'ombre d'Otane, à qui le trône était particulièrement destiné, que pensez-vous de vous-mêmes, satrapes modernes, dominateurs insolens, vous qui ne devez votre élévation, votre existence qu'à l'aveuglement des peuples, ou qu'à l'amour, qu'à l'enthousiasme de vos concitoyens pour la liberté ?....

grandeur, en générosité... Aujourd'hui
tous les hommes doivent avoir du respect,
au moins ostensible s'il n'est intérieur,
pour les droits de tous les hommes : tous
les hommes aujourd'hui savent que le
véritable héroïsme n'est que dans le bienfait envers tous les hommes ; que dans
le service rendu à la cause éternelle de
la liberté des peuples. Cette cause éternelle, amante des grands cœurs, doit
en enchaîner les hommages.

L'ordre immuable des choses humaines, la vétusté des hochets de l'orgueil, la lumière des siècles, ont produit
notre éruption politique. L'homme qui
la retrace au monde, et qui porte en soi
le sentiment du juste et de l'injuste, a
dû se rendre étranger à lui-même
comme à ce qui l'environne, et se
précipiter dans l'avenir pour y méditer,

pour y juger, dans la conscience des générations, la fabuleuse histoire des Français, leur trop réelle ivresse, les trop épouvantables orages de leur révolution.

Qu'on n'imagine pas trouver en moi le flatteur d'aucun parti : tous ont été vils, persécuteurs, assassins ; tous ont mérité la juste exécration. Mon livre n'est donc point le délire, la passion d'aucune secte ; mais le délire et la passion, l'aversion de toutes. Non jaloux de ma propre estime, je ne cherche pas à plaire à ces tourbillons passagers, à ces météores éphémères qui s'éclipsent aux regards, et ne laissent après eux que plus de destruction et d'obscurité. Les lâches, les ambitieux, les écrivains vulgaires dédient leurs productions aux puissans du jour : moi, plus amant de la gloire , tout en rendant un hommage intérieur au génie , à l'homme de bien , je n'offre le résultat de mes veilles qu'au malheur , qu'au siècle impartial , qu'aux victimes du pouvoir et des révolutions, qu'au calme de l'avenir. — L'avenir seul dispense les auréoles avec justice ; l'avenir seul prononcera sans appel sur les évènemens et leurs auteurs , comme sur le courage et la fidélité des écrivains.

Oui ! j'ai peint les désordres de cette époque terrible et sublime qui frappera les âges d'étonnement , de respect et d'épouvante , mais pour faire redouter les maux et les ravages qui accompagnent les révolutions. Mais comme philantrope , comme ami des vertus et de la clémence , mon ame repousserait l'idée d'offenser un seul être.

Quand, en révolution, tous les hommes sont coupables, nul n'a le droit d'être accusateur. Que dis-je !.... les mondes et les siècles sont entre les laves, les cataractes de l'esprit qui s'épure, et l'indélébile bourbier des actions. Le souffle volcanique d'une ame généreuse n'est point complice des bassesses de l'intérêt : l'homme-philosophe et libre rayonne dans les cieux, tandis que l'esclave cruel habite le néant. Ce n'est aujourd'hui qu'un indulgent éclair qui annonce la foudre.... il me dévore, le besoin de nommer !... Elle se présentera ; je la saisirai, l'impérative occasion de vous frapper d'un fer rouge, d'un sceau réprobateur, vous, misérables populaciers qui persécutâtes, qui déshonorâtes, qui trafiquâtes la malheureuse France, le repos et le bon-

heur des peuples ! Ce n'est aujourd'hui
que le sommeil de l'indifférence, du mépris, de la méditation... — Si, quand
tu sauras, muse impartiale et sensible,
épancher ta juste mélancolie, agiter le
burin de la sévère Clio, quelque despotisme s'élève, eh bien ! tu fuiras la
patrie qui ta vue vertueuse, tu te pré-
cipiteras sur un sol hospitalier : il est
encore peut-être des abris pour le juste ;
il est, sans doute, encore dans quelque
coin de la terre une plage inaccessible
à la fureur des tyrans. Eh ! n'est-il pas
dans les décrets du Destin que l'auteur
de *la Libertéide* trouve des persécuteurs
et les fers dans son pays prétendu affranchi ?... Encore un instant... Non,
la France n'a plus de Domitien : de
grands hommes tutélaires succèdent aux
pygmées-vautours ; l'éducation, le gér

nie, l'amour de la gloire brillent où régnaient les vendales ; la vertu, la plume du philosophe ne sera plus enchaînée, avilie, la proie des exils ou des échafauds. Quand les jeux barbares et dissolus sont tolérés ; quand le luxe et la corruption sont mis en systêmes de repos, d'abondance et de bonheur par des bouches insensées ;.... quand un homicide, un ténébreux fanatisme est protégé comme la consolation d'un stupide vulgaire, le sage, qui médite sur son grabat, peut en paix, sans doute, exhaler ses rêves cosmopolites et bienfaiteurs. Elle ne régnera plus, l'odieuse intolérance..... Mably, Raynal, Helvétius, Dalembert,... félicitez-nous de ne plus être gouvernés par la crainte, mais aux doux rayons de vos lumières ; vous qui, sous des rois ombrageux,

usâtes avec tant de courage du droit de
la pensée et de la presse. La philosophie est tellement toute puissante, que
la pudeur des tems les plus despoti-
ques a souvent respecté, même honoré, l'homme qui éclaire son espèce,
et qui, par l'essor de sa pensée, prend son
vol dans les siècles. Que l'on parcourt
les annales du règne de Louis XIV, et
l'on sera frappé des maximes libres et
philosophiques qui s'y professent. Non!
la raison humaine, la raison toute suprême ne peut rétrograder : c'est un
fleuve qui, comme tous les torrens,
peut bien avoir ses variations de hauteur et de baisse, de lenteur et de ra-
pidité, de sécheresse et de déborde-
mens, mais dont la source est aussi
intarissable qu'éternelle. Il est un ordre
d'apogée et de périgée dans les choses....

Il est un cercle de gravitation dans la nature, qui n'échappe pas au méditateur.... Il est un équilibre, une rotation qui commande la fuite, mais aussi le retour des atomes et des masses....

Il est une intelligence, une flamme pénétrante et divine, dont la chalaur, éclaire les ténèbres de cette nuit même, qui partage les intervalles du tems....

Elle vient, l'heure où le gouvernement, sensible à la véritable gloire, agrandira le domaine du génie et de la pensée de toute leur influence par l'éducation *commune*... Oui, l'éducation *commune* ! Vous êtes révoltés, vils patriciens : mais vos crispations de fureur annoncent la légitimité de mes vœux. Oui, la paix, le repos et la grandeur de notre gouvernement fera un jour pour l'éducation *commune* ce que le génie seul peut faire en faveur de ce qui développe la pensée....... Auguste se rendit plus grand par Mécène , et la protection qu'il accorda aux lettres , que par toute la puissance impératoriale. N'en doutez pas , gouvernans , c'est l'équité des lumières , c'est le tribunal suprême de la littérature qui dispense ou révoque l'immortalité. Oui , vous devez châtier le folliculaire perturbateur : mais vous devez proclamer votre respect pour les œuvres de l'intelligence et de la vertu ; vous devez en étendre le domaine sublime : le livre dont l'accent, dont la morale est utile aux hommes , honore plus le gouvernement sous lequel il se propage que son auteur même.

C'est en vain qu'ici la malignité chercherait un aliment. Sans doute , pour l'aposté délateur, il est, dans l'opuscule le plus insignifiant, tel mot..... telle inversion..... telle virgule !..... Ah ! serpens homicides ! les vertueux ouvrages, la BIENFAISANCE d'un abbé de Saint-Pierre n'étaient point à l'abri de vos dards odieux. Eh ! quelle est l'œuvre, le chapitre, la période, l'antithèse, la réticence, isolément interprétés, qui n'offrent pas à l'ineptie, à la bassesse, au méchant quelque délit privé, quelque crime d'état ? Il n'est pas de livre dont le passage le plus indifférent ne puisse être torturé contre les intentions et l'esprit de son auteur. « En m'ex- « tasiant sur les divines beautés de l'é- « vangile en général, » s'écrie J.-J. Rous- seau, « j'y trouve en particulier de quoi « faire pendre vingt fois le fils de Dieu. » C'est l'ensemble d'un livre, la vie morale

5 *

d'un écrivain que le juste pèse, apprécie et compare : le sage a en horreur ces
ames de boue qui dissèquent la pensée ,
qui cherchent un complot subversif
dans le titre d'un alphabet , le cli-
gnotement de l'œil , le mouvement des
lèvres.....

Oui , l'écrivain pensant est presque
toujours mélancolique ; respectez sa
bile; elle n'est que le résultat de vos
fautes , de votre légèreté , de votre néant.
« Oui , vous dit-il , mon existence n'est
« souvent qu'une irascible mélancolie. »
— C'est que vos travers , plutôt que
la nature , l'ont rendue telle; c'est que
l'ingratitude , la perversité , la fourberie des hommes l'ont presque alié-
née de l'univers ; c'est que cette sublimité de vertus , dont se nourrit l'ame
du sage , n'est plus qu'idéale , qu'un

vain nom pour la horde humaine ;...
c'est que.... Je conçois les sombres nuits
d'Young. Un jour, peut-être, je pu-
blierai non des nuits, mais des jours
plus nébuleux, plus funèbres, plus
sensibles encore... Oui, tel évènement,
telle situation de la vie métamorphose
les individus, et donne à leurs organes,
pour ainsi dire, une autre essence,
d'autres sensations, d'autres fibres. Milton, à jamais l'honneur de l'Angleterre ; Milton, incorruptible amant de la
Liberté, fut en butte aux persécuteurs,
et nous ne devons, sans doute, ses brûlans ouvrages qu'à l'irritation de sa sensibilité. Milliers de Français échappés
à la faulx du moment, victimes des
tourmentes contraires, le malheur, n'en
doutez pas, détermine et hâte souvent
ces destinées suprêmes que la prospérité,

qu'une même assiette d'existence eût empêché d'éclore. Vos ames , quoique long-tems aigries , n'en seront pas moins et plus douces , et plus philosophiques , et plus magnanimes qu'avant la tempête. Je crois même , en dernier résultat , que le caractère français , renouvelé , en quelque sorte, par la révolution , retrempé à la forge des alarmes , perdra de cette frivolité , de cette inconstance qui le rendait si souvent , sous le passeport de la galanterie et de l'amabilité , la fable des autres peuples , et ne lui laissait , pour ainsi dire , qu'un rang secondaire dans l'esprit des nations.

Ne soyez pas injustes envers la raison , parce que les évènemens l'ont été envers vous ; ne vous armez point contre les principes , la fureur des partis s'est trop armée contre eux. Vous avez souffert ! ah ! qui n'a bu dans la coupe amère des orages, dans le calice presque universel ? Vous avez souffert ! rendez-en grace à la providence : l'adversité sensibilise les cœurs, enfante les conceptions généreuses, élève, agrandit les belles ames, crée souvent l'homme supérieur, et l'impérissable héroïsme. Vous avez gémi ! soyez-en fiers : il est à plaindre, il est malheureux, le mortel qui n'a point versé de larmes dans nos jours de deuil !

Et moi aussi j'ai payé au sort mon tribut personnel de souffrances, j'ai acquis le droit de devenir meilleur en fuyant les hommes, ces hommes abâtardis par l'encens du pouvoir, les fausses jouissances et l'adulation !...

C'est au sein de la captivité que, sans plan, sans dessein, sans aucune intention littéraire, je traçai, dans l'indifférence d'un oiseux amusement, quelques fragmens de cet ouvrage; et ce n'est qu'aux instances d'un grand nombre de littérateurs distingués que je me détermine à le publier tel qu'il est tombé de ma plume. Ames tendres et sensibles, proscrits de tous les systêmes, victimes des foudres contraires, vous qui honorez l'homme de bien, quoique d'une opinion différente, sages ! mon livre est donc aussi l'enfant du malheur et de l'oppression ; il a tous les droits à votre indulgence, il dit vos infortunes : qu'il vous soit cher, qu'il soit pour vous, pour vos enfans, pour vos générations une sorte de mémorial généreux, consolant et vengeur. C'est en se retraçant les écueils, les maux de la vie et les caprices du sort que le sage apprend à en mépriser les rigueurs, et les supporte sans murmure.

L'homme qui aura vu, médité la révolution, qui en aura considéré, en vrai philosophe, en impassible juge, les situations diverses, qui osera calculer la toute puissante influence de cette même révolution sur les tems à venir, applaudira le point de vue sous lequel je la présente.

Entrons dans quelques détails sur le littéraire de cet ouvrage, et particulièrement sur cette répétition qui effraie le lecteur comme le poëte le plus audacieux ; sur cet obstacle que je me suis créé à plaisir, il est vrai, mais qui, peut-être, n'en a pas moins son but,... sa magie, son charme et ses mystères. . .

. . . .

Si cette finale se trouvait tellement

adaptée, qu'elle n'affaiblît ni la gravité
ni l'énergie majestueuse de l'ensemble ,
qu'elle fût comme le type créateur ,
le véhicule et l'ame de la production ,
ne serais-ce pas , en quelque sorte ,
un monument de plus offert à la poésie
française , puisqu'elle n'a pu me présenter de modèle en ce genre? Nous
avons bien quelques bouts rimés , quelques ballades , ou chansonnettes frivoles de trois , quatre ou cinq couplets
qui se terminent par le même mot ; mais
aucun littérateur du genre élevé ne paraît avoir tenté dans ce genre aucune
description vaste.

C'est aux lettrés , aux versificateurs ,
surtout , qu'il appartient de dire combien cet obstacle présentait de difficultés
à vaincre. Ils s'aperçoivent que si mon
mot final est LIBERTÉ , il a fallu , pour

être fidèle à l'harmonie, presque m'interdire toutes les rimes, toutes les désinences féminines et masculines en *é*, ou du moins en être extrêmement avare, à l'exception de celles masculines en *té* seulement. Je me suis donc privé de la moitié de nos rimes, à peu près, pour rendre cette répétition aussi heureuse, aussi agréable que possible, et pourtant, dit Voltaire, « il y a très-« peu de rimes dans le style noble, et « nous avons beaucoup de mots auxquels on ne peut rimer. Aussi le poëte « est rarement maître de ses expressions. « J'ose affirmer qu'il n'est point de langue dans laquelle la versification ait « plus d'entraves. » Voilà le langage du plus facile, du plus fécond, du plus ingénieux de nos poëtes. Me pardonnera-t-on d'avoir osé me créer plus d'obsta-

6 *

cles , non dans un opuscule passager ,
mais dans un ouvrage caractérisé et
d'une assez grande étendue ?

C'est en effet une révolution, et la
révolution française dans son ordre chro-
nologique ; ce sont des annales d'héroïsme et d'attentats extraordinaires ;
c'est là tourmente d'un grand peuple
en guerre avec lui-même et les autres
peuples ; c'est, enfin , une fièvre convulsive, un délire national d'environ douze
années que j'ose décrire avec l'essor , le
rythme et la hardiesse de l'ode. Peut-
être , en effet , s'apercevra-t-on que ,
pour retracer la foudre , la nature ex-
plosive de chaque évènement , j'ai quelquefois identifié mon ame à l'ivresse ,
à l'enthousiasme , à l'abandon , à la
fièvre , à la fureur des ames ;..... que ,
pour peindre ces cataractes qui nous

ont paru tantôt sublimes, tantôt horribles et toujours immortelles, il fallait
de sombres, d'héroïques, de brûlans
pinceaux. Images! élévation! sentiment!
harmonie! regards de l'avenir!... oui,
vérités de l'avenir! mes transports vous
ont invoquées.

J'aurais pu donner à ma nation un
poëme épique dans sa véritable accep-
tion; je crois avoir acquis le droit de
le dire sans égard pour ces contempteurs
qui bassement nous rabaissent, et que je
foule aux pieds; sans ménagement pour
ces pédagogues-censeurs qui, comme le
vautour sur une proie, saisiront mali-
gnement jusqu'à l'aveu de ma candeur,
et le dénatureront avec avidité. Mon expérience méditative sur le fragile et sot
jugement des hommes me met trop au-
dessus de leur vanité pour feindre leur

modestie. Le moins enivré, le plus véritablement modeste s'accuse avec franchise des faiblesses du cœur humain :
c'est l'irascible orgueil qui singe et af-
fecte l'obscure humilité ; c'est par des
feintes hypocrites, une déférence factice, des préfaces dissimulées que les
petites ames fatiguent de leurs préten-
tions. Celui qui daigne se plier au ton
de ce vulgaire respect humain, et de ses
prétendues bienséances, n'est point dé-
gagé des langes de la sottise; il rampe
au milieu d'eux; il est déjà jugé,
même par ses pairs : il mourra tout entier. Celui qui sent sa force a celle de
s'élever et de s'abaisser lui-même. Le
vrai talent est son premier arbitre : il
sent ce qu'il est, ce qu'il peut, ce qu'il
veut être;.... il a le secret de sa gloire
et de ses moyens ; il vole à son but, il

plane avec majesté sur son horizon, et
ne daigne pas abaisser un regard sur
cet essaim de reptiles détracteurs, la
honte de la littérature, du goût et du
génie, comme le poison de toute vraie
morale.

Oui, il m'eût été plus facile d'exécuter un poëme épique, avec toute la
pompe et la grandeur qu'il exige, que
d'enchaîner un même mot à chaque
dixième vers de mon ouvrage. « Je le
« sais, ce que vous inventez sans né-
« cessité, sans obligation est d'avance
« jugé sévèrement. » Je dois l'être avec
fiel, avec acrimonie, quand je m'impose non-seulement des liens volon-
taires, mais que j'arbore les couleurs
qu'une tourbe injuste et servile proscrit sans examen. « Mais si l'homme a,
« dans le secret de sa pensée, un asile

« de liberté impénétrable à l'action de la
« force, » n'ai-je pas capté le suffrage
intérieur de la race humaine pensante ?
Êtres créés pour toute indépendance,
vous la chérissez dans vous-mêmes ;
malgré l'aveuglement et le ton des partis, vous rendrez, avec le tems surtout,
justice entière à celui qui, pour peindre
la tourmente, la frénésie, la rédon-
dance du moment, s'il peut s'exprimer
ainsi, retracer les paroxismes violens
des orages, dut multiplier les sons, le
sentiment, le mot qui flatte en secret
la nature, votre dignité, vos droits, vos
affections libérales. (*) Vos neveux, vos

(*) Cette terminaison s'est ainsi trouvée à une
première quantité de stances, sans, pour ainsi dire,
que je m'en aperçusse : je n'ai pas eu la sotte et
puérile vanité de vouloir faire *un tour de force*, le
plus insupportable d'après la lassitude des mots,

enfans, plus justes, moins avilis, moins prévenus contre la destinée, applaudi-

comme des tempêtes et l'opinion rétrograde des esprits.

Je n'ai pas compté sur la justice, même sur l'indulgence du moment où nous sommes ; j'ai seulement pensé que le mot LIBERTÉ n'était point un mot de localité ni de circonstance, mais un mot sacramentel, universel et durable ; qu'il n'est TRIVIAL que dans certain SOMMEIL et pour quelques hordes ;... qu'il se représentait à chaque instant de la vie ; qu'il se rapportait à tous les êtres, à tous les âges, à toutes les idées grandes et généreuses ; qu'il flattait toujours l'oreille de l'honnête homme qui sent sa dignité ; qu'il était le cri du siècle où nous vivons, l'adage de la nature comme celui de tous les peuples ; et que, dans toutes les hypothèses de tranquillité, de tourmente, d'indépendance, d'esclavage même que peut éprouver une famille, une contrée, la France, l'Europe, le monde, cet ouvrage, (on voudra bien en convenir) où règnent l'horreur du mal, l'enthousiasme du bien, et l'énergie de l'ame, doit particulièrement frapper les hommes, de quelque lieu, de quelque rang, de quelque opinion

ront le Français qui leur retrace , avec
impartialité , le torrent nébuleux et rapide , dont le souvenir doit être aussi
grand , aussi instructif qu'immortel.

Mon titre est LIBERTÉIDE. Libertéide ! s'écrie avec dédain la foule es-
qu'ils soient. J'ai le sentiment qu'il doit un jour honorer mon pays et mon nom. Encore une fois, je me sens
trop supérieur aux méprisables effets de l'orgueil même
pour ne pas dédaigner ici la dissimulation ; il doit être
permis à ma solitude, à ma morale d'adresser cet épanchement confidenciel à la bienveillance, à l'amitié, à
la bonne foi, à la méditation de quelques sages-critiques,
de quelques magistrats-littérateurs-philosophes qui me
jugeront, et dont je respecte d'avance les arrêts. Il parai-
tra cet ouvrage ; et , comme de la foule des livres dont
les auteurs ne sont pas déjà connus, ni marquans, et
comme renfermant un ton, une morale et un genre qui
heurtent la mode du jour, il doit être mal accueilli. Mais
le tems me vengera , et de la manière la plus éclatante ;
j'en appelle à témoin le cœur, l'ame et les vertus
de ceux qui me liront sans fiel.

clave et sautillante de nos frelons-critiques. Oui, Libertéide ! Ce mot, que je m'honore d'avoir créé, ne dit-il pas autant à l'esprit du sage, à l'oreille des nations, à la dignité de l'espèce humaine que les titres des poëmes grecs, latins et autres, tels qu'*Énéide, Héracléide, Théséide, Thébaïde, Pétréide, Pariséide*, etc. ? Que *Henriade, Franciade, Louisiade, Illiade, Dunciade*, etc. ? Oui, Libertéide ! N'est-ce pas ici la chose, et non le mot qui vous épouvante? Ah! je le sais, quelques chants obscènes, quelques ballades de coulisses, quelques épîtres... dictées par la bassesse, eussent obtenu vos applaudissemens : je les méprise. Loin de moi, secte nombreuse et avilie! courbez vos fronts déshonorés dans les ténèbres de la servitude ; volez dans les

7 *

bras de vos Phrinées, célébrez leurs migraines, leurs vapeurs, leurs sophas. Ce n'est pas à vous que je daigne sourire: loin de ma muse; la Libertéide ne s'adresse qu'aux hommes, aux hommes! Ce n'est pas aux Français que j'exhale ici ma pensée, c'est aux sauvages, aux Lapons terriers, aux fauves des déserts. Oui, le vide des déserts, le sombre des forêts, le Lapon hutté, le brut sauvage est souvent plus digne de la Liberté que le frivole Français. — Ne m'applaudis point, plèbe exterminatrice; ne m'applaudissez point, cotteries phrasières et serviles: alarmé, je m'écrierais comme Phocion: *J'ai donc dit une sottise.*

Mais laissons le vulgaire, et parlons au juste.

L'action, la morale et la poésie sont les trois inséparables attributs qui caractérisent le poëme épique : deux me seront accordés, je l'espère ; le principe d'action seul peut m'être disputé en ce que ce n'est point l'action continue d'un héros, mais un cours d'évènemens qui ne dépendent d'aucun héros en particulier. Je pourrais répondre que l'action de la LIBERTÉ étant le type, le mobile de toutes les catastrophes, elle peut être considérée comme le guide, le flambeau, la déesse inspiratrice du poëme, et que l'action, sous ce rapport, me semble mériter d'être admise : mais je suis loin de vouloir soutenir ici la moindre lutte. La morale du poëme épique doit tendre à faire triompher constamment les vertus, et la poésie doit s'attacher à les rendre aimables par les charmes de sa pompe et de son harmonie : j'ai abandonné mes pinceaux à l'impulsion de mon cœur, épanché mon idolâtrie pour les dogmes du sage : le sage est le seul dieu digne de mon encens. Pour ceux qui mesurent l'incalculable force des grandes et sublimes passions, *la Libertéide* sort de la ligne de tous les poëmes connus jusqu'à ce jour : il doit nécessairement heurter beaucoup d'affections, mais coïncider avec beaucoup d'autres ; suivant les étendards et les situations ; c'est un rythme à dessein,... une terminaison osée ,.... ce sont les chants de l'histoire soumis à l'art du musicien , à la modulation vocale... Telle réunion,.... telle cité,.... tel réveil ,.... tel souvenir... voilà l'un de mes secrets révélés... Vous n'en saurez pas d'autres , mortels indiscrets ; vous iriez les dire à la tyrannie, aux méchans ; vous iriez dénaturer mon souffle , interpréter criminellement le candide et saint opuscule de ma solitude ; vous iriez armer l'anathême et la foudre de ces intrépides jupiters qui pâlissent à l'aspect d'un moucheron pensant ; vous iriez, avec la flatterie, la délation, la bassesse, calomnier ma vertu, l'œuvre cosmopolite et sacrée que j'appelle *mon espiéglerie philosophique.* Respectez-la, mon espiéglerie.

Dans un livre que j'admire, je lis ces phrases qui frappent d'autant plus ma pensée, qu'elles lui sont tout à fait conformes : « La poésie excite, dans les « êtres privilégiés, le dévouement des « vertus, et l'inspiration des pensées « élevées. »

« Ce que l'homme a fait de plus « grand, il le doit au sentiment dou- « loureux de l'incomplet de sa destinée. « Les esprits médiocres sont, en gé-

« néral, assez satisfaits de la vie com-
« mune ; ils arrondissent, pour ainsi
« dire, leur existence, et suppléent à
« ce qui peut leur manquer encore par
« les illusions de la vanité ; mais le su-
« blime de l'esprit, des sentimens et
« des actions doit son essor au besoin
« d'échapper aux bornes qui circons-
« crivent l'imagination. L'héroïsme de
« la morale, l'enthousiasme de l'élo-
« quence, l'ambition de la gloire don-
« nent des jouissances surnaturelles qui
« ne sont nécessaires qu'aux ames à la
« fois exaltées et mélancoliques, fati-
« guées de tout ce qui est passager ;
« d'un terme, enfin, à quelque dis-
« tance qu'on le place. C'est cette dis-
« position de l'ame, source de toutes
« les passions généreuses, comme des

« idées philosophiques qu'inspire par-
« ticulièrement la poésie. »

Tu dis vrai, femme éloquente, je le sens.

Tu dis encore vrai lorsque, dissertant sur l'effet que font sur nos ames les différens genres, les différentes modulations poétiques, tu t'exprimes ainsi :

« On reproche à Ossian sa monotonie. . . . .
« On doit trouver encore même dans
« Young, Thompson, Klopstock, etc.,
« une sorte d'uniformité. La poésie
« mélancolique ne peut se varier sans
« cesse. *Le frémissement que produi-*
« *sent dans tout notre être de certaines*
« *beautés de la nature, est une sen-*
« *sation toujours la même ;* l'émotion
« que nous causent les vers qui nous
« retracent cette sensation a beaucoup

« d'analogie avec l'effet de l'harmo-
« nica. L'ame, doucement ébranlée,
« se plaît dans la prolongation de cet
« état aussi long-tems qu'il lui est pos-
« sible de le supporter ; et *ce n'est pas*
« *le défaut de la poésie, c'est la fai-*
« *blesse de nos organes qui nous fait*
« *sentir la fatigue au bout de quelque*
« *tems : ce qu'on éprouve alors, ce n'est*
« *pas l'ennui de la monotonie, c'est la*
« *lassitude que causerait le plaisir trop*
« *continu d'une musique aérienne.*

Je me suis aussi persuadé depuis long-
tems que la véritable poésie est susceptible d'être considérée comme monotone,
par le plus grand nombre, sans qu'elle
le soit en effet.

Sans parler de la Pucelle, ouvrage
obscène, fruit de la jeunesse d'Arouet,
qui n'est souvent admiré que par de

sales imaginations , nul ne peut dis-
convenir que la Henriade ne soit un
des premiers poëmes français dans le
genre élevé. Eh bien ! une foule de
gens de lettres même n'ont pu la lire
de suite , sans éprouver une sorte de
lassitude , et même d'ennui. Pourquoi ?
C'est que son horizon est supérieur à
l'intellectuel de la presque universalité
des hommes ; ils ne peuvent atteindre à
son élévation, s'y maintenir un moment
qu'avec une sorte d'effort. Ce contact
musical et de pompe, et de pensées, et
d'images, qui frappe leurs fibres si souvent amollies, leurs organes, leur intelligence, leur surprise même, exige
une contention extraordinaire, qui les
fatigue et les empêche de parcourir un
instant quelqu'étendue vraiment poétique. Ce sont des estomacs débiles qui

ne peuvent supporter un aliment substantiel. Le président Hénaut avait raison de dire à Voltaire : « Ne continuez « pas votre Henriade ; les Français n'ont « pas la tête épique. » Mais il ne me semble pas qu'il eût bien médité sur les causes de cette vérité.

Ce n'est point par principe de goût, par caractère national que les Français n'ont pas la tête épique, c'est parce qu'encore la plus grande partie de l'esprit humain, en général, est au-dessous du langage élevé. Le plus oiseux couplet sera certainement plutôt admiré dans nos cercles frivoles qu'un poëme alexandrin.

Voltaire était immortel par sa poésie philosophique, qu'il n'en avait encore reçu aucune preuve de l'opinion. Sa Princesse de Navarre parut sur le théâtre de Versailles, et voilà madame de Pompadour qui fait nommer le poëte *gentilhomme de la Chambre*. Voltaire profita du ridicule, et en rit par cet im-promptu :

> Mon Henri Quatre et ma Zaïre,
> Et mon américaine Alzire,
> Ne m'ont valu jamais un seul regard du roi :
> J'avais mille ennemis avec très-peu de gloire ;
> Les honneurs et les biens pleuvent enfin sur moi,
> Pour une farce de la Foire.

Quelle autorité plus forte puis-je apporter à l'appui de mon opinion sur ce genre que j'appelle frivole ? Mais je suis frappé douloureusement : Voltaire gentilhomme de la chambre ! gentilhomme de la chambre !! Voltaire gentilhomme de la chambre !!! Bon dieu quelle dégradation !... Gentilhomme de la chambre ! — Non, il n'est point de terme assez abject pour appliquer à cet avilissement. L'homme de lettres est supérieur par essence à tout autre homme, aux maîtres de la terre , quels qu'ils soient. Je ne permets pas à l'homme de lettres d'accepter l'odieux titre de gentilhomme de la chambre d'un Marc-Aurèle , empereur ; à plus forte raison de s'atteler au char effronté de tant de misérables souverains de contrebande. Ceci peint notre cher Voltaire : il était, comme nos académiciens du jour , souvent encore plus bas dans ses actions qu'élevé dans ses phrases. Indépendant par fortune , que ne l'était-il donc aussi par philosophie ?...., J.-J. Rousseau est grand chez madame de Vercellis ; les seules vicissitudes , toujours compagnes du vrai génie , avaient jeté le grand homme dans une apparente servitude : le cèdre à la cime la plus altière est plus qu'un autre exposé aux coups des orages. J.-J. Rousseau, fier, dévoré du feu de l'indépendance, devait long-tems végéter à la merci des plus esclaves mortels. Eh ! chaque jour ne voyons-nous pas le vrai mérite, le mérite pauvre asservi aux bassesses, aux crimes de la plus abjecte classe de la société ? Le sort du talent, de la grandeur d'ame n'est-il pas de gémir courbé sous le sceptre infamant de l'orgueil et de l'insolence des riches ? des riches toujours vils, toujours oppresseurs, toujours aussi vains qu'ignorans et haineux !....

Mais Voltaire, sur le tabouret d'un Louis XV, a flétri ses lauriers, tandis que J.-J., sous la livrée d'une espèce de bourgeoise, par nécessité, relève tout son éclat à venir. Comme un grand nombre d'hommes supérieurs , c'est , pour ainsi dire , dans une enfance malheureuse , dans une humiliante obscurité que Rousseau prépara son domaine immortel. Personne aujourd'hui ne conteste le Panthéon à J.-J. ; il rayonne de gloire à côté du *gentilhomme de la chambre*. J.-J. honore le Panthéon , et il a passé sa vie dans le dégoût , dans la pauvreté , dans le besoin : et toujours lui-même , toujours bravant le sot jugement des hommes , il nous révèle ce qui nous était caché ; il déroule à nos yeux vulgaires le tableau de ses faiblesses , de ses fautes , de son abandon ,... de notre néant ,.... de sa grandeur !.... Mais tu m'emportes loin de mon sujet , gloire d'Ermenonville !... Dors en paix , sommeille avec fierté à l'ombre de tes peupliers majestueux ,... tutélaires ,... sain-

tement emblématiques ;... repose sous
le feuillage.... au sein de la nature ;...
que ta silencieuse présence énorgueil-
lisse chaque aurore ,... le calme des
nuits,... le jour étincelant,... la plante
que tu vis croître ;... repose sous le feuillage ,... sous le dôme éternel : c'est là
ton plus digne Panthéon , le vrai temple
du sage.... Repose loin des hommes ,...
sous les fleurs de la reconnaissance.

Je reviens combattre nos apollons de
boudoirs , nos hémisticheurs de toilette ,
nos prétendans exclusifs aux dignités....
contémporaines ; oui , toutes contempo-
raines !

Ne savons-nous pas que tel académi-
cien , comme tel homme en place , ne doit
son fauteuil qu'à telle chansonnette ,
tel calembourg ? Cependant , qu'est-ce
qu'un *jocrisse* , qu'est-ce qu'un baladin

à côté de Corneille? Le genre léger n'est à l'épique que ce qu'est le papillon à côté de l'aigle : mais le papillon, plus à la portée des regards du vulgaire, en sera toujours plutôt admiré : le vol de l'aigle n'est que pour le petit nombre des yeux perçans. Le poëte frivole se fait aussitôt une réputation, éphémère il est vrai ; mais, enfin, jouit-il plutôt de quelque succès dans son genre que le poëte élevé. Que doit conclure l'homme qui analyse l'intellectuel des nations, qui mesure l'étendue des facultés humaines ? Que le genre léger, toujours flatteur, toujours volatil, souvent dissolu, et qui porte avec lui toutes les teintes de l'esclavage, est le genre qui flatte le plus la médiocrité, la mollesse et les préjugés du grand nombre.

Que le genre élevé, toujours moraliste, toujours sévère, souvent âpre et mélancolique, amant sublime des arts, de l'indépendance et de la liberté, ne peut plaire qu'aux ames grandes et vertueuses, et doit, conséquemment, déplaire à la multitude avilie, comme l'aspect du régent déplaît au licencieux écolier. Plus les peuples seront démoralisés, et moins ils aimeront la poésie épique. Des romans! des romans! des romans obscènes et barbares! s'écrient nos cercles corrompus : et jusqu'à la foule *semi*-pensante répète, en esclave des honteuses et méphitiques ténèbres : Des romans! des romans! des poésies légères, serviles et satiriques!

Quoi qu'il en soit, nous avons, et nous aurons toujours, des poëtes du genre élevé. Voltaire, n'écoutant que son génie, brava et la timidité du ju-

9 *

dicieux Hénaut, et la frivolité de sa nation, qu'il honora par sa Henriade. En osant comparer la facilité de la Henriade à la difficulté de la Libertéide, (quelle audace !) que ne m'auriez-vous donc pas dit, estimable président Hénaut ? J'eusse été à vos yeux le plus audacieux, le plus délirant insensé. J'aurais pu cependant vous répondre, avec les bons esprits, que tous les hommes possèdent un germe supérieur; que nous portons au-dedans de nous l'immuable sentiment de ce que nous valons, de ce que nous pouvons; que Thersite, assez amant de la gloire, ou jeté parmi les hommes plus opportunément, n'eût point été Thersite, mais un autre Achille, un Périclès, un Ulysse, un Léonidas, un Aristide; qu'aucune limite n'est assignée à nos facultés intellectuelles; qu'aucun

genre n'est et ne peut être déterminé ;
que la littérature surtout n'a pas plus de
règle fixe que les sensations diverses de
cette multitude d'êtres en tout et toujours si différens d'eux-mêmes ; que
tout est possible au courage, à la persévérance de l'homme qui dit : JE VEUX ;
que rien ne résiste à la flamme, à l'intrépidité de telle imagination ; et que,
tôt ou tard, telle œuvre, telle action,
telle carrière, tel ouvrage obtient le
rang que le génie lui destine.

Je laisse aux vains critiques à sécher
sur des mots : (*) il est dans mon or-

---

*Régenteurs glacés, aigles d'almanach, doctes sy-
métriseurs de syllabes, écoutez deux grands maîtres :
« Il faut, dit Cicéron, comme dans la peinture, des
« ombres pour donner du relief ; et tout ne doit pas
« être lumière. » « Quand vous voyez, dit Sénèque,
« un ouvrage poli avec tant de soin et tant d'in-

ganisation, permettez-moi de vous le
dire à l'oreille, petits-maîtres phraseurs,
aristarques papillotés ; il est dans mon
organisation de rejeter loin de moi ce
qui n'appartient qu'aux faibles ; de dédaigner cette polissure pointilleuse qui
ravit à la pensée et sa grandeur, et
son énergie, et son naturel. N'ai-je pas

« quiétude, vous en pouvez conclure qu'il part d'un
« esprit médiocre et occupé de petites choses. Un
« écrivain qui a l'esprit grand et élevé ne s'arrête
« point à de telles minuties ; il parle et il pense
« avec plus de grandeur, et l'on voit dans tous ce
« qu'il dit un certain air aisé et naturel, qui mar-
« que un homme riche de son propre fonds. N'at-
« tendez rien de grand ni de solide de ces jeunes
« gens si frisés et si poudrés, *totos de pixide*, qui
« sont toujours devant le miroir et à la toilette. Il en
« est de même de tout auteur qui donne trop d'at-
« tention à la beauté du style, au choix et à l'arran-
« gement des mots. »

le droit de vous le dire ? vous recher-
chez la variété des formes pour couvrir
la monotonie, la disette de vos idées. Si
j'ai bravé la frayeur que vous fait éprouver ma finale, c'est que j'ai le sentiment que tel ouvrage peut offrir des
idées, et des idées fortes et variées,
malgré l'apparente monotonie de ses
formes. Le cercle de l'imagination est
illimité, comme les sources littéraires
sont inépuisables. La nature, la toute
puissante nature donne à chacun de
nous le cachet d'un génie particulier :
c'est le courage, l'amour de la gloire,
le tems, l'occasion, le hasard qui le
développe. Le bûcheron à l'humble coi-
gnée, le potentat à l'orgueilleux diadême sont deux pygmées ou deux géans,
suivant l'étendue que leur intellectuel
embrasse, franchit et parcourt.

On s'apercevra, peut-être encore avec quelque étonnement, que je me suis presque toujours interdit la fiction, tout en me créant des liens pénibles, en m'imposant le cadre le plus étroit. Enfin, je me suis privé du charme qui fait la poésie, et qui en est l'ame, l'aliment et le prestige; je me suis privé de la riche, de la touchante et pompeuse fiction, par respect pour la vérité de l'histoire, pour le véritable esprit de chaque situation. J'ai voulu, malgré mes entraves, laisser, autant qu'a pu le permettre mon rythme poétique, la nuance, le coloris, l'historique de chaque évènement : j'ai voulu combattre à nu le crime, les esclaves et les sots.

Ecrivains philosophes, qui n'êtes attelés au char d'aucune secte, d'aucune faction, d'aucune tyrannie, d'aucun fa-

natisme, qui jugez sans outrages, qui
analysez l'ensemble d'un livre avant de
mesurer son auteur ; vous qui honorez
les talens, les vertus, le courage sans
distinction de rang, de fortune ou d'o-
pinion, sages ! c'est sous vos auspices
que je m'élance dans l'arène : dites, en
feuilletant mon livre : « Cet amant pas-
« sionné de la vraie philosophie n'ap-
« partient qu'à lui-même, qu'à sa propre
« estime, qu'à l'abnégation généreuse
« de tous calculs vulgaires, qu'à la
« doctrine qu'il croit immuablement
« juste et que commande la dignité de
« l'homme. »

Je ne dirai rien ici sur mon second
ouvrage, *les Chants du Philosophe*, qui
se trouvent à la suite de la Libertéide,

et qui en sont comme la substance,
quoiqu'ils paraissent singuliers dans uu
autre genre, à cause du grand nombre
de matières et de sentences qu'ils ren-
ferment. Si les hypocrites, en furieux
serpens qui ne vivent que de morsures,
se précipitent sur ma pensée, la candeur de l'homme de bien la défendra.
Ma vertueuse pensée n'est offerte qu'à
l'ame, qu'à l'imagination de l'homme
de bien : le seul homme de bien m'en
tiendra compte.

LA LIBERTÉIDE,

OU

LES PHASES

DE LA

RÉVOLUTION FRANÇAISE.

PHASE PREMIÈRE.

Liberté! transmets à l'histoire (1)
Tes dieux, tes revers, tes succès;
Redis les combats et la gloire,
La honte et les maux des Français.
Ivresse qu'Apollon inspire,
Feu créateur, divin délire,
Guide mon pinceau transporté,
Offre à l'étonnement des âges
Les vertus, les sanglans orages,
Les forfaits de la Liberté.

Représentez-vous à mes veilles,
Doux calme, vents désolateurs,
Héroïsme, attentats, merveilles,
Jours de deuil, jours réparateurs !
Vérité suprême et sévère,
Méconnais les cieux et la terre,
N'idolâtre que l'équité ;
Juste dans tes arrêts civiques,
Brave les rois, les républiques,
Les fureurs de la LIBERTÉ.

Abjection du peuple.

L'HOMME est prosterné ; dans la crainte
Il est vil à ses propres yeux,
Il s'interdit jusqu'à la plainte ;
A lui-même il est odieux :
Courbé sur la glèbe ennemie,
Son élément est l'infamie,...
Son refuge est l'adversité ;
Jouet de ses coupables maîtres,
Effacé du nombre des êtres,
Il ignore la LIBERTÉ.

Villageois ! c'est pour l'indolence
Qu'agit ton soc générateur :
Citadin ! la vaine opulence
Pèse sur ton bras inventeur.
Vertus, héroïsme, industrie !
Devant votre gloire flétrie
Brillent l'orgueil, l'oisiveté :
Et les tyrans, et l'imposture,
Seuls possesseurs de la nature,
En ont ravi la LIBERTÉ.

⁂

RENAIS, magnanime déesse !
Abjure ton fatal sommeil ;
Avec les héros de la Grèce,
Aux tyrans vieux donner l'éveil :
Armez-vous, Dion, Cléobule,
Aristogiton, Thrasibule ;
Reprenez le fer redouté.
Créateurs des beaux jours de Rome,
Levez-vous !... ranimez pour l'homme
Le règne de la LIBERTÉ.

Invocation à la Liberté.

Elle vient, la fière amazone:
Son char est suivi d'Aratus.
Ce bras, que la gloire environne,
Est armé du fer de Brutus...
Austère, en habit d'héroïne,
Des dieux, de la grandeur divine
Elle a les traits, la majesté:
Cet œil, dominant l'atmosphère,
Annonce aux peuples de la terre
Qu'elle est l'auguste Liberté.

Influence de
M. Necker
sur le nombre des députés du tiers-état.

Du ministre et de sa puissance (2)
Tonnent les accens bienfaiteurs;
Des climats divers de la France
S'élèvent les libérateurs;
Des Bourbons, des grands, de l'église,
Le peuple, abjurant la sottise,
N'a pour loi que sa volonté:
Armé du courage d'Alcide,
Brille le forum intrépide,
Le sénat de la Liberté.

Le sénat règne... c'est un père
Qui détourne les maux présens;
C'est Dieu qui parle et délibère
Pour le bonheur de ses enfans.
Mais, pour mieux en tarir les larmes,
Proscrire à jamais les alarmes,
Les chaînes et l'adversité,
Il va frapper ces privilèges,
Ces rangs, ces castes sacrilèges
Destructeurs de la LIBERTÉ.

Assembl. des
communes.
——————
17 juin 1789.

En plein air, sous le ciel qui brille,
Je le vois, ce sénat vengeur!
Offrir, de l'immense famille,
Les cris, les droits et la fureur.
L'œil fixé sur l'azur céleste,
Il jure un avenir funeste
Aux tyrans, à l'iniquité.
Les bras étendus, le silence...
Est la véhémente éloquence
De la sublime LIBERTÉ.

Serm. da jeu
de Paume.
——————
20 juin 1789.

Hommage au généreux exemple!
Le cri vengeur a retenti:
Etonné, l'univers contemple
Et l'homme et son droit garanti.
Dans les tombeaux de nos ancêtres,
L'esclave a brisé de ses maîtres
Le joug impur et détesté.
L'enfant, dans le sein de sa mère,
S'irrite et veut purger la terre
Des tyrans de la LIBERTÉ.

———

D'effroi les courtisans pâlissent;
Déjà leurs poignards émoussés....
Les rois et les prêtres rugissent;
Leurs prestiges sont éclipsés:
En vain ils prêchent l'ignorance;
Des rameaux de l'indépendance,
Le feuillage n'est qu'agité:
J'en entends l'orgueilleux murmure,
J'en vois tressaillir la nature,
Et sourire la LIBERTÉ.

Séance roy.

23 juin 1789.

Mais il s'élève, l'anathême!...

Entendez.... Louis au sénat!...

Entendez... l'horrible blasphême!...

Contemplez l'effroi!... l'attentat!...

C'est en vain qu'il s'annonce en maître : (3)

Il n'est plus qu'un esclave, un traître

Près de l'abyme révolté.

En vain il a ligué les trônes;

Il voit s'élever les colonnes

De la suprême LIBERTÉ.

Quel Alcide remplit l'arène?

L'électrise d'un feu nouveau?

C'est le moderne Démosthène,

Le grand, l'immortel Mirabeau :

Il tonne, il terrasse, il enflamme,

Du souffle éloquent de son ame

Il émeut la postérité :

C'est l'effroi de la tyrannie,

C'est le Vésuve du génie,

C'est l'Etna de la LIBERTÉ.

Mirabeau.

Mirabeau
à M. Brésé,
mait. des cé-
rémonies du
roi.

Silence !.... un suppôt va paraître...
— « Du monarque... » — « Sache admirer...
« Le grand peuple ici parle en maître ;
« Le fer seul peut nous séparer :
« Va dire à ton roi qu'on le brave. » (4)
La foudre a terrassé l'esclave,
Le trône en est épouvanté :
Bourbons ! sonnez vos jours funèbres,
Il sort de la nuit des ténèbres
La vengeance et la LIBERTÉ.

Prise de la
Bastille.
————
14 juillet 89.

LA trompette a sonné la guerre,
La guerre qui commande au sort :
Le peuple, armé de son tonnerre,
Promène la foudre et la mort :
Il tonne... il n'est plus de Bastille !
Je vois les Français en famille
Sur le monument détesté :
Ils en dispersent les décombres
Pour appaiser le cri des ombres,
Des ombres de la LIBERTÉ !

LA LIBERTÉIDE.

Fuyez, criminelles harpies !
Evitez le juste courroux...
Fuyez, exécrables furies !
Redoutez nos terribles coups... (5)
De votre orgueil, de vos rapines,
De vos abjectes concubines,
Délivrez ce sol infecté...
J'entends les cris d'un peuple brave :
La France a cessé d'être esclave ;
Elle adore la LIBERTÉ.

Fuite de quelques vampires.

Au pied de la Presse encensée,
Terreur, honte, arme des méchans,
S'élève la noble pensée,
Miroir, livre, oracle des tems :
C'est Neptune qui fend les ondes ;
C'est l'aigle qui franchit les mondes :
Son espace est illimité....
Le souffle de l'espèce humaine,
Parcourt son suprême domaine,
S'exhale pour la LIBERTÉ.

Décr. qui proclame la liberté de la presse.

27 août 1789.

Platon, Machiavel, Tacite,
Aristote, Sidney, Rousseau !
Il ne connut point de limite,
Votre incorruptible flambeau !
Souvent à ses rayons augustes
Vous forciez vos tyrans injustes
A rendre hommage à leur clarté.
Libres, fiers sous la tyrannie,
Vous montrâtes que le génie
Est père de la LIBERTÉ.

5 et 6 octobre
1789.

A nos vœux Louis est rebelle :
Il se dit être un vain captif....
Un autre Porsenna l'appelle. (6)
S'ouvre le sentier fugitif....
Vous ! amazones mercenaires.....
Enchaînez les serpens contraires,
Les pas du monarque excité :
Vu, révéré sur votre plage,
Qu'il soit le tutélaire ôtage
De l'ombrageuse LIBERTÉ.

Fermez les routes criminelles ;....
Commandez au trône souillé....
Elles paraissent.... devant elles
Louis s'abaisse humilié :
Le front sévère, l'œil timide,
Il tremble, il s'offre à l'homicide ;
Il s'indigne, il est attristé ;
Il feint, il cède à la colère ;
Et, plus en esclave qu'en père,
Obéit à la LIBERTÉ.

Mais quoi ! de lâches anonymes
Des poignards briguent les forfaits !...
Arrêtez..... punissez les crimes ;
Mortels ! n'en commettez jamais.
Que l'astre indulgent vous éclaire ;
Couvrez du voile tutélaire
Le malheur et l'adversité :
A Thémis élevez un temple ;
A l'Erreur opposez l'exemple
De la pensante LIBERTÉ.

Le lit de la reine est percé de coups de poignards.

Fédération.

14 juillet 90.

Du pôle à l'autre de la France,
Il plane, le cri fraternel!
L'apôtre de l'Indépendance
Vient lui consacrer un autel.
Du champ que le guerrier révère,
Ils embellissent l'atmosphère,
Les drapeaux de l'Egalité!
Ivres du plus heureux délire,
Les Francs célèbrent leur empire
Et la déesse LIBERTÉ.

Messe.

Sur l'autel de la Politique, (8)
Le prélat, invoquant les cieux,
Associe à la voix publique
La voix protectrice des dieux;
Et le firmament et la terre
Admirent le pacte prospère
Que bénit la divinité.
Retentissez; accords sublimes!
Jouissez, vertus magnanimes!
Triomphe, auguste LIBERTÉ!

Le héros chéri des deux mondes
Entend célébrer ses exploits,
Offrir à ses vertus fécondes
L'encens des peuples et des rois :
Amant de la Philosophie,
Du sage de Philadelphie
Il capte la célébrité :
Mais son infidèle génie
Lui prépare l'ignominie,
La haine de la LIBERTÉ.

La Fayette.

—

Les Bourbons, flattés du vulgaire,
Protégés par le dieu du jour,
Reçoivent du cri populaire
Les vœux, l'indulgence et l'amour.
Louis, pressé par l'allégresse,
Redit à la publique ivresse
Ses sermens, sa fidélité :
Mais, errans sur sa bouche impie,
C'est le parjure et l'infamie
Qui menacent la LIBERTÉ.

—

Fier de son nouvel oriflamme
Le Français bénit sa grandeur;
Louis ! aux glaces de ton ame
Il oppose l'élan du cœur;
En face de ta perfidie ,
C'est à l'univers qu'il dédie
L'immortelle solemnité.....
Aux doux transports qui se confondent ,
Les peuples attendris répondent :
Nous l'invoquons , la LIBERTÉ !

B✦E

Journée des
poignard.

28 février 91.

ILS s'arment , le noble et le prêtre !
Sénat ! ils ont soif de ton sang :
Ils vont , au signal de leur maître ,
Se désaltérer dans ton flanc.
Non ! le héros encor fidelle (9)
Enchaîne , du troupeau rebelle ,
L'homicide témérité ;
Et sur la coupable arrogance
Pèse le mépris , la puissance
De l'indulgente LIBERTÉ.

B✦E

Douleur ! répands ton amertume ;
Peuple ! porte un deuil éternel ,...
Ton vengeur n'est plus ! son cœur fume (10)
L'acide du poison mortel.
Le désespoir de Polymnie ,
Le gémissement du génie
Interrogent la royauté.....
Le sombre et consterné silence
Attend ta palme ou la vengeance
Du Tems et de la Liberté.

Mort de Mirabeau.

2 avril 91.

Ils promènent le sarcophage ,
Les coursiers fiers et belliqueux !
Au temple érigé pour le sage ,
Portent les restes glorieux.
Autour de l'enfant de la Lyre ,
Mérope , Mahomet , Zaïre......
Suivent le cortège attristé.
Les pleurs de l'auguste Uranie ,
Annoncent le deuil du génie ,
La douleur de la Liberté.

Apothéose de Voltaire.

30 mai 91.

Il murmure, le fanatisme !
Il pâlit, l'esclave des rois !
Mais il commande le civisme,
Le restaurateur de nos droits !
Au mépris des foudres de Rome,
J'entends..... elle parle au grand homme,
La voix de l'immortalité !
Les fils de Calas, de Corneille,
Les dieux,... l'univers qui s'éveille,...
Accompagnent la LIBERTÉ.

Quoi ! peut-il enchaîner l'hommage,
Le flatteur suppôt des tyrans,
Ce chantre lubrique et volage... (11)
Ivre de fortune et d'encens !
Oui, l'ombre embellit la lumière ;
Des traits de l'ardente courrière,
Souvent s'éclipse la clarté.
Voltaire ! j'honore ta cendre :
Ton pinceau brûlant sut répandre
Les flammes de la LIBERTÉ.

Fuite précipi-
tée de Louis
XVI et de sa
famille.

———

21 juin 91.

VOILE épais ! couvre la nature,
Dérobe aux Tarquins conjurés.....
C'en est fait ; Louis est parjure.
Il fuit, et ses pas ignorés.....
Ciel ! permets...... Déjà dans Varennes
Il gémit sous le poids des chaînes,
Des remords, de l'adversité :
Dépouillé du titre suprême,
Tremblant, en horreur à lui-même,
Il implore la LIBERTÉ.

Ret. de Louis
XVI.

Prince ingrat ! vois ce peuple immense
S'unir et liguer ses remparts !
Entends son terrible silence !.... (12)
Lis ton arrêt dans ses regards !....
Contemple ces métamorphoses !....
Admire aujourd'hui, si tu l'oses,
La véritable majesté !
Entends la France et son tonnerre
Redire aux peuples de la terre :
« Il fut traître à la LIBERTÉ. »

Français! que du sceptre et du trône
L'arbre antique soit abattu :
N'aimez que la double couronne
Du civisme et de la vertu.
Fiers de votre auguste puissance,
Proclamez votre indépendance,
Vos droits ,.... la magnanimité....
Cherche l'oubli, faible monarque!
Fuis les coups d'une horrible parque ,...
La délirante LIBERTÉ!

⁕

Loi martiale.

Massacre du
champ de
Mars.

17 juillet 91.

C'en est fait ; au champ de Bellone,
Sous un étendard solemnel ,....
S'élève un peuple qu'environne,
Qu'enflamme l'œil de l'éternel.
Mais, dieux! le drapeau du carnage,
La mort, les cadavres, la rage
Couvrent le sol épouvanté!...
Héros, qui captivez l'estime,
Parlez : est-ce là votre crime?
Le crime de la LIBERTÉ?

PHASE DEUXIÈME.

A u sénat c'est Bourbon lui-même :
Applaudis-toi, peuple chéri !
Célébrez son élan suprême ,
Monde ému, siècle attendri !
O jour heureux ! ô jour prospère !
Salut au protecteur, au père
De la France et de l'équité.
Rois ! peuple ! avenir qui sommeille !
Louis parle ; prêtez l'oreille
Aux accens de sa LIBERTÉ.

Acceptation
de la cons-
titution de
1791 , par
Louis XVI.

14 septembre
1791.

« Je veux être avoué du sage

« Le premier, le plus grand des rois.

« Triomphe, auguste aréopage !

« Je viens rendre grace à tes lois.

« Trônes ! admirez ma puissance ;

« Je règne par l'indépendance,

« Par l'éternelle égalité...

« Salut, doctrine indestructible !

« Reçois, régime imprescriptible,

« L'hommage de ma LIBERTÉ. »

Froid penseur ! délirant sectaire !

Contemplez vos heureux momens ;

De votre égide volontaire

Aimez la candeur, les sermens.

Sages ! Français ! chantez sa gloire ;

Célébrez son nom, sa mémoire,

Le sceptre... l'immortalité...

Gravez sur l'airain de vos temples

Ses droits, ses vertus, ses exemples...

Ce pacte de la LIBERTÉ.

Mais à lui-même il est rebelle,

Ce roi que l'orgueil enfanta !

Il frappe de sa main mortelle (14)

L'arrêt que la vertu dicta.

Le Français indigné s'avance ;

Il va remplir de sa vengeance

Le palais de l'autorité.

Non ! protecteur dans sa colère,

C'est à son chef héréditaire

Qu'il présente la LIBERTÉ....

VÉTO.

Le peuple
suburbain pé-
nètre dans les
appartemens
de Louis XVI.

20 juin 92.

En vain l'antre liberticide

A dissimulé sa fureur :

Louis brave en vain l'homicide,

Reçoit le signe approbateur...

Le destin commande en silence,

Nourrit, prépare la vengeance

La chûte de la royauté :

L'asile impur, l'affreux repaire

Va cesser d'affliger la terre

Et la naissante LIBERTÉ.

Louis XVI af-
fublé du bon-
net rouge.

Le général la Fayette paraît subitement à l'assemblée nationale avec son état-major.

18 juin 92.

IL ose, le traître génie !....
C'est son appareil menaçant !....
Il est ivre de tyrannie !
Il agite un glaive puissant !...
Il tremble, il frémit de lui-même :
Homme libre ! crains l'anathême ;
Il rugit la témérité !....
Fer de Brutus, venge le monde !
Non, encor dans la nuit profonde
Est l'astre de la LIBERTÉ.

Siège du palais des Tuileries.

10 août 92.

NATIONS ! écoutez.... l'orage....
Vain songe : la paix est aux cieux ;
L'azur étoilé, sans nuage
Darde ses disques radieux.
Quoi !... sous mes pieds frémit la terre !...
J'entends les éclats du tonnerre ;....
Ils remplissent l'immensité.
Calme saint, élément du sage,
Fuis-tu pour la paix ?... le ravage ?
Pour le trône ou la LIBERTÉ ?

Que vois-je! une épaisse fumée
Dérobe l'orgueilleux palais!
C'est la mort, la foudre enflammée
Contre l'asile des Capets.
Quel bruit sillonne l'atmosphère!
Il va, cet encens de la terre,
S'offrir à la divinité:
C'est l'aigle aux ailes étendues,
Qui précipite dans les nues
L'hommage de la LIBERTÉ.

Courroux! désespoir! épouvante!
Assaillans armés de fureur!
Echo tonnant! cité tremblante!
Assaillis portant la terreur!
Fleuves de sang! mer de carnage
Où flottent les mourans, la rage;
Où s'abreuve la cruauté!....
Cris! alarmes! foudre! civisme!
Blasphêmes! valeur! héroïsme!
Délire de la LIBERTÉ!......

Les cadavres couvrent la terre !
La crainte a glacé les esprits !
La fille est sur le sein du père !
La mère est sur le sein du fils !
Sur des corps froissés qui respirent,
Des corps désespérés expirent,
Bravant les dieux, l'éternité !
Au faîte des armes sanglantes
Sont des entrailles palpitantes
Qu'un tigre offre à la LIBERTÉ !....

Dans cette arène meurtrière,
Et d'opprobre et de combattans,
Des forcenés dans la poussière
Dévorent des membres sanglans !....
Je vois accourir sur le fleuve
La mère, l'enfant et la veuve....
L'amant... il est précipité :....
Au sein du torrent qui dévore,
Il combat, il maudit encore
Les tyrans de la LIBERTÉ.

De cette épouse inconsolable,
Père, enfant, époux massacrés,
Entendez la voix lamentable,
Les sermens,... les cris éplorés :...
Rebelle au joug de la lumière,
Le poignard , la faulx meurtrière....
Déjà vers son sein irrité.....
O forfait! un être y respire!
Arme cet enfant, qui soupire ,
Du glaive de la Liberté.

———

« Je suis mère.... Main criminelle !...
« Enfant! vis pour chérir mes lois;
« Nourris ma vengeance éternelle;
« Grandis pour exécrer les rois !
« A l'aspect des urnes civiques,
« Et de ces cendres héroïques,
« Elève un accent redouté.....
« Que dans la tombe inexorable
« Sorte encor ta voix secourable
« Aux vengeurs de la Liberté. »

———

L'horreur succède à la tempête,
Il n'est plus de bras pour punir.....
Le héros maudit sa conquête,....
Il n'est plus de voix pour gémir.
A l'aspect des morts, des décombres,
Et de la douleur et des ombres,
Il fuit, le jour ensanglanté!....
Echo tremblant pousse des plaintes;
L'air mugit, les voix sont éteintes :....
Règne l'effroi ,.... la LIBERTÉ.

———

Fuyez, orgueilleux sybarites!
Loin de ce sol triomphateur.
Fuyez, infames satellites!
Tigres à jamais en horreur,
Reportez dans votre Helvétie
L'esclavage et l'ignominie,
La fureur, la vénalité.
Non, le puissant dieu de la guerre
A voulu délivrer la terre
Des fléaux de la LIBERTÉ.

———

L'un des premiers trônes du monde,
Tombé sous le poids de ses torts,
N'est plus qu'une caverne immonde
D'assassins, de sang et de morts.
Usant du seul droit qui lui reste,
Louis, du *sénat* qu'il déteste,
Implore l'hospitalité :...
Et, par clémence ou perfidie,
Nos Brutus protègent la vie
Du tyran de la Liberté.

Louis XVI et sa famille fuient dans le sein de l'assemblée nationale.

———

O fureur ! ô crime ! ô faiblesse !
Près de ses remparts embrasés,
Au sein de la morne tristesse,
Des Séides pulvérisés,
Insensible aux maux de la terre, (16)
Louis s'alimente et digère !....
Reçois le nectar apprêté !....
Le carnage a pour lui des charmes !
Le barbare sourit aux larmes
De la souffrante Liberté !

Louis XVI prend son repas.

———

Non !... Louis n'est point homicide ;
Louis n'est point désolateur....
Arrête, muse régicide,
Suspends ton arrêt destructeur :
Plains un roi qui règne ou succombe ;
Plains l'homme qui commande ou tombe ;
Plains l'idole et le détesté ;....
Déplore et l'esclave et le maître,
Et le monde et le sort, et ton être,
Le néant de la LIBERTÉ.

***

Le livre de la constitution est fermé.

Seul espoir d'un peuple sensible,
Le sénat a connu ses droits :
Au sein des poignards impassible,
Il brave la foudre des rois :
C'est Dieu qui préside à l'orage :
Le trône fuit comme un nuage
Devant la céleste clarté.
Etendard d'un peuple d'Alcides,
Contre les traits liberticides
Il soulève la LIBERTÉ.

***

Vainqueurs de la horde cruelle
Des esclaves helvétiens,
A vos efforts, gloire immortelle ;
Braves enfans des Phocéens !
C'est par vous que ce trône immonde
De sa chûte ébranla le monde,
La thiare et la royauté.
C'est au sein d'une autre Etrurie
Que va rugir la tyrannie :
Armez ici la LIBERTÉ.....

En montrant à l'espèce humaine
Ses droits, ses tyrans abattus,
Condamnez, bannissez la haine,
Dressez des autels aux vertus.
O Paix ! Concorde ! innocens charmes,
Triomphez, chassez nos alarmes,
L'attentat et l'adversité.
Resplendissez, augustes flammes !
Versez avec moi dans les ames
La clémence et la LIBERTÉ.

Louis XVI
et sa famille
sont conduits
au Temple.

Tandis que loin de la lumière
Il porte ses pas exécrés,
Il voit traîner dans la poussière
Ses emblêmes déshonorés ;....
Des palais, des temples, des rues
Il voit renverser les statues
De l'orgueilleuse royauté :
Le peuple, ennemi du parjure,
Ne veut laisser dans la nature
Que l'œuvre de la LIBERTÉ.

Fanatisme.

Profanat. des
tombeaux.

Mais, opprobre de la colère ! (17)
Il va, dans ses excès nouveaux,
Jusqu'aux entrailles de la terre
Y troubler la paix des tombeaux !
Aux vents, à l'atmosphère humide
Il offre la cendre timide
De son ancêtre épouvanté !
D'horreur les mondes se colorent;
Et les cieux effrayés déplorent
La fanatique LIBERTÉ.

Ivre de sang et de vengeance,

La Discorde a banni la Paix :

La plèbe répand sa démence ;

La plèbe commet les forfaits ;

La plèbe asseoit sa tyrannie :

Disparaît l'œuvre du génie,

La gloire de l'antiquité :...

C'est la rage,.... un chaos vandale ;....

C'est l'arrogance et le scandale ,...

L'opprobre de la LIBERTÉ.

Ainsi des vertus immortelles,

Des jours , des fastes révérés,

Sortent les sources criminelles,

Et les excès dénaturés !

Mais silence... O faiblesse impie !

Confonds,.... honore ma patrie ;

Dis sa valeur, sa lâcheté ;

Peins son délire et ses maximes ;

Transmets sa sagesse et ses crimes

A la future LIBERTÉ.

Invasion du
territoire fr.
— Prise de
Longwy par
les prussiens.

23 août 1792.

O ciel! nos phalanges guerrières,
Nos droits et nos vœux sont trahis!
Les rois, les hordes meurtrières
Vont triompher sur nos débris!
Bourbon, de la cime du Temple, (18)
Les voit, les bénit, les contemple,
Répète à leur férocité :
« Obéissez à vos ancêtres :
« Frappez, immolez à vos maîtres
« La régicide LIBERTÉ.

Massacres des
prisons.

2 septembre
1792.

ARMÉS de haches, de massues,
La horde, l'essaim de bourreaux,
Sur les victimes éperdues,
Répètent des tourmens nouveaux !...
Dans les entrailles palpitantes
Replongent les armes sanglantes
Qu'agite la férocité !...
Ivres de sang et de carnage,
Les monstres invoquent la rage
Aux accens de la LIBERTÉ !

Tandis qu'en sa prison fatale
Louis forme des vœux altiers,
Il entend les cris de Lambale!... (20)
Rugir ses cruels meurtriers!...
Bourbon voit Lambale expirante
Braver la hache déchirante.....
Sur les morts!.... dans la cruauté!....
Il en voit la dépouille auguste
Attrister les regards du juste
Et la plaintive LIBERTÉ.

J'entends les coups!.... ils retentissent!....
Je vois les humains consternés!
Sous les assassins qui rugissent,
Les pâles mourans prosternés!.....
Au loin le délire homicide
Frappe de la faulx parricide,
L'enfance, la débilité:
Et les bourreaux sur les victimes
Mêlent aux affreux chants des crimes
Les doux chants de la LIBERTÉ.

Massacre des
prisonniers
d'Orléans à
Versailles.

---

6 septembre
1792.

Ils savourent leurs sacrifices !
L'odeur des cadavres fumans !
C'est pour eux des jours de délices
Que des jours d'horreurs, de tourmens !
A l'aspect du sang qui ruissèle,
La horde barbare étincèle
De sa féroce volupté.
Et la plèbe et le diadême,
L'affreux ciseau des Parques même
Frémit avec la LIBERTÉ.

Oui ! pâlissez, jours sanguinaires !...
Vertus ! éternisez vos pleurs....
Fuyez, cohortes étrangères ;
Reculez..... plaignez nos malheurs.
Soleil ! fais planer ta puissance,
Mais pour éclairer la vengeance
De cet univers irrité :
Luis sur la honte et le délire ;
Nomme, poursuis, confonds, déchire
Les tigres de la LIBERTÉ.

Quoi ! de ces hordes infernales
J'entends applaudir les travaux !
Et les féroces cannibales
Tenter des massacres nouveaux !
Mon sang est glacé !... je frissonne !...
Le pinceau tombe et m'abandonne,
Déplore le monde attristé.
Peuple Franc ! est-il à ta gloire.....
O honte !.... dérobe à l'histoire
Les crimes de la LIBERTÉ.

Qui commit ce meurtre barbare ?
Il n'est pas l'œuvre des Français :
Les seuls habitans du Ténare
Ont pu consommer ces forfaits,
Ah ! dans cet univers immense,
Plein de sagesse et de démence,
De ténèbres et de clarté,
S'il est des êtres pour le crime,
Il est un peuple magnanime
Fait pour l'auguste LIBERTÉ.

Quel impénétrable mystère
Dérobe au Français consterné....
Que dis-je! Il vole, il délibère,
Et d'un silence forcené.....
Tribuns, magistrats homicides,
Sénateurs, peuple d'Euménides,
Pourquoi votre immobilité?....
J'en appelle aux dieux qui gémissent,
A tous les êtres qui frémissent,
A la sensible Liberté.

———

C'est vous..... c'est toi, fougueux sectaire!
C'est vous qui durent protéger.....
C'est vous... c'est toi, vil mandataire,
Dont la rage fit égorger.....
Armez-vous, vengeurs magnanimes!
Orphelins, enfans des victimes,
Montrez-vous au monde irrité.....
Paraissez, ossemens des pères!
Palpitez, entrailles des mères!
Parle, effroi de la Liberté!

———

Armés du fer de la vengeance,
Sauvages des lointains climats,
Accourez punir de la France
Et l'opprobre et les attentats :
Que Paris, ce repaire immonde,
Ce fléau, ce tyran du monde,
S'éteigne en son souffle empesté;
De cette exécrable Sodôme
Effacez le dernier atôme
Des fastes de la LIBERTÉ.

———

Vomis tes feux, voûte enflammée!
Parais, tout-puissant créateur!
Ouvre tes flancs, terre alarmée!
Foudroie, ange exterminateur!
Tonnez, foudres étincelantes!
Engloutissez, laves brûlantes,
L'orbe du monde épouvanté!
Cieux! Styx! néant! mort! forfaits! rages!
Dévorez le souffle des âges
Et la féroce LIBERTÉ.

———

Oublions l'horreur des croisades,...
Les bons et paisibles Vaudois;...
Les Arimanes, les Cabades,...
Les infortunés Albigeois......
Oublions la fureur papale,
Cette Médicis infernale
Qui dicta l'ordre ensanglanté,..
Septembre!... jour abominable !
Ton attentat ineffaçable
Poursuit en deuil la LIBERTÉ.

○◆○

Progrès de l'ennemi sur le territoire français.

CIEL ! des cohortes inhumaines !
Le fer ! de nombreux étendarts !
Le sang qui ruissèle en nos plaines !
L'effroi, la mort dans nos remparts !
Ils viennent, les proscrits féroces !
Ils élèvent les cris atroces
Que commande la royauté !...
Des tigres vomis du Ténare
Souillent de leur souffle barbare
La terre de la LIBERTÉ.

Je vois les hordes féodales
Oser de nouveaux attentats !
Epouse ! enfans ! les cannibales
Viennent m'égorger dans vos bras !
M'ensevelir sous les décombres !
Me poursuivre encor dans les ombres,
Dans la nuit de l'éternité !
Au cri vengeur d'un roi parjure,
Faire une horrible sépulture
Des temples de la LIBEREÉ !....

Dans une audace délirante
S'avance un monarque ulcéré :....
Il franchit l'onde dévorante,
Le site, le rempart sacré.
Où courez-vous, vierges coupables ?...
Craignez des revers intraitables,
Du Destin l'infidélité :....
Le bras des rois touche à l'orage,
Leur triomphe est un vain nuage
Que dissipe la LIBERTÉ.

Les filles de Verdun vont au-devant du roi de Prusse.

Mort héroï-
que de Beau-
repaire, com-
mandant de
Verdun.

2 septembre
1792.

Non! la France n'est point flétrie! (21)
Il est un serment,... des vertus,....
Il est un vengeur.... O patrie !
Il va s'immoler :.... il n'est plus....
Au mépris des rois qui commandent,
Aux jeux des suppôts qui se vendent,
Il fuit dans la postérité....
Sanglant, le héros Beaurepaire,
En Caton, apprend à la terre
Qu'il vécut pour la LIBERTÉ.

───

Demi-dieu, mon espèce est fière
Devant tes restes fortunés :
A l'aspect de ton ame altière
S'arrêtent les rois étonnés.
Pour braver l'invincible obstacle,
Ton bras est l'intrépide oracle
Qui montre l'immortalité.
Héros! ton trépas nous console,
Et ta dépouille est une idole
Que révère la LIBERTÉ.

───

Mais quel contraire aspect me frappe !....
Dois-je t'honorer, te flétrir ?
Réponds-moi, vainqueur de Jemmape: (22)
Dois-je t'exécrer, te chérir ?
Trahis-tu pour servir un maître ?....
Poursuivez-le, remords du traître,
Arrêts de la postérité.
Ici, Belge indigné, silence :....
Son glaive a délivré la France,
Et vaincu pour la LIBERTÉ.

Plaines de Châlons.

Dumouriez.

Frappez la horde mercenaire :
Longwy, Verdun, purgez vos murs ;
Sur le tombeau de Beaurepaire,
Immolez ces soldats impurs.
Champagne, refleuris tes plaines,
Chasse les funestes haleines
De ton horizon infecté.
Soldats ! époux ! enfans ! compagnes !
Remplissez l'air de vos campagnes
Des concerts de la LIBERTÉ.

PHASE TROISIÈME.

Enflammé, le sénat de braves
Vient pour étonner l'univers,
Pour effacer des rangs esclaves
Jusqu'au souvenir de nos fers.
Au sein de l'ivresse héroïque, (23)
J'entends le cri de *République*.
Le grand peuple l'a répété:
Il vole, et les cœurs magnanimes
Font redire leurs chants sublimes
Aux échos de la Liberté.

Abolition de
la royauté,
et
Proclamation
de la répu-
blique.

22 septembre.
1792.

Vertu! cesse d'être asservie!
Règne, élève les nations!...
Brille, éclate, immortel génie!....
O gloire! agrandis tes rayons!
L'homme a reconquis son domaine:
Elle a repris, l'espèce humaine,
Sa primitive dignité!....
Brisez-vous, honteuses colonnes!....
Ecroulez-vous, odieux trônes!
A la voix de la LIBERTÉ.

⁂

Portrait de la convention nationale.

C'EST la Nuit, l'auguste Courrière,
L'azur qui s'éteint et qui luit;
C'est le chaos et la lumière, (24)
L'astre qui s'avance et qui fuit;
C'est l'inexorable Amphitrite
Qui calme les flots, les irrite;
C'est l'effroi, la sécurité;
C'est l'indifférence et l'ivresse;
C'est l'héroïsme et la bassesse,
L'esclavage et la LIBERTÉ.

C'est l'athlète vain qui s'agite
Sur le cratère du volcan ;
Phaéton qui se précipite
Au sein des flots de l'Eridan ;
La colombe tendre et timide
Que le plomb du chasseur avide
Atteint du trépas redouté ;....
Fléau du peuple qu'il égare,
C'est l'homme,... une horde barbare
Qui dévore la LIBERTÉ.

Là, sont les Néron, les Tibère ;
Les Marc-Aurèle, les Titus ;
Le souffle des dieux, la Chimère ;
Les Numa, les Confucius ;
Les Cléanthe et les Diagore ;
Les Platon, les Anaxagore ;
Apis et la Divinité ;
Les Calchas, les Iphigénie ;
Les Catilina, les Fulvie ;
Les tyrans et la LIBERTÉ.

Dirai-je la fureur des traîtres,
L'adulte, l'enfant, le vieillard
Soumis à la horde des prêtres,
Portant la torche, le poignard,....
Courant les cités, les campagnes,
Franchissant l'onde et les montagnes
Pour les rois et la papauté ;
Répandant l'alarme et la rage,
La mort, la flamme et le carnage,
Tous les maux sur la Liberté !

Le fils est trahi par le père ;
Le frère est trahi par la sœur ;
La fille méconnaît la mère ;
L'ingrat frappe le bienfaiteur :
Et sur les sanglans oriflammes,
Portés à la lueur des flammes,
Est écrit : *Meurtres, piété.* (25)
Contemplant ses affreux ouvrages,
Le prêtre en bénit les ravages
En haine de la Liberté.

Désespoir! hordes aveuglées!
Sombres tocsins! combats sanglans!
Lugubres cris! ondes troublées!
Horreur des fers étincelans!
Douleur! chûte! réveil! exorde!
Nuit! fureur! ossemens! discorde!
Imprécations! cruauté!
Larmes! terreur inexorable!
Tombeaux! solitude effroyable!
Regrets!.... deuil de la LIBERTÉ!...

———

Dites, affligés paysages,
Mourans, cadavres infectés,...
Déserts, incultes héritages,
Hameaux, fleuves ensanglantés,...
Dites les faits abominables,...
Montrez les prêtres exécrables,
Leur fourbe, leur perversité:
C'est au nom d'un dieu de clémence
Qu'ils portent la mort, la démence,
Qu'ils torturent la LIBERTÉ!

Assassinat de
l'envoyé de
France, Bas-
seville, à Ro-
me.

Guidés par les prêtres du Tibre, (26)
Les fils de l'antique Romain
Osent frapper le Français libre
Aux yeux d'un pontife inhumain !
Les remparts de la Ligurie, (27)
Les plages de la Dalmatie
Bouillonnent d'un sang irrité....
Arme-toi, céleste colère !
Le crime efface de la terre
Les traces de la LIBERTÉ.

Mort de Louis
XVI.
————
21 janvier 93.

PRÉTENDUS grands, dont la chimère
Sut méconnaître nos douleurs ;
Contemplez l'existence amère.,...
D'un roi, la chûte et les malheurs.
Courroucé, le Sort l'abandonne :
Celui qui rampait sous le trône
Insulte à son adversité ;
Celui qui recherchait ses traces,
Celui qui mendiait ses graces
Le ravit à la LIBERTÉ.

Il n'est plus d'éclat ni d'empire ;
Il n'est plus d'encens, de flatteurs :
C'est un roi frappé qui soupire
Dans les fers, au sein des licteurs.
Il ne voit plus l'astre qui brille :
Il s'étonne,... entend sa famille
Dans la sombre captivité !
Oui, quoiqu'un même antre les presse,
Entre leurs regards, leur tendresse,
Est la farouche LIBERTÉ.

Apôtre de l'Indépendance,
Fidèle à l'homme, à la Vertu,
Louis, j'ai bravé ta puissance,
Célébré ton trône abattu ;
J'ai, contre l'odieux parjure,
Irrité les dieux, la Nature,
L'imperturbable Vérité.
Tu souffres.... je bannis la plainte,
J'adjure l'Humanité sainte,...
Et la clémente LIBERTÉ.

Généreux, le lion protège.
Le vrai juge n'est qu'un appui :
Il brise la faulx sacrilège,
Le faible est respecté par lui.
Cœur du puissant, sois accessible :
Qui fut monarque est plus sensible .
Aux revers, à l'adversité.
Mortels! il est votre semblable;
C'est l'infortune respectable
Qui conjure la LIBERTÉ.

———

Le lâche appesantit l'offense,
Trahit le faible renversé :
Le brave impose la clémence,
Défend l'ennemi terrassé.
Sénat! entends la voix publique :....
Repousse un meurtre juridique
Que l'affreux Ténare a dicté;
Franchis le dédale où nous sommes :
Redoute.... éclaire, aime les hommes,
La gloire de la LIBERTÉ.

———

Le juste a détourné la foudre :...
Le sénat t'abandonne au Sort,
Louis : les Français vont t'absoudre,
Trop grands pour te donner la mort.
Tes vils courtisans, ta faiblesse
Ont flétri ton rang, ta sagesse,
Et l'homme et sa fragilité....
Va, cherche un monde plus prospère :
Porte le sceptre et la colère
Loin des coups de la LIBERTÉ.

Mais qu'entends-je ! un parti funeste,
Fidèle aux cris de Némésis,
Va braver la foudre céleste,
Usurper les droits de Thémis !
Arrêtez, meurtriers infames !
Quittez vos sanglans oriflammes,
L'étendard de la cruauté.
Vainqueur, le seul tigre dévore :
Le sage pardonne et déplore
Les combats de la LIBERTÉ.

O nuit ! j'entends le mot atroce....
Préparez-vous honteux cyprès...
« La mort ! dit le sénat féroce ;
« La mort et ses cruels apprêts !
« La mort et sa coupe profonde !
« La mort qui ravage le monde,
« Qui dévore l'éternité !
« La mort que réprouve le sage... »
La faulx des tyrans, du carnage,
Est l'arme de la LIBERTÉ !!!...

———

En vain l'histoire... l'éloquence
A fait retentir ses accens ;
Les rois, le monde et la clémence
Ont formé des vœux impuissans :
Philippe est là ; sa voix impure
Méconnaît le sang, la nature :
Le cri de mort est répété.
D'un vil Bourbon c'est l'artifice
Qui traîne un Bourbon au supplice
Sous un masque de LIBERTÉ.

———

Il retentit, l'accent du crime!
L'appel aux malheurs, aux dangers!
Dans les cachots de la victime (3o)
Entrent les pâles messagers.
Par l'effroi, l'audace impunie,
Par l'opprobre et l'ignominie,
L'arrêt coupable est présenté....
Louis est fier, calme, paisible.
Devant la victime impassible
Pâlit l'injuste LIBERTÉ.

—•—

Univers! sonne l'épouvante: (3i)
Philippe a soif du sang d'un roi!
A la lumière pâlissante,
Succède, ténébreux effroi!...
Sous la livide tyrannie
S'avance la sombre agonie....
Louis parle à l'éternité:
Plus grand qu'il ne fut sur son trône,
Il est magnanime: il pardonne
Au Destin.... à la LIBERTÉ.

—•—

Il va s'éteindre.... O peuple! ô France! (32)
Entendez la voix des tombeaux!
Tremblant univers, fais silence :
Louis parle,.... écoutez, bourreaux!
Mais quel bruit!... quel signal de rage!....
Dieux! c'est l'instrument du carnage!....
Il frappe,... il est ensanglanté....
Le cadavre attriste la terre :....
Il dit l'opprobre et la colère
De l'homicide LIBERTÉ.

Il régnait, il lançait la foudre :
Chez les morts il est confondu.
Le bras tout puissant est en poudre;
Le sceptre au néant est rendu.
Grands! vous régnez sur des abimes :
En vain aux cieux touchent les cimes,
Un souffle en punit la fierté.
L'homme est une ombre qui s'efface;
Le trône est un vide en l'espace
Que doit remplir la LIBERTÉ.

DANS l'ombre, un coupable Séide
Agite le poignard des rois :
O peuple ! une main parricide
Frappe le vengeur de tes droits !
Il coule, le sang magnanime !
Entends le cri de la victime :
Il soulève l'immensité.
Le genre humain redit l'offense ;
Et le deuil, le tems... la vengeance
En entretient la LIBERTÉ.

Assassinat de M. Lepelletier, représentant du peuple, par Paris, garde du corps de Louis XVI.

21 janvier 93.

D—G

AINSI que le tigre s'agite,
Bondit de l'antre périlleux ;
Tel qu'un torrent se précipite
Du haut des sommets sourcilleux ;
Ainsi que l'onde bouillonnante
Déborde sa plaine écumante,
Et submerge un sol attristé,
Les rois ont lancé les ravages,
Semé la foudre et les orages
Sur la tremblante LIBERTÉ.

Image de la guerre.

La terre frémit et s'enfonce
Sous nos bataillons égorgés:
Avide, le néant s'annonce
Vainqueur des mondes ravagés.
Oui, règne, chaos immobile!
Refoule en toi l'homme-reptile,
L'astre d'un monde ensanglanté,
Engouffre et Bellone et ses haines,
Dévore les tyrans, les chaînes,
La mensongère LIBERTÉ.

———

Oui, commande, nuit éternelle!
Ne brillez plus, ardens éclairs!
Disparais race criminelle!
Sommeille, hécatombe-univers!
Mais quoi! les tigres, ils renaissent!
Plus terribles ils reparaissent
Aux champs de la férocité!
Le prêtre veut souiller la terre;
Les rois veulent nourrir la guerre;
Le Français veut la LIBERTÉ.

———

Ils n'épargnent que la lumière
Qui dirige les assassins,
Qui luit sur l'affreux cimetière
Où gissent les cruels humains ;
Mais... calmez-vous, mères sanglantes ;
Rassurez-vous, vierges tremblantes ;
Respire , univers dévasté ;
Le Français a vaincu l'arène ,
Le Français triomphe et promène
La gloire de la LIBERTÉ.

Elle a fui, la horde impuissante ;
A l'aspect de nos étendards !
Elle a fui : la pâle épouvante,
A frappé ses suppôts épars :
Disparaissez, bandes féroces !
Dispersez-vous, ligues atroces,
Devant notre intrépidité !
Que dis-je ? Brillez diadèmes ,
Témoins de nos lauriers suprêmes,
Des palmes de la LIBERTÉ.

31 mai, 1.er
et 2 juin 93.

Est-ce le ciel qui nous protège?
Sont-ce les enfers éperdus?
Quel sort, quel démon sacrilège
Proscrit les talens, les vertus?
Quel vaste attentat se déclare?
Qui soulève un peuple barbare
Contre l'héroïsme attristé?
Est-ce le remords qui s'agite,
L'ombre des Bourbons qui s'irrite,
Qui menace la Liberté?

★★★

O forfait! de l'Aréopage
Je vois s'obscurcir les rayons;
Je vois sourire l'esclavage,
Et s'étonner les nations.
Mais, trop vil pour être insensible,
Trop aveuglé pour être homible,
Trop cruel pour être irrité,
Le tigre évite le carnage,
Pour mieux manifester sa rage
Contre l'homme et la Liberté.

★★★

S'élèvent les sanglans systèmes ;

Ils vont s'éteindre, les flambeaux ;

J'entends d'infames anathèmes !

Je vois s'ouvrir d'affreux tombeaux !

Sous la horde républicide

S'incline le sénat alcide :

Le mortel rampe épouvanté.

Vous, oracles de la Gironde,

Tombez, mourez, offrez au monde

La déchirante LIBERTÉ...

Exécution à mort de 22 députés.

———

O douleur ! la vertu souffrante

Maudit le jour qui l'enfanta,

Et la Philosophie errante

Fuit les humains qu'elle éclaira ;

Loin de son horrible patrie,

Sur le sol de la tyrannie,

Implore l'hospitalité.

Et nos immortels Aristides

Ont vu les rois moins homicides

Que notre ingrate LIBERTÉ.

Quelques-uns errent au hasard.

———

Soulèvement
des départe-
mens contre
Paris.

Mais le peuple, dans sa vengeance,
Reprend sa foudre et ses vertus :
Il vole, il combat, il s'avance :
Le fléau du monde n'est plus...
Celui qui franchit les espaces
Cherche en vain le lieu de ses traces
Au bord du fleuve épouvanté :
Non ! le crime arbore la palme ;
Il succède un horrible calme
Aux revers de la LIBERTÉ.

∂→Ɛ

Assassinat de
Marat , re-
présenta. du
peuple , par
Marie-Char.
Corday.

13 juillet 93.

O meurtre ! ô sanglant fanatisme !....
Vertus ! élevez un autel.
Opprobre ! éclat de l'héroïsme !
O tempête ! ô calme immortel !
Est-ce Clément, prêtre perfide,
Armé par sa secte homicide,
Qui menace un roi détesté ?
De la juive de Béthulie
L'infernal et divin génie
Qu'arment les dieux, la LIBERTÉ ?

Son bras est guidé par la ligue:
J'entends son coupable serment....
L'héroïne a bravé la digue;
Je la vois aux pieds du mourant....
C'est Alecto qui se prosterne;
Judith dans les bras d'Holopherne,
Qui flatte un tyran redouté.
L'œil sur le sein de la victime,
Fixant la place de son crime,
Elle adjure la LIBERTÉ....

———

O grandeur! ô rage infernale!
Elle agite un bras égaré.... (35)
Dans le faible sein qui s'exhale
Est le poignard dénaturé.
« Meurs, vil héros de l'anarchie!
« Meurs, opprobre de ma patrie!
« Fuis au Tartare épouvanté.
Elle dit, l'horrible mégère.
Le mourant a frappé la terre,
Il frissonne la LIBERTÉ.

———

Il n'est plus, l'ardent météore:
Le cyprès s'élève et frémit;
Un monde vertueux l'abhorre,
Un monde vertueux gémit.
Le sage.... une plèbe incivique
Poursuit *l'odieux frénétique*
Au fond de l'Erèbe irrité.
Le sage.... une plèbe en alarmes
Couvre de parfums et de larmes
Le *martyr* de la LIBERTÉ.

———

Prononce, ô sagesse profonde!
Fut-il atroce ou vertueux?
Doit-il être l'horreur du monde?
Être mis au rang de ses dieux?
Fut-il apôtre du carnage?
L'adversaire de l'esclavage,
Des rois ou de l'égalité?
Silence, faction coupable!
Attends l'arrêt irrévocable
D'une impassible LIBERTÉ.

———

Ch. Corday
mourt avec
courage.

L'Euménide exalte sa gloire,
Célèbre et bénit son poignard,
Redit son délire à l'histoire
D'un doux et tranquille regard.
Ivre de son forfait sublime,
Teinte du sang de la victime,
Contemple sa témérité.
L'apprêt, la terreur du supplice,
La mort est le doux sacrifice
Quelle doit à la LIBERTÉ.

En vain de son trépas funeste
S'aiguise l'horrible tranchant :
C'est l'aspect, la candeur céleste,
L'astre qui brille à son couchant.
Elle est sans crainte, sans colère;
Indifférente pour la terre,
Ne voit que l'immortalité.
Peuple! c'est dans la paix des sages,
Devant le tribunal des âges,
Qu'elle traduit ta LIBERTÉ.

Le bourreau frappe de plusieurs soufflets la tête de C. Corday séparée du corps.

Quel frémissement! quel murmure! (36)
Quel crime a répandu l'horreur!
Pâlis, irrite-toi, Nature,
Poursuis l'infame exécuteur,
Redis le forfait, l'épouvante.....
D'une main barbare et fumante,
Il frappe l'être ensanglanté!....
Et la plèbe, la plèbe atroce,
Sourit à l'instrument féroce
Des tombeaux de la LIBERTÉ.

PHASE QUATRIÈME.

QUEL destin, quel astre adorable
Dissipe les tems nébuleux !
Il est fixé, brillant, durable,
L'axe qui joint l'Erèbe aux cieux!
Pâle flambeau du crépuscule,
Fuis devant l'œil de l'incrédule
Ouvert à la félicité :
Il n'est plus qu'un être, qu'une ame,
Qu'un cri, qu'un accent, qu'une flamme,
Qu'un monde pour la LIBERTÉ.

Acceptation
solemnelle
au champ
de Mars de
la consti-
tution de
1793.

10 août 1793.

9

Epars dans l'océan du vide,
Pâlissent les rois criminels.
La grandeur céleste nous guide:
Tonnent les décrets éternels.
J'aperçois l'auguste famille
En plein air, sous le ciel qui brille:
Dans les bras de l'Egalité,
Au bruit des chants elle s'avance:
C'est la voix, le cortège immense
De la sublime LIBERTÉ.

—

Sous les lauriers et les guirlandes,
Précédé de saints attributs,
Il présente aux dieux ses offrandes,
Ses vœux, son encens, ses vertus.
Du fond des voûtes souterraines,
Echo, dans les célestes plaines,
Rend hommage à sa volonté:
Et sur le tombeau des prestiges
S'élève l'autel des prodiges,
La radieuse LIBERTÉ.

—

Ainsi qu'au mont chargé de flammes,
Moyse éclaira les Hébreux,
Le sénat des Français proclame
Son manifeste glorieux.
Prosterne-toi, monde sceptique;
C'est la charte démocratique,
La loi de la Félicité,
Le plébéien Deutéronome, (37)
Où l'Erèbe, le ciel et l'homme
Reconnaissent la Liberté.

——

Le sénat, ô touchant spectacle!
Je l'entends, il est inspiré....
Je l'entends, l'immortel oracle!
Il dit le code révéré!
Gloire! il en remet l'évangile,
Le caractère indélébile
Au monde, à la postérité...
Tracé pour la race fature,
C'est le livre de la Nature
Que présente la Liberté.

——

Tout se tait,... tout médite,.. adore...

L'homme est étonné du bonheur;

Il voit,... admire,... et doute encore

De son œuvre réparateur.

Il contemple, il voit l'heureux guide;

Il attache un regard avide.

Il admire:... il est transporté;

De nouveau, doutant du miracle;

Il songe,... il rend grâce à l'oracle;

Il s'enivre de Liberté!

L'univers surpris se dilate;

Des humains l'âme s'agrandit;

L'ivresse de l'enfant éclate;

Heureux, le vieillard rajeunit;

Les accens, les cœurs se confondent;

D'allégresse, les pleurs inondent

Le rayon du cercle enchanté.

Ravi, pénétré de son être,

L'homme envie aux mondes à naître

Les doux fruits de la Liberté!

Tout est révéré, tout est frère,
Tout brille à mes sens étonnés :
Le plaisir a charmé la terre ;
Les seuls tyrans sont consternés....
Livre divin, code adorable,
Doctrine auguste, ineffaçable,
Répands tes bienfaits, ta clarté...
Oui, porte la voix comme en Crète,
Que l'épouvante et la tempête
Accompagnent la LIBERTÉ.

Suivez, légères Oréades,
Fugia parmi les hameaux.
Tressaillez, humides Nayades ;
Exaltez-vous au sein des eaux.
Fume, Eden, l'essence odorante ;
Couvre d'une haleine enivrante
Les vertus et leur volupté,...
Tendre Amour ! promène les Graces ;
Plaisirs ! embellissez les traces
De la folâtre LIBERTÉ.

Répands ta voix retentissante,
Nymphe, écho, Cérès du vallon ;
Bondis, harpe réjouissante ;
Charmez, doux accords d'Apollon ;
Univers, sois dans l'allégresse,
C'est le livre de la Sagesse
Que pour toi les dieux ont dicté.
Non, il n'est plus de sombre empire ;
Il n'est plus qu'un ciel où respire
La magnanime LIBERTÉ.

———

Fuyez, suppôts de l'esclavage !
Prêtres, instituts corrupteurs !
Triomphez, mœurs du premier âge ;
Héroïsme, arts consolateurs !
Contre les Séjan, les Tybères,
Faites régner des dieux prospères
L'imprescriptible volonté ;
Couronnez le bienfait auguste ;
Essuyez les larmes du juste
Dans l'Eden de la LIBERTÉ !

ARMAS-TU contre l'anarchisme
Ton brave et généreux effort?
Ou pour l'odieux royalisme
Lanças-tu la foudre et la mort?
Pour épouvanter la Nature,
R'ouvre l'immense sépulture
Où git ton peuple ensanglanté!!!...
Déplore ta rebelle offense...
Tes débris fument la vengeance
De la terrible LIBERTÉ.

Siège de Lyon.

9 octobre 93.

∞∞

DIEUX! quelle victime accablée
Traîne l'affreux char des bourreaux?...
C'est l'auguste reine immolée
Au règne des tyrans nouveaux.
Arrête, implacable démence! (38)
Arrête: enchaîne ta vengeance,
Entends l'avenir, l'équité...
Airain, respect ici l'argile;
Cèdre, ombrage l'ormeau débile;
Grandeur, guide la LIBEREÉ.

Mort de Marie-Antoinette d'Autriche, reine de France.

25 vendémiaire an II.

~~~

La peine de mort est un attentat consacré.

La mort est l'instrument du crime;
Le crime est son affreux visir...
La mort fait vivre sa victime;
La mort illustre son martyr:
Du magistrat souvent inique,
Du pouvoir souvent tyrannique,
La mort nourrit la cruauté;
La loi de mort.... ternit la gloire,
La loi de mort flétrit l'histoire...
Du sceptre et de la LIBERTÉ.

Horde sacrificatrice.

Laodicéens! Ammonites!
Diane! Aristomène! Amestris!
Cymbres! Germains! Sénonois! Scytes!
Mars! Diomède! Zamolchis!
Ibères! Arcadiens! Gètes!
Thraces! Galates! Massagètes!
Chalchas! Juste-Lipse! Jephté!
Peuples cruels! coupables êtres!...
Dieux assassins! horribles prêtres!
Elle vous fuit, la LIBERTÉ.

O toi que j'aime et que j'adore,
Que tout annonce au genre humain,
Sans te redouter je t'implore ;
Descends, viens embraser mon sein.
Si ton amour, en traits de flamme,
Grave dans mon cœur, dans mon ame
Les lois de ta divinité,
C'est pour mieux chérir, mieux connaître,
Pour mieux adorer dans ton être
Les dogmes de la LIBERTÉ.

Être suprême.

Fête du 20 prairial an-II.

Loin de moi, prêtres hypocrites,
Profanateurs intolérans,
Du crime odieux satellites,
Eternels suppôts des tyrans !
Loin de moi, horde mercenaire !
D'un Dieu clément et débonnaire,
Cesse d'avilir la bonté :
Entre mon ame et Dieu que j'aime, (39)
Il n'est que le culte suprême
De la divine LIBERTÉ.

Il est... du chaos immobile...
Il fait jaillir les univers.
Il est... son souffle indélébile,
Son regard peuple les déserts;
Précédée de l'astre adorable,
Sa voix, son essence immuable
Remplit l'espace illimité :
Il est présent, inaccessible;
Brille sur son sceptre impassible :
Amour, clémence et LIBERTÉ.

———

Brille sur sa main créatrice:
Point de passé, point d'avenir.
J'entends sa voix consolatrice;...
Le tems ne peut la contenir...
Idole, appui, flambeau des sages,
Il n'aime, il n'admet pour hommages
Que l'héroïsme, l'équité.
Il dit par la voix du tonnerre:
« J'ai créé pour régir la terre
« La bienfaisante LIBERTÉ.

———

Condamnant la vertu factice,
Les noirs soucis, le vain desir,
Sur son front brille la justice,
Le calme, l'innocent plaisir,
A sa droite est la tolérance ;
A sa gauche est la tempérance ;
A ses pieds est la vanité :
Sur tous, d'une main libérale,
Avec une faveur égale,
Il dispense la LIBERTÉ.

∞•∞

FRÉMISSEZ, mortels magnanimes :
Pèsent les affreux tribunaux ;
Le cœur palpitant des victimes
Devient l'aliment des bourreaux.
J'ai vu les hordes meurtrières
S'irriter des cris, des prières
De l'innocent épouvanté !
Au sein des me   ns, du carnage
Offrir un exécrable hommage
Aux parques de la LIBERTÉ !

Massacres ju-
ridiques.

———

Terreur.

Thémis a brisé sa balance ;
Minerve a quitté le sénat ;
L'opprobre,... un farouche silence
Applaudissent l'assassinat :
J'entends l'univers qui murmure,
Je sens frissonner la Nature,
L'enfer lui-même est attristé ;
Un Dieu, dans sa douleur profonde,
Rougit d'avoir créé le monde
Et l'adorable LIBERTÉ.

Dieux! quels aspects dans nos murailles !
Délateurs! prisons! échafauds !
Glaives! cadavres! funérailles !
Le sang ! le trépas! les bourreaux !
Astres! fuyez cette atmosphère ;
Fleuves ! n'humectez point la terre :
Règne, plane, abyme irrité ;
Dévore le champ du carnage.
Non! la mort, le crime, la rage
Frappe au nom de la LIBERTÉ.

L'ours fuit ses cavernes profondes; (40)
L'ogre abandonne ses déserts;
Le requin tremble au sein des ondes;
Le vautour frémit dans les airs;
L'hydre bondit , siffle et s'agite;
L'homme se déplore et s'évite ;
L'effroi couvre l'immensité;
Les larmes, les spectres, les ombres,
Les cris, le chaos, les décombres
Règnent, et nom la LIBERTÉ.

Sages que l'univers admire; (41)
Savans dont l'esprit créateur...
Dieux des arts, l'échafaud conspire
Contre votre éclat bienfaiteur.
Pour régner dans la nuit profonde,
Les tyrans vont ravir au monde
La lumière et la vérité:
Oui, le plus sanglant despotisme,
Le plus horrible vandalisme
Vous enlève à la LIBERTÉ.

O comble inoui du délire !
Moment rafiné de forfaits !
Le sol qui frémit et soupire
Retentit des jeux, des banquets!
Le sang ruissèle! et les orgies
Bravent l'aspect des élégies,
L'horreur d'un monde ensanglanté !
Sur les tombeaux est l'allégresse ;
La terreur commande à l'ivresse,
A l'hypocrite Liberté.

—

O terre! c'est par ta faiblesse
Que des échafauds ambulans
Ont porté l'effroi, la tristesse
Dans les cœurs de tes habitans :
Toujours le silence du sage
Légitime l'excès, l'orage
Qu'engendre la témérité ;
Qui fléchit à l'aspect du crime
Périt tôt ou tard sa victime,
Inutile à la Liberté.

Arrête, implacable colère ;
Célèbre le double bienfait :
Pour l'homme il est encore un frère ;
Redis-le, burin satisfait.
Pour Daniel il fut un ange ;
Pour le malheur il est un Cange,
Qui brave notre iniquité.
A travers les cachots funèbres, (42)
La faim, les bourreaux, les ténèbres,
Cange, honore sa LIBERTÉ.

Cange.

❧

Brille, éclate, vertu suprême !
Célèbre le père immortel :
L'œil fixé sur le fils qu'il aime, (43)
Il trahit le funèbre appel.
Il t'abuse, instrument farouche !
Mais le mensonge dans sa bouche
Est plus grand que la vérité :
Il est sans crainte, sans murmure,
Il ne chérit que la Nature
Et l'enfant de la LIBERTÉ.

Héroïsme de Loiserolles.

9 thermidor an II.

Univers, brisez vos idoles ;
Devant le trépas solemnel,
Soyez ouverts à Loiserolles :
Cieux, consacrez-lui votre autel.
J'entends les régions augustes
Célébrer le premier des justes,
Retentir le cri répété...
Règne auprès du souverain maître :
Deux fois tu donnas au même être
L'existence et la LIBERTÉ.

       ❧

Noyades de Nantes.

LE soleil fuit : sur l'onde noire
Pourquoi ces appareils nouveaux ?
Tristes Nantais, coupable Loire,
Sont-ce des remparts, des tombeaux ?
O dieux ! l'enfant, l'épouse enceinte...
Le père étonné, dans la crainte,
Tremble sur le fleuve attristé !...
J'entends la soupape infernale !!!...
Elle aspire la mort fatale,
Le souffle de la LIBERTÉ.

Dérobez-vous, funestes rives !
Fuyez les festins d'Atropos ;
Entendez les ombres plaintives,
La rage et la mort dans les flots !
Dans le silence et les ténèbres,
Entendez !... les accens funèbres
Frappent au loin l'air contristé !
Entendez !... le sénat féroce
Célèbre la fureur atroce
Inconnue à la Liberté.

La convention mentionne honorablement la conduite de son proconsul à Nantes.

~~~

Des fleuves... des cités, des havres
Fument les antres dévorans !
Les mers bouillonnent les cadavres,
Les lambeaux, les spectres mourans !
Téthis fuit l'onde mugissante ;
Et la lumière frémissante
Pâlit, détourne sa clarté.
Redis l'effroi, race future,
Révèle au Tems, à la Nature
La trop sanglante Liberté !

PHASE CINQUIÈME.

Entendez, nations craintives;
Le vœu du sage est accompli.
Respirez, familles plaintives;
Le sépulchre immense est rempli.
Agneaux, bondissez dans les plaines;
Zéphyrs, exhalez vos haleines;
Plane, Eole, d'hilarité.
Soleil! ta lumière féconde
Va luire sur un autre monde
Pour l'homme et pour la LIBERTÉ.

9 thermidor
an II.

Décret d'accusation contre Robespierre, St.-Just, Couthon, etc.

Mais!... est-ce un néant qui s'achève,...
Qui va dévorer nos douleurs?
Est-ce la vertu qui s'élève
Pour venger les humains en pleurs?
Non: c'est le cri des plus atroces, (44)
C'est le combat des plus féroces,
C'est la soif de l'autorité,
Ce sont les tyrans contre eux-mêmes,
C'est un autre cours d'anathêmes:
Tremble, incertaine LIBERTÉ.

~~~

Oui, le sort a guidé l'offense...
Télémaque est sous Hyppias...
Tell n'a point illustré sa lance...
Tybère a frappé Chéréas...
Sur les cadavres des Horaces,
De vains et sanglans Curiaces
Célèbrent leur témérité...
Alcion a soumis Hercule...
Les trente ont vaincu Trasybule...
D'Athènes fuit la LIBERTÉ...

~~~

Jouissez, couleuvres, vipère,
Basilic au mortel regard :
Oui, l'ours, l'hiène, la panthère,
Et le tigre et le léopard,
Et la Parque aux traits homicides,
Et les fureurs des Euménides
Savourent le nectar d'Até !
Ivre de sang et de délire,
Le sénat de monstres respire
Le carnage et la LIBERTÉ !

Mais quel bras a rompu sa chaîne,
S'agite à mes regards surpris ?
Quel coursier, d'une ardeur soudaine,
Traverse le morne Paris ?
Rebelle, suspends ton audace;
Le sort a marqué ta disgrace,
Le vil peuple est en mutité...
Hier... il volait pour t'entendre;
Demain... il troublera ta cendre :
Succombe avec la LIBERTÉ.

En vain l'un des vaincus s'échappe et crie aux armes.

Mise hors la loi de Robespierre, Couthon, St.-Just, etc., des officiers municipaux et membres de la commune de Paris.

Succombez, tyrans populaires!
Traversez le noir Phlégéton,
Augmentez les ombres vulgaires:
Le Tems vous y trace un vain nom.
Quoi!... Vertus, arrêtez ma muse: (45)
L'aveugle univers les accuse.
Qu'ici leur tombeau respecté
Dise qu'il est encore un sage
Qui n'applaudit à nul carnage
Fait au nom de la LIBERTÉ.

~~~

J'ai vu... les tigres dans l'arène
Encenser l'autel de Calchas!
J'ai vu succomber Théramène
Sous les bourreaux des Critias!
J'ai vu l'effroi de la Lybie
Hurler la mort et l'atonie,
La rage, la perversité!...
Au sein des cris et des blasphêmes
J'ai vu se dévorer eux-mêmes
Les vautours de la LIBERTÉ!!

~~~

Sénat ! vil rebut du vulgaire !
Tigre altéré du sang humain !
Sénat barbare ! entends la terre
Exécrer ton règne assassin !...
Vois !... vois les ombres gémissantes
T'offrir des entrailles fumantes,
Dans l'horrible coupe d'Até !
Entends les cieux et les abimes
Répéter ta honte et tes crimes
A la future LIBERTÉ !

ɘ◆ɕ

MAIS quoi ! les ondes murmurantes
Ne sont plus qu'un épais ciment !
Il est des plaines transparentes
Au lieu du liquide élément !
Ainsi qu'autrefois dans sa fuite,
Dieu protégea l'Israélite
A travers le fleuve irrité,
Ici, la divine justice
Affermit un chemin propice
Aux héros de la LIBERTÉ.

République
Batave.

Pichegru.

~~~

Levez-vous, généreux Bataves ;
Les bras des Français sont ouverts.
Levez-vous : cessez d'être esclaves,
Donnez l'exemple à l'univers :
Au sein de la gloire et du calme,
Reprenez, cultivez la palme
Que vous offre la loyauté ;
Mais, éclairés par nos exemples,
N'élevez, ne parez des temples
Qu'à la sensible LIBERTÉ.

⊗

Apothéose de
J. J. Rous-
seau.
——————
20 ven.re an
III.

DES tristes bords d'Ermenonville
Naissent les rayons d'un beau jour.
Il revit, le mentor d'Emile,
Il reparaît pour notre amour.
Autour de son image auguste
S'élèvent, par la voix du juste,
Les chants de l'immortalité :
L'œil du monde admire sa gloire ;
L'avenir, plein de sa mémoire,
Lui présente la LIBERTÉ.

Renais pour mieux goûter la vie,
Sublime régénérateur!
Revois la fin de ta *Julie*;...
Relis ton *Contrat* bienfaiteur...
Au *Devin*, que le goût admire,
Viens donner l'aimable sourire
De ton grand cœur persécuté,
Et, pour te venger des sectaires,
Chercher dans nos lieux solitaires
La Nature et la LIBERTÉ.

—––

Mais quoi! l'hypocrite farouche,
Parjure au plus doux sentiment,
Ne solemnise que de bouche
La vertu que son cœur dément!
Insensible au doux nom de père,
Il foule aux pieds, l'atrabilaire!
La Nature et l'Humanité!
Et, par un sophisme barbare,
Voile l'horreur qui le sépare
Des enfans de la LIBERTÉ!

—––

Mais non, Vertu, douce indulgence,
Etends tes voiles bienfaisans;
Présente au dieu de l'éloquence
Le tribut du sage et des tems.
Avec ses défauts, sa faiblesse,
L'homme renferme en son espèce
Sa part de la divinité:
C'est la sombre philosophie,
Souvent c'est la misantropie
Qui prépare la LIBERTÉ.

―――

Portrait et
chûte des ja-
cobins.

22 brumaire
an III.

FOYER des vertus, des lumières!
Asile impur et ténébreux!
Des héros augustes bannières!
Des Thersite, repaire affreux!
Institut des tyrannicides!
Tréteau d'esclaves homicides!
Astre maudit et respecté!
Source du bien, berceau des crimes!
Séjour des bourreaux, des victimes!
As-tu servi la LIBERTÉ?

―――

Temple où brillent les Desmosthènes,
Les Régulus et les Caton !
Cloaque où rampent les Sirènes,
Les Catilina, les Sinon !
Camp des modernes Spartiates !
Refuge horrible d'Erostrates !
Lieu de mort et d'impunité !
Antre fangeux, brillant théâtre ! (47)
Je t'abhorre et je t'idolâtre,
Je cherche en toi la LIBERTÉ....

———

Mais quoi ! ta doctrine enivrante
Lança la foudre sur les rois !
Les tyrans, glacés d'épouvante,
Tremblent au seul son de ta voix !
Quand, plein de mon indépendance,
J'ai comparé dans la balance
Tes bienfaits, ta férocité,
J'applaudis tes élans suprêmes,
Et tes crimes sont des problêmes
Devant l'austère LIBERTÉ.

———

Aux jets de ta flamme épurée,
Affranchi de tes dictateurs,
Ramène le siècle d'Astrée,
Des instituts consolateurs.
Non! le sénat liberticide,
Soumis au pacte parricide,...
T'oppose le tigre irrité!
Déjà tes couleurs avilies,
Et tes tribunes démolies
Ont mis en deuil la LIBERTÉ.

ᗗ◆ᘜ

Traité hon-
teux avec
Charrette.

IL capitule avec le crime!
Il joint l'infamie aux revers!
Il trahit la vertu sublime,
Le sénat cupide et pervers!
Aux yeux de l'état qui chancelle,
L'olive, est offerte au rebelle!
Il proclame l'impunité!
Il triomphe, le royalisme!
Sur les tombeaux de l'héroïsme
Et celui de la LIBERTÉ!...

ᗗ◆◆ᘜ

PHASE SIXIÈME.

~~~~~~

Pᴀʀ quelle horrible tyrannie,
Sbire! as-tu troublé mon repos? (48)
Quel délit, quelle félonie
Peut m'engloutir dans les cachots,
Moi dont l'existence est sans tache?
Pourquoi ce revers qui m'arrache
Au bonheur de l'obscurité?
Tyrans! c'est à mon stoïcisme,
C'est aux vertus, à l'héroïsme
Que vous ôtez la Lɪʙᴇʀᴛᴇ́.

~~~

Oui, le frère opprime le frère !
Le talent poursuit les talens !
Le fils traîne à la mort son père
A travers les flots turbulens !
Sage, ta sagesse est ton crime :
Toujours le sage est la victime
Des troubles de l'humanité.
Dieu du peuple et de l'innocence !
Ne créas-tu l'intelligence
Que pour plaindre la LIBERTÉ ?

⁓

Dispenser le bonheur à l'homme,
Oui, c'est irriter les destins....
Martyrs de la Grèce et de Rome,
Nous jugeons vos contemporains ;
Vos noms sont gravés dans l'histoire :
Notre infortune,... votre gloire
Attendrit la postérité.
Entendez, augustes victimes !
Entendez nos accens sublimes,
Les soupirs de la LIBERTÉ.

⁓

Comprimons nos cris salutaires :
Le délateur, en nos prisons,
Transforme nos vœux débonnaires,
Nos traits, nos vertus en poisons.
L'enfer, en sa fureur bizarre,
A vomi l'espion barbare
Pour avilir l'humanité :
Telle est l'horreur qui nous opprime,
Qu'un regard, qu'un geste est un crime
Au mépris de la LIBERTÉ.

De ceux que ta trompette encense
Ne lançons point les javelots,
Et du feu de l'indépendance
Eclairons l'horreur des cachots.
Laissons le choix des aventures,
Et l'éloge des créatures
Au soin de la postérité :
Haine au crime, à la tyrannie ;
Hommage aux vertus, au génie,
A l'adorable LIBERTÉ.

Descente du peuple su-
burbain.

12 germinal
an III.

Sentimens di-
vers des pri-
sonniers dans
ces sortes de
mouvemens
extérieurs.

Quoi ! c'est l'alarme et l'épouvante !
Des cris au loin sont entendus !
D'un jour de deuil l'ombre sanglante
S'offre à nos esprits éperdus !
Ciel, protège ici l'innocence,
Ne fais éclater ta puissance
Qu'en faveur de l'humanité.
« C'est du peuple un réveil terrible :
« Il ouvre à ce séjour horrible
« Les portes de la LIBERTÉ.

« Un grand peuple au sénat s'avance :
« Sur les fronts on voit la fureur.
« Avons-nous droit à l'espérance ?
« Est-ce un attentat destructeur ?
« Murs affreux bâtis pour les crimes,
« Parlez, éclairez les victimes,
« Les amans de l'Egalité.
« Verrons-nous encor la lumière ?
« Le crime a-t-il creusé la bière
« Des enfans de la LIBERTÉ ? »

« — Notre indépendance chancelle ;

« La faim désole nos remparts.

« — L'indépendance... est immortelle.

« — De Rome écoutons les vieillards...

« — Montrons à la race future... (49)

« — Que mon être soit la pâture

« Des vengeurs de l'humanité...

« — Frappez ; je m'offre en sacrifice...

« — Dernier sentiment du supplice

« Appelle encor la LIBERTÉ. »

Des citoyens fanatisés, prisonniers, et dans le besoin pendant la disette, s'offrent en nourriture à ceux de leurs semblables qui peuvent le mieux défendre leur cause d'indépendance.

~~~

« Pestilentielles haleines,

« Vous corrompez l'air des humains :

« La mort, la misère, les chaînes

« Oppriment les Républicains.

« Honteux du chaos où nous sommes,

« Réprime la fureur des hommes

« Par les droits de l'humanité. »

Entends, vulgaire Aréopage,

Un peuple gémissant, mais sage,

Plein du feu de la LIBERTÉ.

~~~

L'agitation du peuple est souvent l'ouvrage de ses ennemis secrets.

Mais qu'opposer à la tempête,
Aux fureurs des flots mugissans ?
Dieu, l'éclair !... la foudre s'apprête.
D'où partent ces cris menaçans ?
Est-ce un vulgaire qui s'égare ?
Les rois dans leur espoir barbare ?
Le cri de la nécessité ?
Debout, sénateurs impassibles :
Soyez austères, inflexibles,
Les sauveurs de la LIBERTÉ.

⎯⎯

Décret de déportation contre Collot-d'Herbois, Billaud, Barère, etc.

Le sénat, glorieux Alcide,
A calmé l'orage et les vents,
Et, d'un bras que Minerve guide, (50)
Frappé des insectes sanglans :
Au loin ils vont porter leurs crimes ;
Environnés de leurs victimes,
Faire amende à l'humanité.
Et cet arrêt inexorable,
L'œuvre du sénat respectable,
Est l'œuvre de la LIBERTÉ.

⎯⎯

Cet arrêt, peuple qu'on égare !
Proscrit de sanglans sénateurs : (51)
Mais crains... c'est le signal barbare...
Du destin de tes bienfaiteurs,
Flambeau de la philosophie,
Rappelle à ma triste patrie
Ses dangers et la vérité . . . .
. . . .

Fixe l'atmosphère où nous sommes...
Vois la main qui détruit les hommes
Pour détruire la Liberté.

———

La clarté succède aux ténèbres; (52)
Un ciel pur ouvre l'horizon :
Il n'est plus d'appareils funèbres,
Tout rit au peuple, à la raison.
Le sénat ouvre les bastilles,
Il brise les fers et les grilles,
Honteux de son iniquité.
Penser n'est donc plus un blasphème?
Non : tout dire est le droit suprême
De l'homme et de la Liberté.

———

Allez consoler vos chaumières,
Artisans et cultivateurs,
Allez répandre vos lumières,
Doctes, écrivains, orateurs:
Pardonnez:.... c'est par la vengeance
Que le sang inonda la France,
Qu'il rougit ce sol irrité!
Humanité, divine source! . . . .
Fais que rien n'arrête en sa course,
L'impétueuse Liberté.

Ah! vain espoir que la justice!
Il n'en est point pour les héros.
Des tyrans l'odieux caprice (53)
Ne fait que changer nos cachots,
Et c'est aux regards de la France,
Parmi le meurtre et la vengeance,
Que chacun de nous garrotté,
Que tous, glorieuses victimes,
Sommes offerts, livrés aux crimes
Des bourreaux de la Liberté.

Translation des détenus d'une prison à l'autre, afin d'en faciliter l'égorgement.

Dirai-je les forfaits, la rage,
Les hurlemens, l'affreux *Réveil*
De cet exécrable assemblage
Qui se dit *Jésus* et *Soleil*!!!...
Altéré du sang des familles,
Il va jusqu'au sein des bastilles
Porter la mort, la cruauté!
Du massacre il fait ses délices!
Il sème l'effroi, les supplices,
Les spectres de la LIBERTÉ!

Compagnies d'assassins, dites de Jésus et du Soleil, etc.

———

Mais quelle est la voix qui m'appelle?
Quel cri fait retentir ces lieux?
Mes gardiens, d'une ardeur nouvelle...
J'entends ouvrir!... je vois les cieux!!!
Est-il donc un terme à nos peines?
« Oui : le destin brise les chaînes
« Des apôtres de l'équité.
« O ma famille! ô ma patrie! (54)
« Célébrez la gloire et la vie
« Du martyr de la LIBERTÉ.

Le malheur a son terme.

———

La persé-
cution déve-
loppe une
grande ame.

Mais quoi! la prison meurtrière
Ne flétrit que le criminel.
Recueilli dans mon ame altière,
Ici, je m'ornais un autel :
Oh! pourquoi, fatale inconstance!
Viens-tu troubler la jouissance
Qui flattait ma captivité?
Oui, libre au sein de l'esclavage,
J'adressais mon altier langage
Aux destins de la LIBERTÉ?

~~~

Les épi-
thètes de par-
tis sont don-
nées par le
crime, et pro-
férées par la
bassesse.

Destin! frappe l'antropophage,
Le traître, le vil exacteur:
Mais que le vertueux, le sage
N'éprouve qu'un joug bienfaiteur.
Au mépris des rois, de l'église,
Des mots qu'enfante la sottise,
Homme! défends la vérité!
Malgré les partis et la haine,
Que l'horizon soit le domaine
Des amans de la LIBERTÉ.

~~~

Quand, sous un voile impénétrable,
Toujours conspire un sort trompeur,
Qu'au gré de sa fougue intraitable
L'opprimé devient l'oppresseur,
Malheureux!... pourquoi dans vos haines
Vous donner la mort où les chaînes,
Au mépris de l'humanité?
Vertus! n'avez-vous plus d'empire? (55)
Faut-il qu'un coupable délire
Ensanglante la LIBERTÉ?

O vous! dont l'erreur ou le crime
Me fit charger d'indignes fers,
Reconnaissez-vous la victime?
Venez; mes bras vous sont ouverts.
L'apôtre de l'indépendance
Ne flétrit point, par la vengeance,
Son avenir... sa dignité.
Enfans de la même famille,
Sur nos fronts le même astre brille;
C'est pour la même LIBERTÉ.

République! France immortelle!
Pardonne... à toi-même, à l'erreur;
Imprime à ta splendeur nouvelle
Le sceau de la paix, du bonheur.
Ah! loin de ravager le monde,
D'ensanglanter la terre et l'onde,
Sois un dieu pour l'humanité.
Vivez, familles étrangères;
Vivez: tous les peuples sont frères;
Dans la paix est la LIBERTÉ.

Attribut saint des belles ames,
Douce amitié, fille des cieux!
Reparais, fais chérir tes flammes;
Des cœurs viens resserrer les nœuds;
Du genre humain sèche les larmes.
Règne, et, par tes innocens charmes,
Bannis les maux, l'iniquité.
Amitié! la vertu t'inspire;
Amitié! ton auguste empire
Est celui de la LIBERTÉ.

Fatigué du bourbier des villes,
Et de leurs plaisirs mal-faisans,
Courons dans nos plaines fertiles
Goûter le bonheur du printems.
Céleste azur, clarté chérie,
Ruisseau perlé, nappe fleurie,
Douce et pure sérénité,
Gazons, silencieux bocages,
Salut! Recevez mes hommages
Et les vœux de ma LIBERTÉ.

Image de la
vie cham-
pêtre.

~~~

Jeux inconstans de la Fortune!...
Naguère en un cachot obscur,
J'abhorrais la vie importune,
J'implorais un destin futur:
Arbitre aujourd'hui de mon être,
J'aspire le bonheur champêtre,
Les airs, l'espace illimité.
Demain, je puis frapper l'audace
Des artisans de ma disgrace,
Du fléau de la LIBERTÉ.

~~~

14

Au sein des fleurs, de la fougère,
Pan soupire, exalte ses airs;
Au flageolet de la bergère,
L'oiseau gazouille dans les airs;
La rive des prés, des fontaines,
Les monts, les côteaux et les plaines
S'ouvrent à la fécondité;
Zéphir, d'un suave murmure,
Rend à l'auteur de la nature
L'hommage de la Liberté.

~~~

Fuyez, lumières sépulchrales;
Laissez à mes sens éveillés
Le frais des aubes matinales,
L'éclat des tapis émaillés:
Pampre odorant, festons de Flore,
Rayons parfumés de l'Aurore,
Reflet des eaux, disque argenté,
Cours des nuits, des astres, de l'onde,
Je vois en vous l'ordre du monde,
Et l'immuable Liberté.

~~~

De la cime du promontoire,
Je t'admire, site orgueilleux,
Vallon, guéret, soc aratoire,
Ombre des cèdres sourcilleux;
Je t'admire, fleur purpurine;
Vague écumante et cristaline,
Mon œil suit ta limpidité:
Avec toi, tendre tourterelle,
Je célèbre l'amour fidelle
Et la champêtre LIBERTÉ.

———

Près du bonheur de l'innocence,
Bergers, sans art, sans fictions,
Vous chantez la Paix, l'Abondance,
Loin du crime et des factions:
Quand Cérès a fermé ses sources,
Diane vous offre ses courses;
Palès les jeux et la gaîté:
Savourant Bacchus et l'automne,
Vous cueillez les fruits que Pomone
Offre au dieu de la LIBERTÉ.

———

Loin des cours, du vil Ganimède,
Des profanateurs d'Apollon,
Du vain émule d'Archimède,
Du pédant rival des Solon;
Loin du honteux faste d'Asie,
Vous aimez, sans hypocrisie,
La vertu, la divinité.
Plutus n'a rien qui vous engage:
La Nature a son doux langage....
Elle sourit, la LIBERTÉ.

Dignités, grandeurs passagères,
Faux éclat, tu n'es qu'un poison:
Loin de vous, faveurs mensongères,
Je veux affermir ma raison.
Fuis, laisse-moi, vaine puissance,
Mon ineffable jouissance,
Ma glorieuse obscurité:
C'est dans l'aspect d'une campagne,
C'est dans les bras d'une compagne
Qu'est l'ivresse et la LIBERTÉ.

Doux bonheur de la solitude,
Enchaîne ma plume et mes ans;
Guide mes esprits, mon étude,
Dicte-moi des jours bienfaisans:
Loin du crime et de l'imposture,
Découvre à mes yeux, ô Nature!
La main du Tems, la Vérité:
Elle est la plus illustre vie,
Celle que la Philosophie
Donne au dieu de la LIBERTÉ.

Dans les palais, dans la chaumière,
Quel désespoir est répandu?
Quel destin promène la bière,
Le crêpe funèbre étendu?
Est-ce la foudre qui ravage? (57)
Sont-ce les combats du carnage?
L'horizon est-il empesté?
Non : la famine, plus cruelle,
Couvre de sa fureur mortelle
La terre de la LIBERTÉ.

Horreurs de
la disette.

an III.

J'ai faim, dit l'enfant à sa mère.
J'ai faim, dit le vieillard blanchi.
J'ai faim, dit la sœur à son frère.
J'ai faim, dit le père affaibli.
J'ai faim, dit la mère débile.
J'ai faim, dit la France fertile.
Le cri lugubre est répété...
Elles périssent, les membranes !
Ils se dessèchent, les organes,
Les fibres de la LIBERTÉ !

~~~

En vain la nature souffrante
Ranime un dernier sentiment :
A l'œil de la vertu mourante,
Le crime a soustrait l'aliment.
En vain la nourrice fidelle
Offre sa plaintive mamelle
Au fruit de sa fécondité :
Des fleuves, du cours de la vie,
De l'être la source est tarie ;
Il meurt avec la LIBERTÉ.

~~~

Plane la rage sur la terre;
Elle s'agite au sein des cris:
Le fils a dévoré sa mère;
La mère a dévoré son fils: (58)
Tous deux sont dans la même tombe.
Là, s'ouvre une même hécatombe
Où gémit la même cité!
Là, les mêmes ombres livides
Nomment les mêmes parricides,
La même inique LIBERTÉ!

LES clameurs, les cris, l'épouvante,
Le trouble est au sein du sénat:
L'audace, le tumulte augmente...
Ciel! un atroce assassinat...
C'est Ferraud! sa tête sanglante...
C'est d'une horde menaçante
Le délire et la cruauté.
Tous les monstres de l'anarchie
Déchaînés par la monarchie
Contre l'auguste LIBERTÉ.

Premier prairial an III.

Mais en vain du conseil de sages
On attend la mort et les fers :
C'est Jupiter dans les orages, (59)
Lançant, maîtrisant les éclairs :
A sa voix, la foule homicide
Tremble, disparaît, s'intimide,
Rougit de sa témérité ;
Avec ses projets sanguinaires
Rentre dans ses affreux repaires,
Et fuit devant la LIBERTÉ.

Mort du fils de
Louis XVI
au Temple.

20 prairial an
III.

C'EST quand du Plébéien austère (60)
S'éteint la gémissante voix,
Que l'Olygarque sanguinaire
Frappe le rejeton des rois :
Seul, il veut régner sur la cendre
Du monarque et d'un peuple tendre,
Dont expire l'autorité.
Jusque sur la débile enfance,
Le patriciat en démence
Ensanglante la LIBERTÉ.

PHASE SEPTIÈME.

~~~~~~~

Aprés le délire anarchique,
Va-t-il régner, le joug des lois?
Le destin de la république
Va-t-il en imposer aux rois?
Vit-il, ce code populaire
Qu'une sagesse tutélaire
Proclama pour l'égalité?
Et de l'élément où nous sommes,
Le bonheur montre-t-il aux hommes
Le règne de la LIBERTÉ?

Constitution
de l'an III.

15

O honte! ô trait de l'esclavage!
Les sénateurs déshonorés
Ont flétri, réprouvé l'ouvrage,
Les actes qu'ils ont révérés!
Vendus aux partis qu'ils frappèrent,
Aux pieds des rois qu'ils détestèrent,
Ils couronnent l'iniquité!
Chacun des tyrans subalternes
Sacrifie aux dieux des Lavernes,
Au sommeil de la LIBERTÉ!

———

Français! du disque de ta gloire,
L'auguste livre est effacé;
Il ne vit plus que dans l'histoire:
L'autel du peuple est renversé. (61)
Les droits sacrés de la Nature,
Par la mollesse et l'imposture,
Sont bannis avec l'Equité:
Et l'homme fier, incorruptible,
Pleure, avec l'univers sensible,
Son éphémère LIBERTÉ.

———

Que dis-je? Le frein politique,
La loi du calme et du bonheur,
L'éclat de la gloire civique,
Mortel! s'embellit dans ton cœur!
Dans chaque repli de ton ame
Habite la céleste flamme
Du bienfait, de la vérité,
Ton guide est au fond de toi-même,
Ton être est un flambeau suprême
Dont s'éclaire la LIBERTÉ.

Les revers, les maux, les abimes
Sont dans les combats orageux:
Des gouvernans et de leurs crimes,
Trompez les pièges ombrageux:
Pour confondre leur arrogance,
Gardez d'un orgueilleux silence
L'éloquente immobilité;
Bientôt les lâches artifices,
Les tyrans, l'opprobre et les vices
Feront place à la LIBERTÉ.

Belley, esclave naguère, comme nègre, siège parmi les représentans d'un grand peuple.

Salut à ta philosophie,
Sénat vengeur de l'Africain !
La couleur n'est plus asservie
Au joug d'un pouvoir inhumain !
Belley, du sein de l'esclavage, (62)
Est assis dans l'Aréopage :
Soleil ! tu luis pour l'équité.
Le destin, Colons fratricides,
En foudroyant vos mains cupides,
A vu l'homme et sa LIBERTÉ.

Conjuration des sections de Paris contre la convention.

13 vendémiaire an IV.

DIEUX ! des orateurs mercenaires,
Vendus à Philippe, à Xercès,
J'entends les fureurs sanguinaires !
Les clameurs des Agnonidès !
Sur le plus noble enthousiasme,
Les suppôts sèment le sarcasme,
Le blasphême, l'adversité !
Vils apôtres de l'esclavage,
Ils versent la mort et l'outrage
Sur la tremblante LIBERTÉ !

Sous un tribunal de Séides,
Affreux précurseurs des tyrans,
J'entends des hordes homicides
Proclamer des arrêts sanglans !
Je vois les fauteurs, les complices
Diriger les fers, les supplices
Sur le sénat déconcerté !
Déjà le trésor et les armes
Se sont livrés, offrent des charmes
Aux tyrans de la LIBERTÉ.

Un tribunal sanglant était déjà créé pour immoler tous les hommes de la révolution.

———

Ennemis nés de l'héroïsme,
S'arment les enfans de Plutus,
Le prêtre, le vil monarchisme,
Les adorateurs de Janus ;
Des bras de l'impure mollesse,
L'adonis porte sa faiblesse
Dans les rangs du crime aposté ;
Et l'esclave et le sybarite,
Et le maître et le satellite
Marchent contre la LIBERTÉ.

———

Le comité de salut public délibère long-tems s'il livrera aux sections rebelles le bataillon sacré composé des citoyens dits terroristes, à l'influence desquels la convention et la Liberté durent leur salut.

Le sénat, pour braver l'orage,
Cherche les bras qu'il a proscrits,
Arme l'homme libre, le sage,
Les athlètes qu'il a flétris :
Quoi ! dans ses cruels artifices,
Il va les livrer aux supplices,
Aux fureurs de la royauté !
Essaim généreux qu'on trafique,
Défends ce sénat tyrannique
Pour défendre ta LIBERTÉ.

Le fils s'arme contre son père;
Le sénat contre le sénat;
Le frère va frapper son frère;
Le citoyen frappe l'état :
Moi, dans l'horreur dont je frissonne,
Serais-je un défenseur du trône,
Du plébéien ensanglanté !
Non : je fuis ce jour déplorable,
L'effroi, l'arène lamentable,
Les cyprès de la LIBERTÉ.

Déjà le salpêtre pétille;
Le rebelle a tenté le sort;
L'éclair est lancé, le fer brille;
J'entends les foudres de la mort.
Mais que peut un troupeau d'esclaves (63)
Devant quelques-uns de ces braves,
Arbitres d'un monde irrité?
Au souffle de leur voix altière,
Le royalisme est en poussière,
Invisible à la LIBERTÉ.

— —

Français! déplore ta démence!
L'horrible champ des vils Calchas!
Non: un nouvel astre commence,
Naît un autre Epaminondas:
Ici, s'élève enfin la gloire;
Le tems va redire à l'histoire
Son éclat, sa célébrité.
Oui, du sein d'un sanglant orage
S'élève un bienfaiteur, un sage,
L'arbitre de la LIBERTÉ.

Naissance politique de Bonaparte.

Institut natio-
nal : sa pre-
mière com-
position, sa
première sé-
ance.

15 brumaire
an IV.

Non, il n'est qu'un ramas vulgaire,

L'Institut, enfant du chaos;

Des tyrans l'appui mercenaire,

L'arène des pédans, des sots:

C'est le frelon au lourd ramage, (64)

Le paon stupide au vain plumage,

La nuit épaisse et la clarté;

Bizarre et monstrueux mélange,

C'est le diamant et la fange,

L'esclavage et la LIBERTÉ.

Mortels réprouvés du génie,

Rampez sous vos fatras pesans;

Traînez avec l'ignominie

Les chars divers de nos sultans.

Loin de vos trétaux infertiles, (65)

Nos Euripide, nos Virgiles

Promènent la célébrité:

Cachez votre obscure carrière,

Ils viennent unir leur lumière

Aux astres de la LIBERTÉ.

Resplendissez, Pline, Héraclide !
La gloire a consacré vos pas.
Art puissant des Newton, d'Euclide,
Soumets la nature au compas.
Brillez, Ménandre, Anaximène !
Brillez, Appelle, Protogène,
Ivres de la postérité !
Immortels, chantez l'heureux calme,
Du Pinde embellissez la palme
Et la Mécène LIBERTÉ.

Э◆Є

Cessez le meurtre et le ravage,
Calmez-vous, valeureux Français ;
A la voix du sang et du sage (66)
Frédéric a juré la paix.
Son sceptre devient tutélaire,
C'est par le calme qu'il veut plaire,
Affermir son autorité :
L'olivier pare sa couronne,
Et s'il ne fût né sur un trône,
Il eût chéri la LIBERTÉ.

Le successeur du grand Frédéric fait la paix.

Э◆Є

Paix de Cam-
po-Formio.

Reposez, foyers du tonnerre :
Calmez-vous, airains dévorans ;
Cessez d'épouvanter la terre :
Appaisez-vous, combats sanglans :
La concorde se fait entendre,
Meurtriers, cessez de répandre
Le ravage et la cruauté.
Rois, tous les êtres sont vos frères ;
Peuples, les rois sont mandataires (71)
De vos vœux, de la Liberté.

Venise est
effacée du
nombre des
puissances.

Mais quel sort atteint la puissance
Antique parmi l'univers,
Dont l'orgueil et l'indépendance
Semblaient vivre autant que les mers? (72)
Fléchis ; le vainqueur t'abandonne.
Sois le vil butin de Bellone ;
Rampe, trop célèbre cité !
Succombe, ô vaine république !
Sous la traîtresse Politique,
Et l'oubli de la Liberté.

Dévoués à la tyrannie,
Les satellites des Tarquins,
Dans l'antre de l'ignominie,
Trament les complots inhumains!
Les fleurs, les appas respectables
Couvrent les desseins exécrables,
Le crime du piège aposté!
Fougueux amans de la patrie,
Résistez à l'amorce impie
Qui menace la LIBERTÉ.

Massacre au
camp de Gre-
nelle.

Nuit du 23 au
24 frimaire
an IV.

Mais quelles horribles ténèbres
Succèdent aux cieux étoilés?
Quelques holocaustes funèbres
Sont-ils par la nuit dévoilés?
L'air retentit des chants civiques!
Quel trouble! quels accens iniques!
C'est un carnage médité, (73)
Ce sont des suppôts mercenaires,
Et les frères contre les frères
Qui trahissent la LIBERTÉ.

Ciel! dans ses efforts sacrilèges,
Le bras des rois a triomphé!
Il tient dans ses horribles pièges
Le patriotisme étouffé!
Il consomme l'affreux ouvrage,
Assouvit la haine et la rage,
L'inextinguible cruauté!
H....., tombe sous les Séides: (74)
Tombe.... un tribunal d'homicides
Frappe et trahit la Liberté!

—

Vole au sein d'un dieu; fuis la terre,
Ses euménides gouvernans;
Fuis les fers, l'opprobre et la guerre,
L'arène des vils combattans.
Fuis: annonce aux maîtres suprêmes
Qu'au mépris de leurs anathèmes,
Ici bas le crime est fêté.
Dis-leur que les maux nous consternent!
Dis-leur que les tigres gouvernent
Et dévorent la Liberté!

—

Dis que la dépouille du juste
Couvre les tyrans, les bourreaux !
Qu'il n'est plus sous le ciel auguste
Que des assassins, des tombeaux !
Dis que le talent, la sagesse
Est le seul attentat qui blesse
Et la plèbe et l'autorité !
Dis que le forfait, l'ignorance
Est l'élément que récompense
Les tyrans de la LIBERTÉ !

MOI, je fuis... vers l'auguste empire,   Les ombres.
Je vole vers les sombres bords
Goûter la paix qu'on y respire,
Le calme des illustres morts.
Le genre humain que j'abandonne,
Plus barbare que Tysiphone,
N'offre qu'un site ensanglanté :
Peut-être en l'éternel abime
Le bienfait séparé du crime
Célèbre en paix la LIBERTÉ.

Salut, tombeaux dépositaires
De la dépouille des héros !
Salut, seuls abris salutaires,
Seuls asiles du doux repos !
Lieux destructeurs des diadêmes,
Ecueils des coupables systêmes
Du fourbe, de la vanité,
Vous voilez ces lois délirantes,
Ces ambitions dévorantes
D'une éphémère LIBERTÉ.

—

Là, pour la honte des Tybère,
Sont les Clistène et les Codrus :
Pigrès pâlit devant Homère ;
Virgile confond Mœvius :
Delphe, Dodone, les Sybiles,
L'essaim des oracles serviles
Rougit devant la Vérité.
Là, sont, aux pieds des Aspasie,
Des Ténésiles, des Porcie,
Les amans de la LIBERTÉ.

—

Au sein des troupes immortelles,
Brillent, sous l'homicide acier,
Thouret, Malesherbes, Séchelles,
Bailly, Condorcet, Lavoisier :
En chœur ils chantent la nature ;
Leur compas franchit et mesure
L'incalculable immensité :
Il dit à leur philosophie
Qu'ici bas, séjour de l'envie,
Tout est crime, et non LIBERTÉ.

Célèbres victimes de la révolution.

~~~

Là, tonne un foudre d'éloquence,
La voix du puissant Mirabeau.
Là, Camille exhorte au silence
Fauchet, Danton, Guadet, Vergniaud...
Barnave abjure sa logique :
Linguet abjure son caustique
Devant la magnanimité :
Ensemble ils maudissent la terre,
Les rois, la faveur mensongère,
La chimérique LIBERTÉ.

~~~

Là, rampe la horde hypocrite,
Le prêtre et ses fangeux croyans.
Près de Lamballe qui s'irrite,
Pâlit le pervers d'Orléans.
D'Orléans, sans gloire et sans trône,
Sans nom, sans amis, sans couronne,
Cherche en vain l'abri du l'Ethé,
C'est au sein des impurs génies,
Et des immondes Gémonies
Que fuit sa feinte LIBERTÉ.

～～

Là, Bourbon connaît la sagesse,
Le néant du trône et des grands;
Maudit les ingrats, sa faiblesse,
Les flatteurs et les courtisans:
Il montre à sa famille errante,
Aux monarques dans l'épouvante,
Son échafaud ensanglanté:
Fidèle au parjure, à l'offense,
C'est au sceptre de la vengeance
Qu'il présente la LIBERTÉ,

～～

Pâris porte un glaive homicide
Sur le glorieux Saint-Fargeau.
Dans le sein de Marat livide,
Corday plonge un affreux couteau.
A l'aspect d'Hébert, de Chaumette,
S'irrite l'ombre d'Antoinette
Qu'entourent les rois, la fierté.
Le rebelle * de l'Armorique   * Charrette.
Montre à son vainqueur pacifique *   * Hoche.
Les cyprès de la LIBERTÉ.

＿＿＿

Là, règne * la terreur des crimes,   *Robespierre.
L'effroi du peuple et des tyrans :
Son geste est l'arrêt des victimes
Qu'il offre à ses dieux délirans.
Son œil sévère, inexorable,
Est l'œil du serpent intraitable
Qui lance le trait redouté.
La terreur dit : « C'est Robespierre ;
« Ecoute ;... c'est la voix altière
« Du Caton de la LIBERTÉ.

＿＿＿

Entouré de palmes fatales,
Il parle aux mondes rugissans,
Et les puissances infernales,
Les spectres même sont tremblans :
Sombre, farouche, *incorruptible*,
C'est de son antre inaccessible
Qu'il promène l'aspérité.
Craint du penseur et du vulgaire,
C'est en tyran atrabilaire
Qu'il commande la LIBERTÉ.

~~~

C'est sa voix : « D'un jour de tristesse,
« Peuple, je nommais les auteurs...
« Je succombe ; ils sont dans l'ivresse,
« Ils triomphent, tes oppresseurs !...
« J'ai vécu... Contemple et soupire ;
« Avec moi périt ton empire,
« Les dogmes de l'Egalité.
« Gémissez, univers, patrie ;
« La tombe de ma tyrannie
« Est celle de la LIBERTÉ. »

Il dit, et présente à la terre
Le sang des Sydney, des Agis...
Et Brutus poignardant son père,
Et Brutus condamnant ses fils.....
Et Barnevelt et Desmosthènes...
Phocion, qu'admirait Athènes,
Dit quel sort frappe l'équité.
Et la Grèce, et Rome, et la France
En deuil... attestent l'impuissance
Du sage et de la LIBERTÉ.

~~~

Il dicte, il anime l'histoire,
L'Aréopage des héros !
Socrate y dispense la gloire,
La palme à des martyrs nouveaux...
Pompée, en soldat héroïque,
N'accorde qu'à l'éclat civique
Le laurier d'immortalité.......
Rousseau, Pindare me sourient....
Et Milton et Lucain s'écrient :
C'est l'amant de la LIBERTÉ.

~~~

Il se lève, et d'un œil avide
Me fixe, le cercle illustré :
« Salut à la LIBERTÉIDE!
Répète le temple sacré;
« Salut au monument durable
« Qui, bravant un monde coupable,
« Ne voit que la postérité! »
J'entends..... immortelles victimes!
Vous l'attendez, ombres sublimes,
L'Apollon de la LIBERTÉ!.....

PHASE HUITIÈME.

L'ESCLAVE reprend l'oriflamme,
Quitte ses antres ténébreux.
Vendu, l'hypocrite déclame
Sur l'autel du prêtre odieux.
Le libérateur des Bataves
Va nous proclamer les esclaves
Du tyran qu'il a détesté.
Et sous la pourpre des monarques,
De traîtres, d'odieux pantarques
Trafiquent de la LIBERTÉ.

Rewbell, Barras et Révellière - Lépeaux, directeurs, font arrêter et déporter leurs collègues Carnot et Barthélemy; une foule de représentans du peuple, et d'hommes de lettres.

18 fructidor an V.

Mais à tort la vertu s'afflige ;
Je vois s'armer les combattans :
J'entends du vainqueur de l'Adige
Et la doctrine et les sermens.
Du libérateur d'Italie,

*Augereau.

L'émule * électrise et rallie
La froide impétuosité :
Chez les morts il se fait entendre :
Des sillons qui fument leur cendre,
Il sort, le cri de LIBERTÉ.

~~~

Non, règne la ligue infernale,
L'essaim des odieux visirs !...
C'est la colère orientale ,
L'œuvre des cruels triumvirs ! (75)
C'est le délirant despotisme
Qui , sous le masque du civisme,
Interpose sa volonté !
Le sénat, peuplé de sicaires ,
Courbé sous de vils janissaires,
Frappe avec eux la LIBERTÉ.

Le héros flétrit sa couronne
Au sein des plaisirs, de l'encens ;
Il respire l'air qu'empoisonne
Le souffle des vils courtisans.
Non, l'enfant chéri de la guerre
Mûrit, dans l'ombre du mystère,
Sa seconde immortalité.
Sur les ailes de la Fortune,
Armé du trident de Neptune,
Il embarque la LIBERTÉ.

Bonaparte de retour d'Italie.

—

Au disque brillant des étoiles,
Le héros franchit l'Océan :
Déjà s'est rangé sous ses voiles
Le roc vainqueur de Soliman.
Tel qu'à travers le doux feuillage,
Zéphir, sur l'azuré nuage,
Répand les parfums de l'été ,
L'enfant de Mars sur sa carrière
Répand la raison, la lumière,
Les trésors de la LIBERTÉ.

Son départ pour l'E- gypte.

Prise de Mal- the.

—

18

Le préju-
gé de la nais-
sance n'est
qu'une insulte
aux hommes.

Ils vont dans les cours chancelantes,
Ces chevaliers du vil orgueil,
Etaler leurs mœurs insolentes,
Porter leur haine, leur vain deuil :
Ils vont nous cacher leur doctrine,
De leur mensongère origine
L'insupportable vanité ;
Ils vont répandre la vengeance,
L'ennui, la honte et l'ignorance
Que méconnaît la Liberté.

Traversée de
Bonaparte.

Ici, fiers de porter Achille,
Je vois les flots s'enorgueillir;
D'allégresse, l'onde immobile
Ne s'ouvre que pour tressaillir :
C'est un religieux silence
Qui transporte la Providence
Aux climats de l'adversité;
C'est le calme et la paix profonde
Qui portent la terreur du monde,
Les foudres de la Liberté.

L'œil des compagnons d'Amphitrite
Repose sur les vastes mers :
L'onde qui mollement s'agite
N'est qu'un protecteur univers.
L'aimable et paisible Nature
Est-elle ici l'heureux augure
Que le héros a consulté ?
Non : ce calme adoré du sage
N'est que le sinistre présage
Des revers de la LIBERTÉ.

———

Le cri du démon de la guerre
Domine sur les élémens ;
Et la plaine de l'atmosphère
Retentit de ses hurlemens :
C'est de l'implacable Tamise,
Du forfait qui s'immortalise,
L'aspect, l'étendard agité.
Les arsenaux flottent sur l'onde ;
Les combats vont frapper le monde,
Et mettre en deuil la LIBERTÉ.

Combat des
flottes fran-
çaise et an-
glaise.
———
Brueys.
Nelson.

———

Il tonne, l'airain homicide !
Au sein des mers il retentit !
Il frappe, le trépas avide !
En vain l'abime l'engloutit.
Ce n'est point un commun orage ;
Ce sont les efforts de la rage,
L'œuvre du Cocyte irrité ;
D'Albion c'est l'horrible empire ;
C'est l'épouvantable délire
Du crime et de la LIBERTÉ.

Du haut des voiles conductrices,
Ils tombent, les vaillans soldats !
Du sein des ondes protectrices,
Ils reparaissent aux combats !
Chaque athlète au regard farouche,
Et le blasphème dans la bouche,
Lance le trépas irrité.
Du sein de la sombre agonie,
S'il reprend un souffle de vie,
C'est pour chérir la LIBERTÉ.

L'Orient, * porté par la poudre,
Se brise en éclats convulsifs ;
Les mourans que sème la foudre
Surpèsent les torrens plaintifs.
C'est l'Etna qui, de ses entrailles,
Vomit l'effroi, les funérailles,
Les déserts, la calamité ;
C'est l'ange armé de la trompette
Qui vient annoncer la tempête
Aux humains, à la Liberté.

* Le vaisseau qui avait porté Bonaparte et les savans qui l'accompagnent.

—

Des Francs, de l'Albion terrible,
L'œil cherche en vain les étendarts :
Les mers sont le sépulcre horrible
Des débris, des mourans épars.
Versé par les affreux tonnerres,
Le sang des homicides frères
Grossit le fleuve épouvanté.
Neptune,... un douloureux murmure
Redit le deuil de la Nature,
Et l'effroi de la Liberté.

—

Notre gloire a perdu ses charmes,
L'Anglais tient le sceptre des mers.
L'orphelin, l'épouse en alarmes
Révèle au monde nos revers.
Chez les rois l'allégresse éclate :
L'ivresse du peuple pirate
Célèbre sa perversité.
Du Cacre à la triste Hybernie,...
Il est dans l'effroi, le génie
De la souffrante LIBERTÉ.

* * *

Loin des Francs, terreur importune !
Le malheur les enorgueillit :
Elle est sur leurs pas, la Fortune !
Le trop d'ardeur seul les trahit.
Alcide eut ses jours de détresse :
Du malheur naquit la sagesse ;
La nuit prépare la clarté ;
Le plus beau ciel a ses nuages :
C'est au sein des fougueux orages
Que triomphe la LIBERTÉ.

* * *

Il est trompé, le sort coupable !
Ils respirent, nos combattans !
Il est franchi, le port aimable
Des superbes Mahométans !
Toujours favori de Bellone,
Du Macédonien * qu'il étonne
Le Français régit la cité.
Euclide, Origène, Didyme,
Renaissez à l'aspect sublime
Des héros de la Liberté.

Prise d'A-
lexandrie.
Conquête
de l'Egyp-
te.

Bonaparte.

* Alexandre.

———

Tel qu'étonné l'enfant s'écrie
Au sortir du flanc maternel ;
Qu'alarmé des maux de la vie,
Il semble accuser l'Eternel ;
Que trop frappé de la lumière,
Il ferme sa faible paupière,
L'œil qui redoute la clarté,
Ici, des peuplades stupides
Ont armé leurs mains homicides
A l'aspect de la Liberté !

———

Ils sont armés, les bras du crime !
Mais que peut leur aveugle effort ?
Du héros la voix magnanime
Maîtrise et détourne la mort.
Au sein de ses enfans rebelles,
Le père appaise les querelles
Par un seul regard de bonté :
Pour châtimens et pour vengeance,
Il donne au sauvage en démence
La paix, les arts, la LIBERTÉ.

Bonaparte prend les formes et le langage d'un mahométan.

Ici, redoutant la croyance,
Il est scrupuleux sectateur.
Là, pouvant braver l'ignorance,
Il est soldat, législateur.
Partout promenant la conquête,
C'est Mahomet, c'est le prophète
Qu'inspire la divinité.
Toujours c'est au flambeau du sage
Qu'il prend les couleurs, le langage
Des dieux et de la LIBERTÉ.

Il admire du haut du phare
Ces restes brillans de Memphis;...
Ce labyrinthe où l'on s'égare;...
Ce temple d'Eliopolis;...
Ces rives,... ces plaines humides;...
Ces orgueilleuses pyramides
Que respecte l'éternité;...
Ce tombeau (76) du mordant critique;...*   * Juvénal.
Cette Thèbe à l'éclat civique;...
Ce Nil fait pour la LIBERTÉ.

Il brille, il vit sur la colonne,
Le compagnon de la vertu !
Le nouveau lustre qu'il lui donne
Venge le glorieux vaincu.
Le tems surpris, jaloux, timide,
Va relire d'un œil avide
Le nom du Français redouté:
Et l'Arabe et le Bérébère
Vont célébrer l'instant prospère
Qui leur donne la LIBERTÉ.

Les noms de tous les guerriers qui composent l'armée d'É-gypte seront inscrits sur la colonne de Pompée.

Le pain or-
dinaire est le
même pour
les généraux
et pour les
soldats : le
pain blanc est
pour les hô-
pitaux.

Egaux par la même vaillance,

Egaux dans les rangs du combat,

Il n'est qu'une même substance

Pour le chef et pour le soldat.

Assis sur le même tonnerre,

La même coupe désaltère

La même impétuosité.

Les mêmes vœux, la même gloire,

Les cris de la même Victoire

Chantent la même LIBERTÉ.

Un énorme
serpent s'agi-
te au pied de
la colonne de
Pompée.

A mes yeux quel monstre reptile

Gronde aux pieds du fier monument?

Est-ce de la ligue imbécille

Le délire et vain sifflement?

Est-ce un augure d'abondance,

Un emblème de la Prudence

Par l'Egyptien respecté?

Est-ce l'image tortueuse

De cette guerre ténébreuse

Des traîtres à la LIBERTÉ?

Il n'est plus, l'être téméraire !

La mort l'a soumis à ses lois.

Et sa dépouille sur la terre

Rampe, ainsi que le nom des rois.

Les rayons du flambeau du monde

Ont frappé le reptile immonde,

Desséché son dard infecté.

Ainsi que l'insecte homicide,

Il desséchera le perfide,

Le traître envers la LIBERTÉ.

———

Des tombeaux que le tems révère,

S'élancent les Pélopidas !...

Fier des hommages de la terre...

C'est lui.... c'est Epaminondas ! (77)

C'est lui ! Bonaparte s'incline :

Brille une lumière divine

A l'aspect du couple enchanté.

Le Thébain, que la gloire inspire,

Adresse au Français qui l'admire

Ces accens de la LIBERTÉ :

L'ombre d'Epaminondas paraît au général Français, et montre la Grèce...

———

« De la coupable monarchie

« Efface l'abus détrôné :...

« Mais d'une avide oligarchie...

« Crains l'élément empoisonné ;....

« Crains les flatteurs qui t'environnent :

« Les rois, jamais ils ne pardonnent.

« Reste grand par la loyauté :

« L'homme est né pour l'indépendance ;

« Ta gloire est dans sa délivrance :

« Sois fidèle à la LIBERTÉ. »

PHASE NEUVIÈME.

TEL que l'aigle d'un vol rapide
Soumet les fougueux Aquilons,
Nos guerriers, d'une ardeur avide,
Franchissent les eaux, les vallons.
L'astre brillant qui luit pour l'homme
Va nous montrer au sein de Rome
L'héroïsme ressuscité.
Le Franc, dont les pas étincèlent,
Touche à la tombe d'où l'appèlent
Les pères de la LIBERTÉ.

Résurrection éphémère de la république romaine.

Salut, théâtre de la gloire
Des Caton, des Cincinnatus!
Salut, temple de la Victoire,
Des Cicéron et des Brutus!
Salut, fleuve étonné du Tibre,
Bords heureux d'où le Romain libre
Emerveilla l'immensité!
Salut, glorieux Capitole!
Mont sacré, ton aspect console
La trop tardive LIBERTÉ.

———

Ranimez-vous, cendres chéries!
Répétez nos accens vengeurs.
Levez-vous, ombres assoupies,
Devant nos fronts couverts de fleurs!
Coclès, Popilius, Camille...
Peuple-héros dont le nom brille,
C'est toi dont l'éclat est chanté.
Scœvola, c'est ta main sublime;
Curtius, c'est ton vaste abime
Que célèbre la LIBERTÉ.

———

Pour le désespoir des Thersites,
Vivez, courageux Décius !
Pour la honte des Sybarites,
Vivez, sobres Fabricius !
Pour nous faire horreur des Tullie....
Toi, Lucrèce... toi, Cornélie,
Fais revivre la chasteté.
A l'aspect de la tyrannie,
Père en pleurs frappe Virginie
Du poignard de la LIBERTÉ.

Debout ! les faisceaux consulaires
Reprennent un lustre nouveau :
Au Forum des lois populaires
S'allume le divin flambeau ;
Où brillait la pourpre papale,
Brille la candeur triomphale
De la suprême Egalité.
A l'imposture du papisme,
Succède le cri du civisme
Des Tribuns de la LIBERTÉ.

Braschi, tombé du rang suprême,
Cède à la raison des Français ;
Brisé, le triple diadême...
Brisé !... qu'il le soit pour jamais.
Dans sa misère vagabonde,
Braschi.... va présenter au monde
Des grandeurs la fragilité :
Le cèdre est frappé du tonnerre ;
L'arbrisseau qui touche à la terre
Vit de calme et de Liberté.

O songe ! ô coupable inconstance !
Ils renaissent les imposteurs !
Vous renaissez, intolérance,...
Poignards, bûchers inquisiteurs,
Peuples, monarques en tutelle !
Il sourit, le prêtre rebelle,
L'odieux papisme agité !
Eclipsez-vous, vertu, sagesse ;
Il frappe de sa main traîtresse,
La lumière et la Liberté !

LE calme succède à l'orage ;

La paix montre ses étendarts :

Le bienfait va venger l'outrage,

Consoler nos tristes remparts.

Vous, que Minerve aime et couronne,

Enchaînez l'horrible Bellone,

Brisez son tonnerre indompté ;

Et jusqu'au flanc des Euménides,

Rompez les glaives parricides

Que conjure la LIBERTÉ.

Assassinat des plénipotentiaires français B berjot et Bonnier au congrès de Rastadt.

Non, la barbare politique

Jouit des pleurs du genre humain !

Des rois et de la république

Sourit le conseil assassin !

Ainsi que l'Europe sanglante,

Dans l'espoir, la sinistre attente,

Gémit la magnanimité.

Le sceptre s'agite et gouverne ;

L'agent d'un peuple se prosterne,

Et trafique la LIBERTÉ.

20

Ecoutez, cieux, mondes sensibles,
Mugir et frapper les bourreaux !
Pleurez les deux incorruptibles ;
Leurs cadavres sont en lambeaux !
J'aperçois au sein des ténèbres,
Du deuil et des sanglots funèbres,
Les rois, leur glaive ensanglanté...
O rive à jamais exécrable !
Répète le cri lamentable
Du spectre de la Liberté.

———

Vous survivez aux coups des Parques,
Mères, enfans ! Appaisez-vous ;
Pour les victimes des monarques,
La France est un père, un époux.
Et toi !... vis-tu pour l'infamie,
Pour servir la ligue ennemie,
Pour l'horreur de l'humanité ? (78)
Tems inflexible, inexorable,
Tu dévoileras le coupable
Aux fastes de la Liberté.

SALUT au fléau des Lavernes,
Aux arts, au temple des bienfaits !
A l'envi, répétez, modernes :
Salut au Portique Français !
Luis, doux flambeau de la morale ;
Civilise un peuple vendale,
Rends-lui les mœurs, l'austérité :
Aux yeux des hordes corrompues,
Pensez... méritez des statues,
Fiers Zénon de la LIBERTÉ.

Existence passagère du Portique Républicain.

———

Montrez au vice, à la mollesse
La grandeur des Panétius :
Montrez la gloire des Lucrèce
Aux complaisantes des Sextus :
Montrez au magistrat cupide
Epaminondas, Aristide,
Riches de l'immortalité.
Soyez l'arche vainqueur des ondes,
Bravant les vagues furibondes,
Sauvant l'homme... et la LIBERTÉ.

———

Non, vils apôtres d'Epicure !
Fuyez les temples de Zénon ; (79)
Fuyez, l'aspect de la nature,
Les sectateurs de la Raison !
Fuyez, oracles du vulgaire !
Portez votre encens tributaire
Au crime, à la frivolité.
Fuyez !... vos regards avilissent :
Disparaissez !... vos noms flétrissent
Le Parnasse... et la LIBERTÉ.

Mort de
Wasinghton.

En deuil, heureuse Virginie,
En deuil ! promène les cyprès :
Wasinghton n'est plus ! son génie
Brille et plane au sein des regrets.
Wasinghton !... Réjouis-toi, France :
Suppôt d'Albion en démence,
Il servit la perversité !
Non : s'il a fui notre anarchie,
Son bras vainquit la monarchie,
Fonda la sage LIBERTÉ.

Wasinghton affranchit la vie :...
César a reforgé les fers.
Wasinghton sauva sa patrie :
César asservit l'univers :
Wasinghton, toujours grand, lui-même
Fuyait l'éclat du rang suprême,
Pour la sublime obscurité :
César du pouvoir fut avide ;
César... fut conquérant perfide,
Destructeur de la LIBERTÉ.

APPLAUDIS-TOI, France guerrière ;
Tout cède à ton fougueux élan :
Je vois fuir devant ta poussière
Emmanuel et Ferdinand.
Loin du théâtre de leurs crimes,
Et de l'aspect de leurs victimes,
Ils traînent un joug détesté.
Où s'étalaient les diadêmes
S'élèvent les accens suprêmes
De la joyeuse LIBERTÉ.

Les rois de
Sardaigne et
de Naples
sont détrô-
nés.

Titres vains, grandeurs chimériques,
Rois, éclipsez-vous à mes yeux :
Bonheur des cabanes rustiques,
Règne, charme l'homme et ses vœux.
Descendez, conquérans, richesses ;
Descendez, potentats, hautesses,
Dans la nuit de l'obscurité :
Le chaume est frère du génie ;
La vertu, la philosophie
Sont les sœurs de la LIBERTÉ.

———

Proscriptions et massacres juridiques des patriotes napolitains.

Francs ! dérobez-vous à la haine ;
Les tyrans sont aidés du sort.
Mortels ! Ferdinand vous ramène
Le courroux, le deuil et la mort !
Fuis, Indépendance adorable :
Il revient, le sceptre implacable !
Il a soif de la cruauté !
Ferdinand dresse les supplices :
L'horreur des sanglans sacrifices
Succède aux chants de LIBERTÉ.

———

Un roi triomphe !... la Vengeance
Foule aux pieds les pactes sacrés, (80)
Repaît sa féroce présence
Des Napolitains massacrés.
L'enfance, le vieillard, le sage...
Le tems n'assouvit point la rage
Du prélat, * du trône irrité :
Il règne sur une hécatombe ;
Il vit pour outrager la tombe
De l'impuissante LIBERTÉ.

* Le cardinal Ruffo.

Cœur où respire l'innocence,
Enfant qui souris dans mes bras ;
Oracle de l'Indépendance,
Muse ! attends les fers, le trépas.
Oui, j'aperçois la main du prêtre
Bénir les attentats d'un maître,
Guider le sceptre ensanglanté !
Redouble, ivresse de mon ame,
Survis, dans ton auguste flamme,
Au destin de la LIBERTÉ !

PHASE DIXIÈME.

L'ESCLAVE, les suppôts cupides
Foulent nos droits ensevelis;
Aux pieds des odieux Lépides
Ils sont prosternés, avilis:
Ivres de luxe et d'arrogance,
Les dévastateurs de la France
Brillent de leur impunité. (81)
Les vertus sont dans l'épouvante;
Le forfait divinise et chante
L'oppresseur de la LIBERTÉ.

Avilissement du gouvernement directorial, et de la représentation du peuple français.

L'esclave s'applaudit, admire,...
Rampe sous les tyrans flétris.
L'homme se déplore et soupire,
Recherche ses déserts chéris.
L'apologiste mercenaire,
Suppôt du chef atrabilaire,
Est puissant, enrichi, fêté.
La mort, les cachots, l'ostracisme
Sont les tributs de l'héroïsme
De l'inspirante LIBERTÉ.

Le traître asseoit son existence :
Fuis, républicain succombé !
Fuis ! porte au loin ta résistance ;
Ton autel sublime est tombé :
Va dire aux monarques propices
Que tu fuis la France et ses vices,
Ses honteux fers, sa lâcheté !
Non, brûlez, foyers populaires !
Couvrez de cyprès tutélaires
La tombe de la LIBERTÉ.

Vivez pour nourrir les alarmes
Qui poursuivent les oppresseurs ;
Pour offrir, aiguiser des armes
Aux infortunés, aux vengeurs ;
Pour armer les sombres envies,
Attiser les noires furies,
Les haines, la cupidité.
Vivez pour grossir les nuages,
Rallumer au sein des orages
La cendre de la Liberté.

———

Mais calme-toi, fureur injuste ;
Le courroux éteint la raison :
N'entends-tu pas la voix auguste
Des Sicinius, des Caton ?
Des tribuns, défenseurs de Rome,
Des flambeaux qui consolaient l'homme,
Le temple est ici transporté.
Non, cet antre est celui du traître ;
C'est le vil marche-pied d'un maître,
C'est la nuit de la Liberté.

Mais quel bruit frappe mon oreille,
Et répand l'espoir dans les cœurs!
Est-ce un prodige, une merveille
Qui vient effacer nos malheurs?
Est-ce un conquérant en démence
Qui vient réasservir la France,
Bannir l'espoir, l'Égalité?
Est-ce le noble effort d'un sage
Qui vient réchapper du naufrage
Les débris de la Liberté?

Apparition de Bonaparte revenant d'Egypte.

~~~

Il paraît, le nouveau Moïse,
Le héros craint de l'univers!
Du fond de l'Egypte soumise
Il a franchi les vastes mers.
Il paraît: l'amour l'environne;
Son aspect est un dieu qui tonne,
Qui répand la sécurité.
Vertu, qui venges les empires,
Montre aux méchans que tu respires,
Commande... veux la Liberté.

~~~

Ils sont échappés à ma vue,
Les mandataires fugitifs ;
Ils sont, parcourant l'étendue,
Tremblans, désespérés, plaintifs.
Fuyez, ambitieux reptiles !
Fuyez., persécuteurs serviles !
Thesmophore l'a décrété.
Suppôts du forfait des orages,
Fuyez la colère des âges,
Le mépris de la LIBERTÉ !

18 brumaire
an VIII.

Les conseils
sont dissouts.

Va-t-il du culte populaire
Défendre, adorer les autels,
Ou, sous un masque tutélaire,
Donner d'autres fers aux mortels ?
Va-t-il couronner sa vaillance ?
Va-t-il usurper la puissance,
Flétrir son immortalité ?
Héros ! le burin de l'histoire...
Confie à ton glaive, à ta gloire
Les destins de la LIBERTÉ.

Question du
sage à l'as-
pect du guer-
rier.

Bataille de
Marengo.
IIe. conquête
d'Italie.
___
Bonaparte.

* Suwarow.

LE forfait trahit ton ouvrage ;
J'entends les cris du Cisalpin :
C'est le Russe, * armé d'esclavage,
Qui frappe, appesantit sa main.
Pour épouvanter sa furie,
Pâles ombres de Varsovie,
Marchez en deuil à son côté...
Flottez, étendards tutélaires !
Cueillez les lauriers consulaires
Que vous offre la LIBERTÉ.

Passage du
mont Saint-
Bernard.

Sois accessible, mont suprême ,
Auguste asile du malheur,
Où semble respirer Dieu même
Pour y soulager la douleur. (82)
Oui, les monts escarpés s'unissent !
Les rochers aigus s'aplanissent !
L'espace est dans l'hilarité !
Les cèdres abaissent leurs cimes !
Et les gouffres et les abimes
Se comblent pour la LIBERTÉ !

Il vole, et, semblable au grand Etre,
Le Franc plane sur les climats :
Sa présence fait disparaître
Les vents, les glaces, les frimats;
Devant son glaive inexorable,
Devant son front invulnérable,
Le danger fuit déconcerté :
Ces antres, où gît la tourmente,
La terreur, l'effroi, l'épouvante,
Sont les camps de la LIBERTÉ.

———

Vainqueurs des horizons funestes,
Brillent les Français combattans;
Au sommet des trônes célestes,
Ils règnent, ces heureux Titans :
Au loin dans les plaines fertiles
Ils vont terrasser les reptiles
Que ramène l'iniquité.
L'aigle altier va frapper sa proie,
Ivre de combats et de joie,
De vengeance et de LIBERTÉ.

———

Cuirassés de traits homicides,
Le fer, la mort sont dans leurs mains :
Ils tombent, les Français-Alcides,
Sur les innombrables Germains.
O honte! ô douleur! ô blasphême!
O bassesse ! ô grandeur suprême !
O clémence ! ô férocité!
L'Erèbe est donc leur oriflamme !
Les Parques, le souffre et la flamme
Me dérobent la LIBERTÉ.

Un moment
la Fortune a-
bandonna les
guerriers fran-
çais.

Le succès n'est plus à ta suite,
France! tes destins sont changés ;
Tes libérateurs sont en fuite,
Epars, tremblans,... découragés...
Cette fois le héros vincible
Est au sein du combat terrible :
Immobile, déconcerté,...
Il cherche la mort,... la victoire...
Il ne peut survivre à sa gloire,
Au destin de la LIBERTÉ.

C'en est fait, le sort t'est parjure;
Héros, tu cesses d'être cher.
Souffre ici l'abandon, l'injure
Du lâche courtisan d'hier:... (83)
Tes flatteurs ont fui tes disgraces...
Que dis-je? il retrouve ses traces,
Le dieu, le héros indompté!
Lancez vos traits, flèches sanglantes!
Tonnez la mort, laves brûlantes,
Avec Mars et la LIBERTÉ!

~~~

Furieux, les tigres s'égarent!...
Ils sont confondus, haletans!...
Les monts de cadavres séparent
Les désespérés combattans!...
Effrayés, les coursiers reculent!...
Tremblans, les échos dissimulent
Les plaintes de l'immensité!...
Bouillonnante du sang des frères,
L'onde fuit l'éclat des tonnerres,
Et murmure la LIBERTÉ!...

~~~

Les vents sèment les anathêmes,
Le cri des mourans entassés ;
Les guerriers, frémissant d'eux-mêmes,
Posent leurs glaives émoussés.
Qui prend la palme du courage,
Et de la gloire et du carnage?...
C'est le Français épouvanté.
Les gémissemens, les ténèbres
Couronnent de lauriers funèbres
La triomphante LIBERTÉ.

***

Image de la paix.

———

Allusion à Lunéville, résidence de Stanislas Leczinski.

Bannissez la guerre importune,
Agens de l'Epaminondas ;
Méditez la longue infortune
Et les vertus de Stanislas ;
Calmez un monde-chersonnèse ;...
Effacez l'horrible Némèse,
De la souffrante humanité.
Là, contemplez l'ombre du juste,
Réalisez le rêve auguste,
Les songes de la LIBERTÉ.

Il se promène, l'heureux calme!
Enorgueillissez-vous, Français!
Le monde vous offre la palme,
Le trident sourit à la paix,
Albion cède aux vœux du sage.
Régnez, vous êtes au rivage,
Arts, mœurs, perfectibilité!...
L'onde repose pour des frères;
Les climats, les peuples prospères
Rivalisent de LIBERTÉ.

Préliminaires de paix entre la république française et la Grande-Bretagne.

an x.

~~~

L'allégresse a banni l'injure:
Alcide a terrassé Cacus:
L'homme écoute enfin la Nature;
Fermez-vous, temples de Janus:
L'olivier relève sa tige,
L'habitant des airs y voltige,
L'agneau bondit l'aménité...
Cybèle agite ses charrues,
Et Flore embellit les statues
De la féconde LIBERTÉ.

~~~

Triomphe, ó sagesse suprême !
L'homme a cessé d'être cruel ;
Il n'a plus horreur de lui-même ,
Il a changé d'encens, d'autel.
Devant le tigre et la panthère ,
Mars a brisé son cimeterre ,
Honteux de sa férocité.
Dieux ! donnez-nous la paix profonde ;
Rois ! peuples ! citoyens du monde !
Aimez-vous pour la LIBERTÉ.

Villageois ! parcours tes domaines ,
Tes champs, tes guérets enrichis ;
Mesure et contemple ces plaines ,
Cet émail des côteaux fleuris.
Cérès est au sein de tes granges ;
Bacchus au sein de tes vendanges ;
Momus rappelle ta gaîté ;
Et Terpsycore et les Bacchantes ,
Les Ris, les amans, les amantes
S'enivrent de la LIBERTÉ.

Amour, Amour! ame féconde,
Répands tes carquois, tes flambeaux.
Amour, Amour! père du monde,
Donne aux mortels des feux nouveaux.
Amour, Amour! divin délire,
Commande, agrandit ton empire,
Tes temples, ta divinité.
Qu'ivre à tes pieds l'homme s'écrie :
« C'est le bonheur, c'est l'harmonie,
« C'est l'Amour et la LIBERTÉ. »

—

Célébrez, lauriers tributaires,
L'un des conquérans de la paix !
Annales des zones contraires,
Répétez son nom, ses succès ! (84)
Répétez à la sombre envie
Que la vertu, la modestie
Ornent son immortalité.
Il s'abaisse... le tems l'élève...
Minerve l'inspire, et son glaive
Repose pour la LIBERTÉ.

A Moreau
dans la re-
traite.

—

Muse ! abandonne tes images,
Tes héros, tes dieux, tes enfers ;
Suspends ta foudre et tes hommages,
Veille,... attends avec l'univers...
L'aigle séjourne dans les nues ;
Brave l'injure,... et les statues,
Filles de la fragilité....
Des fers !... le crime en vain les donne :
Le tems divinise et couronne
La lyre de la LIBERTÉ. (85)

—·—

LIBERTÉ ! sœur de la Nature,
Fille des cieux, mère du bien,
Combats les tyrans, l'imposture ;
Sois mon amante et mon soutien :
Quand la mort, fermant ma paupière,
Mêlera ma froide poussière
A celle de l'éternité,
Grave sur mon urne profonde :
« Il voulut le bonheur du monde,
« Il célébra la LIBERTÉ. »

FIN DES PHASES.

NOTES

DE LA

LIBERTÉIDE.

---

(1) Liberté! transmets à l'histoire
. . . .
Les forfaits de la Liberté!

Il est sans doute inutile d'expliquer que c'est par figure que je m'exprime ainsi : je crois que l'essence de la Liberté est la douceur, la clémence et la philantropie. Quoique Mirabeau ait dit que la Liberté es. ... une g.... qui n'aime à être f.... que sur des matelas de cadavres; quoique l'opinion, presque générale, des amans de la Liberté soit de la croire ombrageuse, terrible et inexorable, je me suis fait un principe du contraire. Pour qu'une chose soit aimable, rendez-la telle, offrez-la sous des traits qui cap-

tivent le cœur et les hommages de l'homme. Qu'il est douloureux
à ma sensibilité d'avoir à peindre, non les crimes, les ravages
de la Liberté, mais l'atroce aveuglement de tant de misérables
qui ont déshonoré l'espèce humaine en son nom !

Cette Liberté, que le torrent de la dépravation, que la masse
des esclaves ne pourra détruire, a toujours été l'idole des hommes
supérieurs.

« La Liberté n'a point d'autres bornes que l'honnêteté. —
« Renoncer à sa Liberté, c'est renoncer à sa qualité d'homme.
« — De vils esclaves sourient d'un air moqueur à ce mot de Li-
« berté. » (*J.-J. Rousseau.*)

« La Liberté que se figuraient les Grecs était une Liberté
« soumise à la loi, c'est à dire soumise à la raison même. » (*Bos-*
suet.)

« On demandait à un Lacédémonien ce qu'il savait. — Être
« libre. » (*Plutarque.*)

« La Liberté est le plus grand des biens, et le fondement des
« autres. » (*Diogène.*)

« Le nom de Liberté est si doux, que tous ceux qui combattent
« pour elle sont sûrs d'intéresser nos vœux secrets. » (*Raynal.*)

« La grande perfection de la Liberté consiste à maîtriser ses
« propres passions. » (*Locke.*)

« Le plus libre et le plus indépendant de tous les êtres n'est
« tout-puissant que pour faire le bien; son pouvoir infini n'a
« point d'autres bornes que le mal. » (*D'Aguesseau.*)

« La Liberté est le droit de faire tout ce que les lois per-
« mettent; et si un citoyen pouvait faire ce qu'elles défendent,
« il n'aurait plus de Liberté, parce que les autres auraient tout
« de même ce pouvoir. » (*Montesquieu.*)

« Un peuple souverain qui fait lui-même les lois, auxquelles
« il se soumet, obéira bientôt à un monarque absolu, ou à quel-

« ques familles privilégiées, s'il cesse d'affermir continuellement
« sa Liberté... — La Liberté n'est pas long-tems le premier des
« biens pour des hommes toujours exposés à la tentation de s'en-
« richir. » (*Mably.*)

Mon ouvrage au moins sera les annales du mot, et ce mot seul,
plus que le vulgaire ne se l'imagine, magique et tout-puissant,
rappelle... et rappellera toujours aux nations tout ce qu'elles
peuvent être et tout ce qu'elles sont.

(2) Du ministre et de sa puissance
Tonnent les accens bienfaiteurs;

C'est l'influence du ministre Necker qui a fait donner aux États-
Généraux, par le Tiers-État, autant de députés à lui seul que les
deux autres ordres. De là, cette force populaire... Nations! vous
devez à cet homme plus que les partis furieux n'ont eu le courage
de le dire jusqu'aujourd'hui. — On sait ce qu'il a fait pour la
cause des Américains. Cet homme était ministre comme les Col-
bert, les Sully, les Turgot, et ses détracteurs en place n'ont que
la bassesse des places.

(3) C'est en vain qu'il s'annonce en maître:

Louis XVI, bon homme au fond, et qui ne manquait point de
connaissances, comme on l'a prétendu, n'avait ni assez de
caractère, ni assez d'accord et de souplesse dans les moyens
qui l'environnaient pour conjurer l'orage, ou le diriger d'une
manière qui lui fût favorable. Louis XVI était au-dessous du
fardeau de la royauté, lui-même le disait à ceux qui n'auraient
osé le lui faire sentir. Il a répété souvent: « Je sens que les affaires
« tumultueuses d'une cour ne conviennent pas autant à mes goûts
« ni à mon caractère que la vie retirée d'un gentilhomme. »

(4) « Va dire à ton roi qu'on le brave. »

L'histoire répète cette courageuse réponse de Mirabeau à M.
Brézé, qui venait, au nom du roi, commander à l'Assemblée Nationale de se dissoudre : « Les communes de France ont résolu de
« délibérer : nous avons entendu les intentions qu'on a suggérées
« au roi; et vous, monsieur, qui ne sauriez être son organe auprès
« de l'Assemblée Nationale; vous, qui n'avez ici ni place, ni voix,
« ni droit de parler, vous n'êtes pas fait pour nous rappeler son
« discours : allez dire à votre maître que nous sommes ici par la
« volonté du peuple, et qu'on ne nous en arrachera que par la
« puissance des bayonnettes. »

Petite portion d'hommes à qui la nature permet de calculer l'effet du plus simple levier sur les plus grandes masses, dites que ce
moment décida du sort des Bourbons et de *l'universelle* révolution. Nul être, à moins qu'il n'eût un cœur de boue, ne peut
s'empêcher d'admirer la hardiesse de cette réponse à Brézé, quand
on songe que Louis XVI, en personne, venait de tenir ce qu'on
appelle la séance royale, et intimer ses ordres les plus impératifs
à l'assemblée; quand lui-même, après que son garde des sceaux
eut prononcé le mémoire qui contenait sa volonté, prend la pa-
role, et dit : « Je vous ordonne, messieurs, de vous séparer tout
« de suite, et de vous rendre, demain matin, chacun dans les
« chambres affectées à votre ordre, pour y reprendre vos séances. »

Cette résistance audacieuse de Mirabeau, et la lettre suivante
qu'il écrivit au duc d'Orléans à l'époque des agitations parlemen-
taires, peuvent jeter un grand jour sur la conduite et le but de ces
deux hommes, d'après les autres faits connus. Comme tout ce qui
vient d'un personnage extraordinaire est précieux à publier, et
que cette lettre, écrite et reçue dans le mystère, est restée dans le

plus grand secret jusqu'aujourd'hui, j'aime à l'offrir à l'historien et aux réflexions des politiques.

« A. S. A. S. Monseigneur le duc d'Orléans.

« Mémoire important
pour un jeune seigneur.

« MONSEIGNEUR,

« Toute la nation a les regards fixés sur vous : c'est de vous qu'elle attend le maintien de sa constitution qui vous met à sa tête.

« On ne peut rien faire pour changer cette constitution qui ne soit une atteinte portée à vos droits. Lorsque des ministres veulent s'arroger le pouvoir de tout détruire, et de transformer en lois toutes les volontés qu'ils décorent du nom du roi, ils ne font que se préparer des échelons qui puissent les conduire au point de vendre la couronne à la maison d'Espagne, qui ne manque pas de moyens pour l'acheter, et à laquelle votre altesse sérénissime ne peut opposer avec succès que la constitution française, si elle est maintenue, et l'amour et l'estime de la nation que vous vous serez assurés pour jamais en la maintenant.

« Les droits de la couronne qui vous est substituée, ceux de la noblesse dont vous êtes le chef, ceux du peuple sur lequel vous pouvez régner un jour, tout vous autorise à protester, avec la plus grande authenticité, contre des innovations également dangereuses pour le royaume, pour le monarque et pour vous-même. C'est ce que le public dit à haute voix, ce qu'il attend de votre magnanimité. On compte que vous refuserez publiquement de vous trouver au lit de justice qui se tiendra pour l'érection d'un nouveau parlement, ou, ce qui serait encore bien plus digne de votre rang et de votre courage, que vous y protesterez, pour vous-même, pour tous les princes du sang, pour la pluralité des pairs, qui ne vous désavoueront pas, contre la destitution arbitraire de vos juges naturels et anciens, contre l'érection de tout tribunal qui tendrait à vous soumettre à des volontés pareillement arbitraires, de tout tribunal qui, ayant l'édit de décembre dernier pour base de son institution, laisserait perpétuellement le roi exposé à voir abuser de son nom et de son autorité par des ministres audacieux qui voudraient porter le trouble dans le royaume, et en changer la constitution au préjudice des droits de tous.

« Cette démarche noble et simple, que la nation attend et desire, assure à jamais la conservation de vos droits que les Français défendront envers et contre tous, comme vous aurez défendu les leurs. Cette démarche mettra une barrière invincible aux projets de ce chancelier qui n'a que le courage des lâches, celui qui brave la honte, et non pas celui qui triomphe des positions dangereuses. Cet homme n'a été si entreprenant que parce qu'il s'est flatté de n'avoir affaire qu'aux gens du roi, et qu'il a espéré que les princes pourraient négliger de réclamer le droit que la constitution leur donne de veiller à sa conservation, et d'être les premiers conseillers ou chefs de leur maison. Ce n'est point à un prince tel que vous, monseigneur, qu'un chancelier, quel qu'il soit, ni ses adhérans, oseraient essayer d'en imposer par la terreur : ce sentiment est trop au-dessous de votre ame de vous à eux. C'est pour eux que la crainte est faite : au défaut de la branche régnante, la couronne vous appartient. Madame la duchesse de Chartres est grosse, et la nation, qui attend tout de vous, vous adore. Mais en supposant que l'audace de ces ministres passagers soit effrénée, que peuvent-ils vous faire? Vous exiler? C'est vous mettre au milieu de vos domaines et des cœurs qui vous sont dévoués. Ils doivent plutôt redouter que vous ne preniez le parti de vous retirer de vous-même, et d'adresser de là, au roi, des représentations publiques qui prouvent la justice de résister, et la nécessité où vous vous trouvez de lui désobéir pour le servir; enfin, votre zèle éclairé pour les véritables intérêts du monarque et du peuple, si cruellement et si indécemment violés par des ministres ennemis de l'ordre, des citoyens et du maître. Que peuvent-ils faire encore? Vous ôter votre pension? Monseigneur, celui qui ose vous offrir ce mémoire n'est pas un homme obscur, il peut vous assurer que la bourse, les terres, le crédit, les ressources et les épées de la meilleure et de la plus brave noblesse sont à vous, pour réparer les injustices qu'on pourrait vous faire, et empêcher qu'on n'en fasse jamais qui puissent vous être redoutables en aucune manière.

« Pardonnez, Monseigneur, si, pour le moment, je ne signe pas ce mémoire: il pourrait s'égarer, et je dois me conserver pour vous servir. Vous trouverez toujours sous votre main, et à vos ordres, celui qui l'a écrit. Ce qui importe aujourd'hui n'est pas son nom, mais son zèle, dont vous pouvez disposer comme de sa vie. »

Tout prouve donc qu'un parti puissant par les talens, l'éloquence et l'activité, a compté long-tems sur l'influence, et surtout sur l'or du duc d'Orléans; mais on s'est lassé de le servir ou de le mener. Mirabeau lui-même, ne voyant à cet homme aucune véritable énergie, aucune espèce de qualité propre à un chef de parti, disait de lui: « Il est lâche comme un laquais; c'est « un misérable qui ne mérite pas la peine qu'on s'est donnée pour « lui. »

(5) Redoutez nos terribles coups...

La correspondance de quelques personnages me prouve que le massacre du gouverneur de la Bastille, de MM. Foulon, Flesselle, etc., n'est point l'ouvrage d'un mouvement spontanée du peuple, mais bien une fureur suggérée, et le fruit d'une mesure réfléchie par le parti de ces mêmes victimes : on voulut ensevelir avec elles le secret de plus vastes desseins...

(6) Un autre Porsenna l'appelle.
S'ouvre le sentier fugitif...

Louis XVI, ayant fait diverses tentatives pour sortir de Versailles, donna l'éveil aux partisans de la révolution. Les femmes de la halle, soudoyées, excitées par une foule de personnages déguisés sous leur même costume, soulevèrent la garde nationale parisienne qui fut assiéger le château de Versailles, et qui exigea, sur-le-champ, le départ du roi et de la famille royale pour Paris.

Ce n'est plus un monarque redoutable environné de l'appareil du trône, et commandant d'un regard aux peuples soumis : c'est un roi trahi par les siens, humilié, fléchissant le genoux, obéissant à quelques créatures de la classe la plus distante de l'autorité. C'est ici, philosophes! que vous mesurez l'étendue des vicissitudes humaines! Répétez à la foule des misérables qui ne se sont partagé les dépouilles de la monarchie que pour nous opprimer plus odieusement : que le tems compte les heures de l'injustice, et précipite celles de la vengeance.

(7) Mais quoi! de lâches anonymes
Des poignards briguent les forfaits!...

Le lit de la reine s'est trouvé percé de plusieurs coups d'une

arme tranchante ; ce qui fait croire que la multitude n'était ici,
sous le prétexte du bien public, que le servile instrument des
vengeances particulières de quelques hommes, ou peut-être
d'un seul. La procédure instruite au Châtelet contre Philippe
d'Orléans et Mirabeau dit moins encore que le sentiment public.

(8) Sur l'autel de la Politique,

Le Prélat, invoquant les cieux,

Ce fut Talleyrand-Périgord qui célébra la messe au champ de
Mars le jour de la Fédération : il était alors un de ceux qui jouis-
saient et méritaient le plus de la faveur populaire. Il est juste de
dire que Talleyrand fut à l'assemblée constituante l'apôtre courageux et désintéressé des idées libérales et philosophiques : ce
qui l'honore à mes yeux, c'est son opinion sur le clergé. En
s'élevant contre les aggrégations particulières, et principalement
contre les revenus scandaleux de ce corps, il s'exprime ainsi :
« Enfin, si l'on consulte les titres de fondation des biens ecclésias-
« tiques, et les diverses lois de l'église qui en expliquent le sens,
« il est certain que la seule partie des revenus ecclésiastiques,
« qui appartiennent réellement au bénéficier, est celle qui est
« nécessaire à son honnête subsistance : il n'est que l'administra-
« teur du reste. Si la nation se charge de cette administration,
« en pourvoyant elle-même à tous les objets auxquels les béné-
« ficiers sont chargés de pourvoir, tels que l'entretien des hôpi-
« taux, des ateliers de charité, les réparations des églises, les
« frais de la dette publique, en assurant au bénéficier la subsis-
« tance honorable qu'il a été dans l'intention du fondateur de lui
« accorder, il est certain que, dans ce cas, elle ne touche pas à
« sa véritable propriété. » Talleyrand n'a point démenti ces principes : il n'est point prêtre. Soit hasard, soit par mission réelle
donnée par Louis XVI, soit qu'il fût inspiré par son adresse et sa

23

prévoyance ordinaire, le très-rusé diplomate passa en Angleterre, et de là aux Etats-Unis, où il resta pendant nos orages. Il saisit le premier calme pour solliciter sa rentrée.

La convention nationale rendit hommage au patriotisme, aux talens, à la philosophie, en décrétant, le 18 fructidor an III, la radiation de Talleyrand de la liste des émigrés.

(9) Non : le héros encor fidèle,

La Fayette alors écouta son devoir.

(10) Ton vengeur n'est plus! son cœur fume
　　　L'acide du poison mortel.

Le tems prouvera, malgré Cabanis et quelques autres de nos docteurs, si l'homme redouté de tous les partis fut empoisonné : mon premier sentiment était de le croire ; je le crois encore. Quoi qu'il en soit, sa mort a glacé les ames comme par un effet magique. Le génie, l'éloquence de cet orateur célèbre avaient tellement rempli ma tendre imagination, que je restai comme frappé de la foudre, et plusieurs instans sans aucune connaissance, quand j'appris, à deux lieues de Paris, qu'il venait d'expirer. Homme extraordinaire ! que l'on dit avoir été vénal et corrompu, j'abandonne à l'opprobre le mauvais côté de tes passions impétueuses, pour n'exalter que cette sublime partie qui te place au rang des plus grands hommes du siècle.

(11) Ce chantre lubrique et volage,...
　　　Ivre de fortune et d'encens!

Délectez-vous sur *la Pucelle*, libidineux admirateurs; elle est une tache à la gloire du brillant écrivain, de l'ingénieux poëte, que je voudrais trouver grand, et que je rencontre chaque jour au-dessous de sa renommée. Voltaire avait toute sa philosophie dans son esprit, elle n'entrait dans son cœur que comme par contrebande et par ostentation. Qui aime l'or et les hommes vulgaires ne se prépare, quelque soient ses succès, qu'une bien petite place dans la postérité.

Le Fréron, vendu à la Sorbonne, qui n'était pourtant point notre Fréron si connu dans les communes de Paris, de Marseille et de Toulon;... ce Fréron, qui avait l'ame et tous les talens refusés à son fils, a plus fait pour la gloire de Voltaire que Voltaire lui-même. Ce Voltaire était aux pieds des rois tout en écrivant contre eux; comment, ainsi prosterné, l'ame peut-elle s'abandonner toute entière aux élans qui forcent les siècles à l'admiration?

> (12) Entends son terrible silence !....
> Lis ton arrêt dans ses regards !...

A l'aspect d'un roi parjure et captif avec toute sa famille, la nation, debout, indignée, et qui garde une morne attitude, annonce une vengeance épouvantable. Louis, humilié, tu as vu, tu as mesuré, sur cette pénible route de Varennes à ta capitale, l'étendue de ta faute et les malheurs qui te menaçaient; tu n'as plus vu sur ton passage cette foule enjouée et respectueuse qui remplissait les airs des accens de son amour : dans le concours immense de ce peuple réuni, tu n'as vu que le regard de ton juge inexorable... le calme de l'effroi... Ah! Louis! Antoinette! c'était déjà le calme des tombeaux...

> (13) Au sénat c'est Bourbon lui-même :
> . . . .
> Gravez sur l'airain de vos temples
> Ses droits, ses vertus, ses exemples...

Louis XVI a paru, de bonne foi, rendre hommage à des principes éternels, et accepter la constitution qui le proclamait le chef héréditaire d'un grand peuple! Les gens de bien, confians, l'ont applaudi : les ambitieux aspiraient au renversement du trône; tout fut mis en usage pour égarer la multitude, et l'aliéner de la maison régnante.

> (14) Il frappe de sa main mortelle
>   L'arrêt que la vertu dicta.

Le *veto* apposé sur les décrets rendus contre les prêtres et les princes français devait, sans doute, exciter la défiance du peuple et de l'assemblée législative, mais ne pouvait justifier ce soulèvement des faubourgs, cette foule ivre, armée et menaçante, qui vient remplir le palais des Tuileries, qui y monte des canons, qui, la bouteille de cabaret à la main, fait boire le premier fonctionnaire de la nation, et lui pose le bonnet rouge sur sa tête. *Voyez*, dit Louis XVI en mettant la main d'un grenadier assaillant sur son cœur, *voyez si mon ame éprouve aucune crainte.* En effet, il était calme et plein d'assurance : une révoltante iniquité donne souvent au faible même l'énergie du plus fort. — Cependant les amis, ou les ennemis cachés de la cour, ont aigri, par tous les moyens, les partis de la révolution. En 92, dans le canton de Lu-zacche, (département de Seine-et-Oise) l'âne du nommé *Chaouant* a eu, par dérision, une grande quantité de voix pour être électeur. Un âne électeur! n'était-ce pas trop irriter toute décence?

> (15) Il rugit la témérité!...
>   Fer de Brutus, venge le monde!

La Fayette, général d'armée, et venant jusque dans le sénat lui faire des menaces, me semble un homme dangereux, parjure envers tous les principes, et qui tourne son glaive contre la Liberté.

A la chûte du trône, il a fui chez l'ennemi : chez l'ennemi !...
La Fayette, ton mérite et tes fautes t'avaient fait des détracteurs;
sans doute les bouches de la renommée s'étaient déjà repenties
de leur exaltation : mais rien sur la terre peut-il légitimer ta fuite
chez l'ennemi? Oui, ton existence était en danger; mais tu devais
savoir mourir et t'honorer... tant d'hommes vraiment héros t'en
offraient l'exemple dans l'histoire ! Les peuples, toujours admirateurs de la constance, des principes et du courage, honoreraient
ta tombe, et tu rampes aujourd'hui presque dans la fange du
vulgaire !

Mon ame respecte le malheur, et ne l'accable point : pendant
ton séjour dans les prisons d'Olmutz, je devais te plaindre ; aujourd'hui, que, rentré dans tes foyers, tu brigues sans doute une
nouvelle élévation, je dirai que tu as terni ta gloire, et que le
tems te placera plutôt à côté de l'infamie que de la reconnaissance. Quoi, la Fayette ! après avoir fait consacrer en maxime
plus que plébéïenne, *l'insurrection est le plus saint des devoirs*, tu t'es montré l'ennemi de la liberté publique !

> (16) Insensible aux maux de la terre,
>   Louis s'alimente et digère !...

Louis XVI, fuyant le combat, se relégua, avec sa famille, dans
le sein du corps législatif : il y but, il y mangea dans une sérénité que l'histoire aura peine à décrire. Il est permis à l'ivresse
poétique de tout interpréter et comme bon lui semble : ici, ma
philosophie, mon extrême sensibilité se refusent à voir dans ce
roi détrôné l'homme qui prend de la nourriture pour le plaisir
d'insulter au peuple en tumulte, aux larmes, aux monceaux de
cadavres; non, cette pensée répugne à la nature. Il ne règne

plus, il ne commande plus, cet homme; un souffle a détruit son
trône : tombé dans la foule des humains, il est plus à plaindre,
plus respectable, plus sacré, plus inviolable, plus cher aux cœurs
sensibles. Vainqueurs! je ne dois plus être sous vos étendards;
maintenant j'appartiens au faible, au malheur, à l'outrage.

> (17) Mais, opprobre de la colère !
>
> Il va, dans ses excès nouveaux,
>
> Jusqu'aux entrailles de la terre
>
> Y troubler la paix des tombeaux !

Les cendres de Turenne, de Buffon, et d'une foule d'autres
hommes recommandés à l'hommage des siècles, ont été profanées.
O délire! épouvantable aveuglement!

> (18) Bourbon, de la cime du Temple,
>
> Les voit, les bénit, les contemple,

Non, tout paraît prouver que Louis XVI, pacifique par caractère, a conjuré, par plusieurs notes, le duc de Brunswick de se
retirer du territoire français.

> (19) Ivres de sang et de carnage,
>
> Les monstres invoquent la rage
>
> Aux accens de la LIBERTÉ!

A huis clos, des êtres masqués s'érigent en tribunal, prononcént
des milliers d'arrêts de mort, assassinent, entassent sur l'heure
des milliers de cadavres, et vont demander le salaire convenu sous
les yeux des autorités ou muettes ou complices!!!...
Tallien, orateur d'une députation de la ville de Paris, à la
tête de laquelle étaient le maire et le procureur-syndic, au sujet

d'un décret qui avait cassé la commune provisoire, prononcé un discours dans lequel il fait l'éloge de cette commune. On y remarque cette phrase : « Nous avons fait arrêter les prêtres per- « turbateurs ; ils sont enfermés dans une maison particulière, et, « sous peu de jours, le sol de la liberté sera purgé de leur pré- « sence. » (*Voyez le Moniteur,* n°. 246.)

Non, il n'y a pas, comme on le dit, un Dieu tout-voyant, puisqu'il n'a point exterminé les tigres, puisqu'il laisse encore rouler son soleil sur cet exécrable Paris, fléau des nations et des vertus! Quoi! des prisonniers sans défense, dont une partie n'étaient pas même susceptibles d'être suspectés... Une sueur froide glace tout mon être,... mon cœur oppressé n'a plus de sentiment,... mes yeux éteints ne distinguent plus le tremblant papier sur lequel je voudrais peindre et ma douleur, et le crime le plus inoui, et l'indignation de l'histoire, et la honte des Français... Et vous vivez, barbares que tant de mânes accusent! vous vivez!!! Ah! c'est donc pour l'horreur des humains! c'est donc pour être à mes yeux tourmentés par les furies, rongés par le remords, dévorés par le vautour des souvenirs! Vous vivez! et des milliers de spectres irrités vous poursuivent, vous signalent à l'exécration des siècles! Vous vivez, et des gouvernemens qui se succèdent osent prononcer les mots de vertu, de justice et d'humanité! Vous vivez au milieu de nous, et les Malesherbes, et les Lavoisier, et les Condorcet, et les.... les.... les.... sont violemment précipités dans la tombe, loin de la patrie qu'ils ont honorée! Vous vivez, vous jouissez, sanglans antropophages! et les dogmes du juste sont dans le mépris, frappés d'anathèmes! O règne du crime! je te voue à la honte, à l'infamie, à la vengeance des tems. Ouvrez les livres de la commune des 2 et 3 septembre, et vous y verrez que l'on s'indigne de ce que *les prisonniers de Bicêtre, que l'on égorge, osent se défendre contre les citoyens égorgeurs, et que, sur la*

motion de Billaud-Varennes, on enverra main-forte aux ci-
toyens qui agissent contre les prisonniers !!! Vous y verrez tel
président ,.... tels orateurs...

> (20) Il entend les cris de Lamballe !...
>
> Rugir ses cruels meurtriers !...

Au moment de l'effroyable assassinat de madame de Lamballe
à la Force, les bourreaux se sont fait l'atroce joie d'en apprendre
la nouvelle, au Temple, à Louis XVI et à sa famille.

La fermeté que cette victime a mise dans son maintien, et ses
réponses à ce tribunal des tigres, prouvent une ame résignée,
qui fixa la mort sans pâlir.

> (21) Non! la France n'est point flétrie!
>
> Il est un serment ,.... des vertus ,....

Beaurepaire, commandant de Verdun, fidèle au serment de ne
point livrer la ville à l'ennemi qui l'assiège, préfère se brûler la
cervelle.

Sans doute la révolution causa des maux; mais combien de
courage et de vertus, de générosité, de valeur et d'héroïsme n'a-
t-elle pas enfantés! La plus simple vedette comme l'armée la
plus formidable, le tambour comme le général, le plus timide
fragment d'une société populaire comme tout un sénat audacieux, l'obscur artisan comme l'orateur célèbre, l'ilote comme
le magistrat, l'ennemi comme l'ami, la fille comme la mère, le
père comme le fils, le vieillard comme l'adolescent montre avec
orgueil, parmi nous, ses annales de prodiges, de gloire et d'immortalité! A la fois j'ai vu la même cité, le même hameau, la
même tribune, le même transport encenser le code meurtrier de
Dracon, et professer l'humaine doctrine de Beccaria. Hommes!
que de choses étonnantes vous offrez à l'observateur!

(42) Réponds-moi, vainqueur de Jemmappe :
Dois-je t'exécrer, te chérir ?

Dumouriez, dans les plaines de Champagne comme à la bataille célèbre de Jemmappe, parut être l'ami, l'apôtre de la république; mais il aima mieux se flétrir, en passant à l'ennemi le 4 avril 1793, que d'encourir les chances d'une autre réponse au décret de la convention qui le mandait à la barre. Ainsi, la Fayette et Dumouriez, après s'être avilis réciproquement, prirent la même route. Que Beaurepaire répond bien mieux au danger qui le menace, à la dignité du nom français !

(23) Au sein de l'ivresse héroïque,
J'entends le cri de République.

La forme du gouvernement n'est rien pour le sage; les lois, les principes et les mœurs sont tout à ses yeux. Une république, dans laquelle se succèdent les tyrannies, n'est pour lui qu'une arène de brigands, où le plus audacieux commande à la troupe.

(24) C'est le chaos et la lumière,
L'astre qui s'avance et qui fuit;

Cette convention, foyer de quelques vertus, réceptacle de tous les vices, de toutes les passions, de tous les crimes, de tous les genres de dominateurs, n'offre à l'historien qu'une galerie de contraires et de disparates, tantôt sublime, impétueuse, élevée au sommet du plus grand héroïsme; tantôt vile, sans audace, au dernier degré de l'avilissement, quelquefois humaine, généreuse et magnanime, presque toujours cruelle, implacable, intolérante et persécutrice.

Cet étrange composé, ce délirant sénat semble n'avoir vécu que pour attester aux penseurs qu'une assemblée, qui

24

fait les lois et réunit tous les pouvoirs, devient le plus atroce, le plus épouvantable fléau qui puisse jamais affliger l'espèce humaine.

Je ne balance pas à me prononcer, comme M. de Cazalès, pour la séparation bien distincte et l'indépendance des pouvoirs. Cet homme a prévu, dès l'assemblée constituante, tous les malheurs qui résulteraient de la confusion. « Il faut la séparation des pouvoirs, disait-il : le pouvoir exécutif une fois dépendant, il n'y a plus de liberté. Le sort du peuple est partout de ne pouvoir exercer sa puissance; forcé de la déléguer, il a dû balancer les pouvoirs qu'il confie : au milieu d'eux il règne, il est souverain; mais si l'un des pouvoirs qu'il a délégués est anéanti, le peuple est esclave. »

> (15) Et sur les sanglans oriflammes,
> Portés à la lueur des flammes,
> Est écrit : MEURTRE, PIÉTÉ.

Voilà la sainte doctrine des prêtres! Dans tous les tems ils ont insinué que tout était permis aux sots qui défendaient leurs dîmes, leurs canonicats, leur prééminence et leur fainéantise. Le mot de prêtre est synonyme de celui de fourbe, de barbare. Les prêtres en tout rafinent le forfait, la trahison, la noirceur. La féroce inquisition, craignant qu'une jeune vierge, qu'elle faisait conduire à l'auto-da-fé, n'intéressât la multitude par la beauté de ses charmes, lui fit couper le nez, pour la rendre plutôt un objet d'horreur que de pitié!.....

. . . . . « Oui, prêtre! tu es dangereux au repos de la société,
« lors même que tu laisses reposer le poignard du fanatisme
« dans son fourreau. »

> « La raison à leurs yeux n'est jamais catholique. »

Ne pourrai-je pas dire de mon livre, comme *Helvétius* disait du sien? « Ennemis nés de tout ouvrage raisonnable, peut-être « anathématiseront-ils celui-ci : cependant je n'y dis d'eux que « le mal absolument indispensable. J'aurais pu m'écrier, avec « Saint-Jérôme, que l'église est la *prostituée de Babylone.* Je « ne l'ai point fait. Lorsque j'ai pris parti contre les prêtres, « c'est en faveur des peuples et des souverains. Lorsque j'ai « plaidé la cause de la tolérance, c'est pour leur épargner de « nouveaux forfaits. »

« Quand je pense à l'hypocrisie, à la bassesse de ces fourbes « de prêtres, je suis prêt à les aller poignarder. » *Confessions. de J.-J. Rousseau.*

Si Servet et Vanini peuvent, à certains égards, être regardés comme des fous, il n'en est pas moins vrai que leurs meurtriers seront toujours vus comme des antropophages. J'honorerai les mânes de Morin, et j'abhorrerai l'exécrable Sorbonne. Mesmer, Cagliostro, les charlatans de boulevarts sont des hommes de bonne foi et respectables à côté d'un prêtre catholique.

Je m'explique : ce n'est point à la fonction du prêtre en elle-même que j'attribue aucun mal; c'est à l'homme intolérant et persécuteur. Un prêtre qui ne se sert de son ministère que pour répandre les principes de la modération et de la tolérance; qui soulage le malheur, adoucit les revers par une morale pure et bienfaisante; le prêtre, dis-je, qui prodigue à l'homme souffrant, quel qu'il soit, des consolations, est le prêtre que j'honore. Mais où est-il donc ce prêtre?

> (26) Guidés par les prêtres du Tibre ,
> Les fils de l'antique Romain
> Osent frapper le Français libre
> Aux yeux d'un pontife inhumain !

Tout le monde sait que Basseville, envoyé de la république française auprès du pape Pie VI, a été assassiné par ordre du saint-siège.

Lors de cet assassinat , M. Azara, ministre d'Espagne à Rome, se montra courageusement en faveur des victimes. Depuis, Joseph Bonaparte, ambassadeur, sous le directoire, près du pape, s'exprime ainsi, en parlant de M. Azara : « La récompense que « Rome ancienne décernait à celui qui avait sauvé un citoyen « Romain conviendrait bien à celui qui a sauvé dans Rome moderne plusieurs citoyens Français. »

> (27) Les remparts de la Ligurie ,
> Les plages de la Dalmatie ,

Trois cents Français sont massacrés dans le port de Gênes, à l'instigation des prêtres.

Dix fois les vêpres siciliennes se sont renouvelées en Italie, avec plus ou moins de succès, depuis la révolution française. Tout récemment, à Augusta en Italie, le jour de la fête du lieu, le peuple se rassemble à l'église, prend la bannière représentant l'image de la Vierge, et massacre, à coups de bannière et de couteaux quatre-vingt-trois marins français du polacre *la Liberté*, capitaine Jérôme Mailler, venant d'Alexandrie.

(18) Louis : les Français vont t'absoudre ,
  Trop grands pour te donner la mort.

Il a fallu la rage de la bassesse pour être à la fois accusateurs, juges et partie.

Grands voteurs, où cette mort a-t-elle conduit la convention? et où la grande sagesse de la convention a-t-elle conduit la république?

Grands Brutus, où êtes-vous? Répondez, misérables! à la patrie souffrante. Dites que votre fièvre d'austérité patriotique n'était qu'un vain délire, dont plusieurs d'entre vous ont la lâcheté de rougir aujourd'hui. Ignoriez-vous qu'en frappant ainsi de mort Louis XVI, sans formes, sans dignité, sans besoin, c'était irriter les puissances, choquer le préjugé d'un grand nombre de Français, allumer toutes les guerres, toutes les vengeances, toutes les cruautés, ouvrir enfin tous les abimes? Vous sentiez-vous assez de génie d'opposition? Vous avez compté sur l'héroïsme et le courage des armées françaises; mais ce ne sont pas toujours les victoires qui défendent un pays, qui l'honorent surtout. Si les soldats français, plus dignes que vous de leur nom, ont triomphé presque toujours, les cabinets diplomatiques ont presque toujours triomphé sur le nôtre. Nous, jouets de la trahison et des systèmes tortueux de quelques politiques de l'intérieur, de la ruse et des vrais talens de l'étranger, nous avons perdu en stupides négociations tout le fruit de nos avantages meurtriers. D'ailleurs, quel est le résultat pour l'humanité des triomphes de la guerre? Il n'appartient qu'aux antropophages de calculer sur les chances du massacre. Il fallait, par l'exemple, régénérer nos mœurs, et non répandre les fléaux de la guerre.

La guerre! ah! la plus glorieuse n'a que des résultats affligeans. Le penseur, l'éloquent Mably s'écrie, dans ses réflexions sur le gouvernement de Pologne : « Si la guerre est heureuse, elle

« corrompt; si elle est malheureuse, elle avilit. ». La guerre!!!
Ah! j'estime, j'apprécie la bravoure des guerriers qui défendent
la patrie pour la liberté de la patrie; mais de quels dangers ne sont
point les suites de la guerre, même des triomphes! Aujourd'hui,
surtout, ne voyons-nous pas combien la paix est préférable à toute
espèce de guerre et de discorde? L'esprit public est abâtardi;
les fureurs des partis, les proscriptions l'ont altéré : ce n'est qu'un
gouvernement vertueux qui peut lui inspirer quelque dignité,
quelque énergie, lui rendre sa tendance naturelle vers le bonheur général.

L'amour des vertus et de la liberté, voilà, quoi qu'on en dise,
les sentimens qui composent ce même bonheur. L'oubli des
vertus entraîne nécessairement celui de la liberté : com_ ~gnes
inséparables, elles seules suffisent à la félicité d'un peuple; l'esclavage et l'abrutissement résultent de leur abandon. Que d'exemples l'antiquité n'en offre point! La pauvreté faisait, dans le principe, la force de Rome; elle enfanta les beaux jours des Scipion
et des Emiles. Mais lorsque les Lucullus, les Crassus et les Scau-
rus revinrent dans leur patrie chargés des dépouilles de l'Asie,
et étalèrent, aux yeux étonnés de leurs compatriotes, les richesses
et le faste des asiatiques, la pauvreté disparut, les charges publiques furent vendues à l'encan; l'or seul décida du mérite et de
la probité, et Jugurtha, après avoir acheté le peuple, les tribuns
et le sénat, dit en s'éloignant de Rome : « O ville vénale! tu
serais bientôt esclave, s'il se trouvait marchand assez riche pour
t'acheter. »

Tel était l'état de corruption où Rome était portée, lorsque
Marius et Sylla vinrent essayer la tyrannie. César parut, et les
Romains, vainqueurs du monde, courbèrent humblement leurs
fronts victorieux sous le joug insolent d'un maître.

Par les mêmes moyens fut anéantie la liberté de la Grèce,

contrée si fertile en grands hommes : les siècles d'héroïsme l'avaient vu naître. Que les beaux tems des Miltiade, des Aristide et des Thémistocle passèrent rapidement! Tant qu'elle observa religieusement les lois des Solon et des Lycurgue, ses guerriers, nourris dans les vertus et dans la probité, mus par le seul amour du bien public, dispersèrent aux plaines de Marathon, aux gorges des Thermopyles, au détroit de Salamine, aux champs de Platée, de Byzance et de Corone, les armées innombrables que le grand roi opposait à leur valeur : ce furent ces triomphes, ces victoires réitérées qui entraînèrent la perte d'Athènes et, après elle, de toute la Grèce. Les vainqueurs introduisirent dans leur patrie le luxe et les richesses des Perses qu'ils avaient vaincus. Thèbes, Athènes, Argos, et Sparte même, ne furent plus qu'un cloaque de dépravations. L'or, qui jadis n'entrait pour rien dans leurs desirs, remplaça la monnaie de fer qui circulait à Lacédémone ; les institutions des anciens législateurs tombèrent dans l'oubli; la corruption la plus affreuse vint s'asseoir insolemment jusqu'au milieu de l'Aréopage, et les Grecs, vaincus par Philippe, virent ensevelir leur liberté dans les plaines de Cheronnée.

Voilà les résultats de la guerre! comme si la Providence voulait punir les hommes de s'entre-déchirer pour un motif quelconque. Mably a donc bien raison. Vous avez donc eu un bien grand tort, vous qui, par l'inhumain traitement fait à Louis XVI, avez exposé les gouvernemens et les peuples à des cruautés, à des ressentimens éternels! Les Anglais, en condamnant Charles Ier, usèrent d'une sorte de décence : il fut créé une commission, un tribunal *ad hoc*, que l'instinct de la justice, qu'une grossière pudeur indiquaient à grands cris à la convention. Ce blâme ineffaçable, ces reproches que les siècles vous adresseront, députés français! n'auraient point eu lieu: vos personnes, plus respectées, se seraient plus respectées elles-mêmes, et cette sorte d'infamie, déversée par la haine et l'aveuglement de toutes les passions sur les amans de la Liberté sans distinction, n'aurait point des résultats si injustes, si barbares, si contraires à la philosophie.

Il faut convenir que le parti royaliste se montra bien lâche dans toutes les circonstances, et principalement à la mort de Louis XVI. Il ne vous appartient pas de le regretter, puisque vous n'avez osé le défendre, Français pusillanimes! Malesherbes est le seul qui ait franchement prouvé du courage à cette époque. On sait que Target refusa l'honorable tâche d'élever la voix en faveur de l'homme abandonné, qui l'implorait : il se contenta de quelques observations lointaines et fugitives...... Target, pourtant, fut réviseur de la constitution de 91..., mais depuis révolutionnaire..... Il est donc des êtres qui, par calcul ou faiblesse, sont les instrumens de tous les partis. C'est sans doute cette affligeante vérité qui fit dire à un homme de la cour : « Il y a peu de braves parmi nous; vous verrez bientôt qu'il ne « nous restera pas même la ressource de la guerre civile. »

Les rois eux-mêmes, ce me semble, furent trop insensibles aux dangers des Bourbons, et c'était mal servir leur cause.

Fox, dit-on, desirait que le parlement d'Angleterre envoyât une députation à la convention nationale pour demander la vie de Louis XVI, et Pitt s'y opposa évidemment et sourdement. Je ne puis le penser : le génie est clément, généreux, philosophique. Le premier ministre de l'Europe, l'un des plus grands hommes de son siècle, le seul vraiment politique peut-être qui étonne les gouvernemens et soutienne son pays, n'a pu voir d'un œil insensible la mort de Louis XVI. Pitt sait trop bien qu'un instant de liberté française peut porter à la Grande-Bretagne des coups terribles, et ce grand homme, hier chancelier, aujourd'hui simple citoyen, est trop amant de sa patrie pour avoir favorisé un système qui lui fût contraire. L'aveuglement des guerres et des discordes ne m'empêchera point d'être cosmopolite, de rendre hommage aux talens, à la célébrité, au patriotisme de mon ennemi national.

> (29) Louis, j'ai bravé ta puissance,
> Célébré ton trône abattu;
> . . . .
> Tu souffres ;.... je bannis la plainte,
> J'adjure l'humanité sainte ,....

Oui, je m'honorerai! je laisse à la tourbe des lâches, des écrivains éphémères, aux héros de coulisses, aux philosophes d'antichambres le honteux honneur d'être attelés au char des factions qui se succèdent. Louis XVI malheureux est abandonné des siens : le sage ne voit plus en lui qu'un homme digne de tous les respects. Non-seulement les principes austères de la philosophie défendaient cette victime, mais le génie de la prudence, de la politique et de la liberté réclamait, d'une voix auguste et sainte, l'inviolable caractère pour la personne du monarque tombé, frappé dans sa puissance : avoir déclaré Louis « convaincu de « conspiration contre la liberté de la nation, et d'attentat à la « sûreté générale, » à la majorité de 693 voix sur 719, me semblait suffisant pour légitimer la proclamation de la république et le règne éternel de l'égalité; mais le punir de mort rétroactivement après les décrets d'oubli de l'assemblée constituante, et les sermens réitérés de l'assemblée législative, me paraît un acte de démence et de barbarie. Insectes! vous rampiez sous le cèdre: il est tombé, vous insultez à sa chûte, vous dévorez ses membres éteints, inanimés!

25

(30) Dans les cachots de la victime
Entrent les pâles messagers.

Garat, ministre de la justice, accompagné de quelques autres
fonctionnaires, alla faire lecture à Louis XVI du décret qui le
condamnait à mort à la majorité de 366 voix sur 721. Il en-
tendit son arrêt avec calme.

Le malheur est ingénieux : Louis XVI et son épouse n'ont
cessé de correspondre ensemble, et c'étaient les sévères membres de la commune, chargés de leur surveillance, qui, sans s'en
douter, étaient les porteurs de la correspondance. Voici comment : aussitôt séparé de sa famille, Louis XVI demanda l'histoire de la maison des Stuards ; son épouse la demanda presqu'en
même tems : elle leur fut remise volume par volume, qu'ils
lurent tour à tour ; et, en marge de divers passages, ils ex-
primaient leurs pensées par un plus ou moins grand nombre de
trous d'épingle, dont ils s'étaient fait une sorte d'alphabet et de
langue. Un signe dont ils usaient assez fréquemment est une petite déchirure à tel feuillet. Voilà comme sans encre, sans plumes
et, pour ainsi dire, sans papier, deux infortunés s'adressaient
leur espoir et leurs craintes, leur tendresse et leurs afflictions.

(31) Univers ! sonne l'épouvante :
Philippe a soif du sang d'un roi !

Philippe d'Orléans, dit l'Égalité, premier prince du sang,
membre de la convention, s'exprime ainsi : « Uniquement occupé
« de mon devoir, convaincu que ceux qui ont attenté ou atten-
« teront par la suite à la souveraineté du peuple méritent la
« mort, *je vote pour la mort.* »

Dire qu'il existe encore aujourd'hui une faction d'Orléans,
c'est annoncer qu'il est des hommes au plus haut degré de la bassesse et de la dépravation politique.

(32) Il va s'éteindre.... O peuple! ô France!
    Entendez la voix des tombeaux;
    Tremblant univers, fais silence....
    Louis parle,.... écoutez bourreaux!
    Mais quel bruit!... quel signal de rage!...
    Dieux! c'est l'instrument du carnage!
    Il frappe,... il est ensanglanté....
    Le cadavre attriste la terre!...

Arrivé au lieu de l'exécution et sur l'échafaud, Louis XVI veut parler, dernière consolation d'un condamné, d'un malheureux, accordée dans tous les tems et dans les pays les plus sauvages. — Santerre, commandant de la garde nationale parisienne, dirigeait le moment comme chef militaire : mais ce ne fut pas lui, comme l'Europe en a retenti, qui fit taire Louis XVI ; ce fut Berruyer, commandant le camp sous Paris, et qui se trouvait présent avec Santerre qui ordonna le roulement de tambours, et sur-le-champ la voix du patient est étouffée. Cet inutile rafinement de cruauté prouva la fureur de parti ; rien de plus. Le moment de la mort, et d'une mort violente, peut être, pour beaucoup d'individus, un moment inspirateur et d'abandon. Le dernier souffle d'un roi qui succombe peut être d'une grande importance pour l'humanité : Louis XVI n'eût-il proféré qu'un mot de philosophie,... de magnanimité,... de repentir,... de révélation,... il était sacré, vous deviez l'entendre : Mondes!... vous deviez frémir le silence.... un éclair jète le plus grand jour dans tel sombre, sur tel horizon. Au surplus, mon ame se contraint ici pour ne point s'exprimer avec plus d'amertume; elle est bouleversée à l'horrible mot de peine de mort. — Tous mes principes, tous mes écrits, tout mon courage, éternellement contraires à la peine de mort, n'en parleront jamais qu'avec horreur : la peine de mort est un homicide, un crime envers toute l'espèce humaine : la peine de mort atteste, partout où elle est en usage, la présence des ténèbres et de la tyrannie : la peine de mort fait des peuples barbares. Les mœurs, la douceur des lois et la clémence des peines font les peuples humains et civilisés.

(33) Dans l'ombre un coupable Séide
Agite le poignard des rois:

Michel Lepelletier de Saint-Fargeau, homme recommandable, a été assassiné par le nommé Pâris, garde-du-corps, comme ayant voté la mort du roi. Voilà un crime affreux. Ceux des représentans du peuple qui n'ont écouté que le sentiment de leurs consciences dans leur manière d'exprimer leurs vœux méritent, quels qu'ils soient, la reconnaissance de leurs commettans. Une action peut être mauvaise en elle-même et dans ses effets, mais l'intention qui l'a dirigée être vertueuse et sublime et par l'abnégation de soi-même, que commandent les grandes circonstances, et par le courage qu'elles inspirent. La même morale, qui me fait élever contre la mort de Louis XVI, me fera défendre ceux qui l'ont condamné : l'homme malheureux, la victime de son opinion, d'un fanatisme quelconque, l'homme, comme homme, est toujours respectable; et ce ne sont point les excès qui vengent les excès, qui adoucissent les maux : la seule clémence, la seule philosophie est réparatrice, et Lepelletier de Saint-Fargeau avait de la philosophie; il fut un de ceux qui, dans la fameuse séance du 4 août 1790, détruisirent ces distances frivoles, ces titres ridicules aux yeux de tout être sensé. Tandis que Lanjuinais frappa sur les dénominations d'*éminence*, de *grandeur*, d'*abbé*, particulières aux ecclésiastiques, Lepelletier proposait qu'il fût défendu de porter d'autre nom que celui de sa famille, et il signa sa motion *Michel Lepelletier*, supprimant celui de Saint-Fargeau.

L'abbé Maury s'éleva comme un furieux contre les proposi‑
tions tendantes à détruire la noblesse : mais le comte Mathieu de
Montmorency combattit l'abbé Maury avec l'éloquence de la rai‑
son, et soutint qu'aux suppressions déjà faites ou proposées, on
devait ajouter celle des armoiries. Quel singulier combat! quel
contraste pour le sage observateur! L'abbé Maury, *fils d'un cor‑*
donnier de Valréas, dans le comtat d'Avignon, mais *prêtre,*
défend la noblesse : et un *comte de Montmorency*, mais homme
de bien, a le courage de briser ces vains hochets révérés des stu‑
pides, plus avilissans pour celui qui les caresse que pour celui
qui les méprise! Mathieu de Montmorency, tu t'es honoré; reçois
l'hommage d'une plume qui ne tracera jamais ton nom qu'avec
respect, et qui maudira les imposteurs, comme la choquante et
puérile vanité. La noblesse! de la distance entre les hommes! Ah,
malheureux! respectez la grandeur de la nature dans l'homme
que vous appelez de basse extraction. Les plus grands hommes
étaient du sein du peuple; combien de génies dans les sciences,
dans les arts, qui n'avaient que leur obscurité pour recomman‑
dation à l'amour du sage! Combien de vaillans capitaines, de
papes, de rois ou d'empereurs sont sortis de la classe méprisée!
Divin et malheureux Homère, exhibe tes glorieux titres! Quels
sont‑ils?.... Virgile, fils d'un boulanger, dis que l'Énéide éclipse
les diadèmes; Horace, fils d'affranchi; Phèdre, Térence, Épic‑
tète, esclaves, dites que vous méritiez de commander aux hom‑
mes; J.‑B. Rousseau, J.‑J. Rousseau, et tant d'autres, dites
vos généalogies et vos droits à la reconnaissance des siècles. Des
distinctions de naissance! O sectes parricides, qui osez flatter la
sottise, dites si Puppien n'était point fils d'un maréchal de vil‑
lage; Probus d'un jardinier; Dioclétien d'un esclave; Valenti‑
nien d'un cordonnier; le Sforce d'un paysan; Cromwel d'un
marchand; le grand Mahomet d'un garçon marchand! Dites,

orgueilleux atomes!! sots reptiles, si Samson, premier roi d'Es-
clavonie, n'était point un simple marchand français ; si le fameux Piast, dont le nom est encore révéré en Pologne, ne fut pas
élu roi, ayant encore aux pieds des sabots! Les illustres Français,
sortis du tiers-état, n'attestent-ils pas que la véritable gloire n'a
point d'aïeux ? qu'elle n'a besoin que d'elle-même pour traverser
les siècles ? Sont-ce les générations nobiliaires, les degrés de
la sottise, les vains titres, les bizarres armoiries, les hochets frivoles, l'outrageante et coupable prétention de la supériorité de
naissance qui élevèrent l'ame des plébéïens Fabert, Paulin, Lhô-
pital, Dugay-Trouin, Chevert, Jean-Bart, Ducasse, Jacques
Pierre, Mahé de la Bourdonnais ? Sages et stupides mortels,
prosternez-vous! Moi, comme Jeannin, je m'écrierai sans cesse,
avec fierté : *Je suis fils de mes œuvres*. Hommes, aimez la
gloire, et répétez avec un juste orgueil : il n'est de noble que
le fils de ses œuvres. Dites que les plus vertueux, que les plus
grands hommes dans tous les genres étaient de la classe toute
plébéïenne, la plus près de la nature! Dites avec Voltaire :

« Le mérite est caché : qui sait si de nos tems

« Il n'est point, quoi qu'on dise, encor quelques talens ?

« Peut-être qu'un Virgile, un Cicéron sauvage,

« Est chantre de paroisse, ou juge de village. »

(34) Quel sort, quel démon sacrilège
    Proscrit les talens, les vertus?

Le 31 mai, 1.er et 2 juin est la source de toutes les calamités,
de toutes les violations, de tous les attentats républicides que la
convention a fait pleuvoir sur le peuple français. Ces misérables
Girondins, après avoir fait le 20 juin, se sont vendus à la cour,
et, changeant de batteries, ont voulu opposer une digue à l'impulsion qu'ils avaient donnée : le torrent les a dévorés. Une lettre de Vergniaud, Guadet et Gensonné, à Louis XVI, prouve

qu'il existait un pacte entre eux et le roi. Voilà le crime. Défendre ou blâmer d'après sa conscience est le caractère constant de l'homme de bien ; mais se vendre à tel homme, à tel système, à tel parti........ aliéner ses conceptions........ la sainteté de son moral, la grandeur du génie, me paraît le délit le plus coupable et le plus infamant ! Comme ami des principes, je condamne l'affreux 31 mai, violateur de toute représentation, assassin de toute pudeur législative. Je pleure le talent, l'éloquence et le patriotisme de quelques hommes du parti de la Gironde, immolés d'une manière si révoltante; mais je n'en aurai pas moins le courage de dire que ce parti, véritablement fédératif, véritablement parjure et destructeur de la constitution de 1791, véritablement vénal, véritablement sulphureux et incapable de gouverner un grand état, ne mérite qu'une très-petite place de considération dans la page de l'impartiale histoire.

Qu'on jète les regards sur les 73 Girondins rentrés dans la convention : excepté quelques philosophes, quelques hommes de mérite dont j'honore et les talens et la célébrité, ils n'y reparaissent pour ainsi dire que le poignard à la main ; chaque décret rendu porte l'empreinte du fiel et de la vengeance la plus implacable. C'est aux 73 Girondins que nous devons toutes les horreurs, tous les forfaits de la réaction.

Les lois les plus absurdes et les plus criminelles sont rendues pour le désarmement, l'emprisonnement, la persécution de tous les hommes connus pour être attachés à la république : Bonaparte lui-même est persécuté comme terroriste, et c'est un Beffroi qui le fait emprisonner!

Des compagnies d'assassins se promènent sur le sol français, et y portent la désolation : à Lyon, au Fort-Jean et ailleurs, les députés Girondins président les massacres des prisonniers entassés d'artisans, de cultivateurs, de pères de famille sans défense, et sans savoir, la plupart, ce qu'on leur voulait.

Oui, féroces Girondins! la réaction coûte plus de sang à l'humanité que toutes les fureurs de l'action! Les massacres, les poignards et les fleuves ont dévoré trente mille pères de famille à la seule Provence pendant la réaction! Pour assouvir la soif de la vengeance, vous avez poignardé mortellement la patrie; vous vous êtes couverts de tous les opprobres.

> (35) Elle agite un bras égaré,....
> Dans le faible sein qui s'exhale
> Est le poignard dénaturé.

Marie-Charlotte Corday assassine Marat, membre de la convention. J'ai voulu trouver dans cette action de l'héroïsme et de la grandeur d'ame; je n'y ai vu qu'une amante vengeresse, profondément ulcérée, profondément coupable. En effet, c'est en flattant, avec hypocrisie, l'humanité d'un homme, qu'elle parvient à lui. Il est malade, il touche à sa dernière heure, il est dans son bain : rien n'arrête le couteau de la furie, aucune pensée généreuse, aucune pudeur de courage ne retient le bras meurtrier; c'est quand la faiblesse de l'intercédé aide encore à la bienveillance du moment envers cette malheureuse, qu'elle lui plonge le poignard dans le sein. Ne voilà-t-il pas une action bien sublime! Morale, qu'es-tu donc devenue! Il faut être barbare, aussi fanatisé par l'esprit de parti, que cette fille l'était par l'amour, pour transformer son délire en grand évènement, en grand dévouement politique : c'est tout bonnement un grand crime privé, un grand désespoir d'amante. On m'exaltera le calme des derniers momens de cette Charlotte Corday; mais presque toutes les victimes de la révolution moururent avec courage : Corday n'a rien de particulier en cela. Et ne sait-on pas, au surplus, que les plus grands scélérats ont souvent montré, à l'aspect du supplice, un sang froid, une résignation héroïque?

(36) Quel frémissement ! quel murmure !
    Quel crime a repandu l'horreur !

Il est des bourreaux qui s'en tiennent au cercle de leurs pénibles devoirs: celui de Charlotte Corday outre-passa le vœu de la
loi ; il frappa de trois soufflets la tête séparée du corps de la
victime. Lecteur, ne sens-tu pas tes membres frémir ?...... J'ai
intitulé mon livre *Phases de la révolution*; cet incident sans
doute indique celle de la cruauté..... Il fallait que ce double
bourreau fût bien pénétré d'une sorte de rage révolutionnaire
pour oser donner, de son propre mouvement, une inutile et
révoltante extension à la rigueur de la loi, (et de quelle loi !)
chose inouie dans l'histoire des supplices. O barbare ! ô monstre! combien tu dois regretter les momens d'extermination ! Le
fanatisme politique ressemble donc au fanatisme religieux ; il
frappe tout ce qui n'approuve pas, tout ce qui ne partage pas
son délire, son aveuglement. La multitude fanatisée en politique
est une horde plus cruelle, plus intolérante que celle des sauvages.

J'ai toujours pensé, comme tous les philosophes, et la plupart
des écrivains, que le fanatisme politique est une fièvre atroce qui
dévore les peuples et tous les germes d'humanité. Je me suis
écrié, avec un penseur estimable : le fanatisme, fils de l'erreur,
ne voit jamais qu'un des côtés de l'objet qu'il envisage; passion
terrible et aveugle, elle transforme le crime en vertu, la cruauté
en justice, la modération en délit, la douceur en bassesse, et la
tolérance en attentats.

Le dieu du fanatique est altéré de sang ; il n'accorde l'existence
que pour la rendre infortunée : c'est Saturne qui dévore ses enfans ; c'est Teutatès qui ne reçoit pour culte que des pleurs ;
c'est Moloch qui voit brûler sur ses autels de jeunes enfons au

bruit du *topheth* (caisse de cuivre sur laquelle on frappait sans
cesse, pour qu'on ne pût entendre leurs cris.) « Il eût fallu étouffer
« de pareils dieux, dit un philosophe, s'ils eussent vécu parmi les
« hommes. » Pour le fanatique politique, la patrie est une ma-
râtre soupçonneuse et cruelle, qui ne se rassure que par le meurtre et le sang : c'est Médée qui immole ses fils les uns après les
autres. Chez les Grecs, le fanatisme politique porta la désolation
dans la Messénie, et en détruisit tous les habitans. Parmi nous,
il conseilla la guerre des Maillotins, de la Jacquerie, et il en
inspira les atrocités.

Le fanatisme politique, comme le religieux, s'environne de
bûchers, affile des glaives, dresse des échafauds : ignorant et
envieux, il proscrit les lumières, et ne veut pas souffrir qu'on
l'éclaire.

Le fanatisme politique, comme le religieux, est fondé sur l'orgueil et l'envie de dominer : l'un et l'autre ont pour cri de ral-
liement : « Meurs, ou soumets tes pensées aux nôtres. » L'un et
l'autre proscrivent tout ce qui ne porte pas le signe distinctif de
l'adoption ; mais ils pardonnent tous les crimes, pourvu qu'on
suive leurs étendards. Ainsi des sectaires du Japon font vœu
d'immoler sans pitié quiconque tenterait d'adoucir leurs féroces
mystères, et ménagent avec soin de vils insectes qu'ils pensent
leur être favorables. A l'un comme à l'autre, s'applique ce mot de
Pachymère, historien, philosophe, qui écrivait dans le treizième
siècle : « J'ai vu, dit-il, toutes les sectes s'accuser d'imposture ;
« j'ai vu tous les mages disputer avec fureur du meilleur gou-
« vernement, du premier principe, de la dernière fin. Je les ai
« tous interrogés, et je n'ai trouvé, dans tous ces chefs de fac-
« tion qu'une opiniâtreté invincible, un mépris superbe pour
« les autres, une haine implacable, et le désir de se venger. »

D'ordinaire, le fanatisme religieux s'unit au politique, parce

que l'imagination exaltée se flatte bientôt que Dieu s'intéresse
à sa cause et au succès de son opinion, parce que les ambitieux
qui ont cherché à asservir les peuples s'efforcèrent toujours de
les entraîner à leur suite par la voie de la superstition, et de les
rendre complices de leurs fureurs. C'est par elle qu'ils arment
les bras qui doivent asseoir leur puissance; c'est par elle qu'ils
régissent avec plus d'empire les esprits et les volontés. Aussi les
tyrans ont-ils presque toujours commencé leur carrière par jouer
le rôle de réformateurs, et prétendu associer l'Etre-Suprême à
leurs desseins. Ils viennent, disent-ils, pour remplir la mission
qu'ils ont reçue, épurer le culte, émonder l'arbre antique qui
protégeait de son ombre les nations depuis plusieurs siècles.
Ici, ils emploient la théurgie, les invocations, les fausses pro-
phéties. Là, ils affectent ou une hypocrite austérité de mœurs,
ou un vêtement extraordinaire, ou des pratiques inusitées et
faites pour attirer les regards. Dans les frimats du nord, c'est
au nom de son dieu qu'Odin, la chevelure éparse, arme les
Scandinaves. Dans les plaines brûlantes de l'Asie, Mahomet,
l'alcoran d'une main, le cimeterre de l'autre, prétend converser
avec l'ange Gabriel, et soumet au croissant toutes les contrées
où il prêche et où il combat. Plus loin, Tamerlan se fait appe-
ler l'envoyé du *Très-Haut;* et, à ce titre, il rend l'Inde esclave.
Dans nos climats, Cromwel, en invoquant le dieu des armées,
en excitant les vaines querelles des Presbytériens et des Episco-
paux, en cachant, sous un extérieur froid et religieux, les mouvemens d'une ame dévorée d'ambition, livre des batailles pour
une liturgie, domine les soldats, le parlement et le peuple, et,
de la classe la plus, obscure, s'élève au plus despotique pouvoir.
C'est la réunion du fanatisme politique au religieux qui produisit
les massacres d'Irlande, de la Saint-Barthélemy, les vêpres de
Sicile, l'assassinat des Guises et de tant d'autres. Que de sang,

que de meurtres, d'incendies et de pleurs ont abreuvé, ont dévoré l'espèce humaine!

L'action et la réaction révolutionnaires ont montré jusqu'où peut aller l'aveuglement du fanatisme politique. Les partis furieux ne s'en sont pas tenu à des opinions délirantes; ils se sont égorgés. Je ne sais comment la plupart des Français osent fixer la lumière, les uns pour avoir fait, les autres pour avoir applaudi en laissant faire; et telle est la malheureuse alternative de tous, c'est qu'il est plus vil d'être neutre que d'embrasser un parti.

> (37) Le plébéien Deutéronome,
> Ou l'Erèbe, le ciel et l'homme,
> Reconnaissent la LIBERTÉ.

Il me semble que la révolution est faite pour quelque chose: est-ce pour la royauté? Nous en avions une; il était inutile de traverser des fleuves de sang pour en revenir là. Est-ce pour la république? Ayons pour lois fondamentales ce qui la caractérise, ce qui en porte l'empreinte. L'histoire dira que l'ébauche constitutionnel de 1793, quoique étouffé dans son berceau, avait frappé d'une sorte de respect, et comme par un effet magique, le sentiment, l'instinct populaire de la nation française. Le seul mot est encore une sorte de talisman secret pour la multitude: c'est que le peuple, ennemi des abstractions métaphysiques, sent que ce qui exprime clairement ses droits est clairement pour lui. Je ne veux pourtant pas, moi, flatter ici le vulgaire, mais l'éclairer, m'éclairer avec lui. Je dois lui dire que si, comme poëte, je décris, avec un enthousiasme figuré, l'acceptation au champ de Mars de cette prétendue constitution de 1793, je suis, comme politique, comme penseur, comme observateur des hommes, des climats, des habitudes et des gouvernemens, très-éloigné de croire que l'on puisse, de bonne foi,

proposer pour constitution à la France actuelle ce canevas
de 93 : je ne l'ai jamais pensé. Tout ce qui flatte les idées de
changement, d'incertitude et d'agitation est trop favorable aux
hommes corrompus, aux ambitieux, pour que j'y applaudisse :
mon organisation particulière, l'étude des évènemens et les principes de solitude, de recueillement et de philosophie que je me
suis faits, sont tout opposés à ce qui pourrait être un germe de
tourmens, la cause de l'inquiétude d'un seul être, à plus forte
raison celle des dissentions civiles. Mais mon ame aime les ta-
bleaux qu'il serait doux de pouvoir réaliser. Les muses sont
filles du délire ; la mienne, toujours disposée à la peinture aban-
donnée des objets qui peuvent exciter l'épanchement, élever
l'ame, inspirer les vertus sociales, et rapprocher les hommes,
rappelle cette innocente erreur du moment qu'ont éprouvée un
grand nombre de Français bénévoles, qui, certes, étaient loin de
ces idées turbulentes et désastreuses qui ont pu être émises depuis par l'ignorance ou la perfidie. Je dis l'ignorance ou la perfidie, car il fallait n'avoir aucunement médité pour croire in-
térieurement à l'application de cet acte de 93, ou être profondément hypocrite pour oser la vouloir au sein de notre corruption. Pour l'honnête homme sensé, qui conforme ses idées politiques aux caractères, aux vices, aux vertus, aux préjugés, à la
population et à la position géographique des peuples, le code
de 93 n'a jamais été susceptible d'aucune espèce d'exécution
parmi les Français, et cela précisément à cause et d'après la nature de leur révolution. Ce n'est donc que comme poëte, et par
forme de fiction, que je rappelle ce rêve populaire qui, au surplus, n'était qu'une fête à laquelle toute belle ame peut prendre part en songe. La plus basse, la plus lâche mauvaise foi seule
pourrait me supposer la sottise d'avoir peint cette époque sous
un autre point de vue. Le sens commun ne me permet pas d'of-

frir à la grande nation française ce qui n'appartient tout au plus qu'à l'atome-république de Saint-Marin. Mais, d'après ce même principe, qu'il ne faut pas donner dans tel excès, il faut éviter tel autre excès. Le sage, tout en disant au peuple, avec J.-J. Rousseau : telle forme de gouvernement n'est faite que pour les dieux, a le courage de ne point caresser les idées dominantes, subversives de toute popularité ; c'est à dire de toute morale.

Le philautrope doit dire aux hommes, et principalement à ceux qui gouvernent, qu'une autorité sage se doit toute entière aux droits, au bonheur des nations; que, comme la licence et l'agitation ne justifient point le sommeil ni l'incurie, la terreur causée par le fanatisme de la liberté ne justifie aucune espèce d'esclavage ni d'avilissement; que l'intérêt personnel exige aujourd'hui de la loyauté, de la mesure et de la tolérance dans les gouvernans; que l'esprit humain a fait tant de progrès vers la civilisation et l'indépendance, que l'on ne pourrait qu'en vain essayer un despotisme quelconque. Indépendamment d'un *droit écrit* dans le cœur de tous les hommes par la nature, les lumières, chaque jour, en défendent le sort et la dignité : on a trop dit aux peuples qu'ils sont tout, pour les réduire, sans imprudence, à n'être rien.

« Oui, je le déclare, (dit Mirabeau, onzième lettre à ses com-
« mettans, page 39) je ne connaîtrais rien de plus terrible que
« l'aristocratie souveraine de six cents personnes qui pourraient
« demain se rendre inamovibles, après demain héréditaires, et
« finiraient, comme les aristocrates de tous les pays du monde,
« par tout envahir. »

Vous m'opposerez vos sophismes, vos décrets, la violence: je vous dirai que ce n'est point la force qui légitime l'oppression, et je m'écrierai avec un homme dont l'opinion mérite votre respect:
« Tout ordre ou toute loi dont on défend l'examen et la criti-
« que ne peut jamais être qu'une loi injuste. » (GROTIUS.)

Le gouvernement qui me semble le meilleur est celui qui a pour bases sacrées et invariables ces trois objets : honorer la vertu, récompenser les talens, rapporter tout au bonheur du peuple. Je ne voudrais d'un côté ni la robe de Nessus, qui consume au lieu de conserver, ni cette diplomatie ténébreuse dont tout l'art est de tromper, d'acheter et de punir.

Ici, en pensant à la politique, je me rappelle d'avoir lu Montesquieu : « Le droit public (écrivait-il il y a quatre-vingts ans) « est plus connu en Europe qu'en Asie ; cependant on peut dire « que les *passions* des princes, la *patience* des peuples, la *flat-* « *terie* des écrivains en ont corrompu tous les principes. Ce « droit, tel qu'il est aujourd'hui, est une science qui apprend « aux princes jusqu'à quel point ils peuvent violer la justice sans « choquer leurs intérêts. » etc. Cette franchise de Montesquieu n'exige pas de commentaire ; il aurait voulu de la bonne foi entre les gouvernemens comme envers les peuples ; il aurait voulu que l'on respectât cette maxime incontestable qui termine le livre qu'un homme de bien (M. Mounier) vient de publier : *L'autorité n'existe que pour le peuple, « non pour l'intérêt de ceux qui gouvernent.*

Je ne sais à quel dessein il s'est reproduit, sous le directorat de Sieyes, une de ses opinions monarchiques de lui, Sieyes, l'un des hommes dont la pensée, sous tant de rapports, commande à la pensée. Comme une opinion de cette importance appartient à l'histoire, j'aime à la placer ici. Il s'agissait, en 1791, d'une discussion particulière entre Thomas Payne, qui exaltait l'excellence du gouvernement républicain, et le C. Sieyes, qui se prononça ainsi : « On répand beaucoup que je profite dans ce « moment de notre position pour *tourner* au républicanisme. « Jusqu'à présent on ne s'était pas avisé de m'accuser de trop de « flexibilité dans mes principes, ni de changer facilement d'opi-

« nion au gré du tems. Pour les hommes de bonne foi, les seuls
« auxquels je puisse m'adresser, il n'y a que trois moyens de
« juger des sentimens de quelqu'un : ses actions, ses paroles et
« ses écrits. J'offre ces trois sortes de preuves.

« Ce n'est ni pour caresser d'anciennes habitudes, ni par au-
« cun sentiment superstitieux de royalisme que je préfère la
« monarchie ; je la préfère, parce qu'il m'est démontré qu'il y
« a plus de liberté pour le citoyen dans la monarchie que dans
« la république. Tout autre motif de détermination me paraît
« puéril. Le meilleur régime social est, à mon avis, celui où,
« non pas un, non pas quelques-uns seulement, mais où tous
« jouissent tranquillement de la plus grande latitude de liberté
« possible. Si j'aperçois ce caractère dans l'état monarchique, il
« est clair que je dois le vouloir par-dessus tout autre. Voilà tout
« le secret de mes principes, et ma profession de foi bien faite.
« J'aurai peut-être bientôt le tems de développer cette question,
« et j'espère prouver, non que la monarchie est préférable dans
« telle ou telle position, mais que, *dans toutes les hypothèses,*
« on y est plus libre que dans la république. »

Sieyes a professé depuis des opinions républicaines, et je
pense pour sa gloire qu'il s'est toujours comporté de bonne foi.

Comme les opinions, ou des hommes ou des peuples, sont
différentes sur les mêmes objets ! Je ne serais d'accord avec le
C. Sieyes qu'autant que les lois de sa monarchie approcheraient
le plus possible de cette perfection de liberté civile, de cette
égalité politique que la raison, la justice et la philosophie récla-
ment. Le simple *Iroquois,* dont le nom, bien mal à propos, est
trivial parmi nous, me semble être à un degré d'élévation bien supérieur au sentiment du C. Sieyes.

« Les *Iroquois* rient quand vous leur parlez d'obéissance à des
« rois : ils ne peuvent concilier l'idée de soumission avec la di-

« gnité d'homme. Chaque individu parmi eux est souverain
« dans son opinion ; et comme il ne fait découler sa liberté que
« du *grand esprit* seulement, (son dieu) jamais on ne pourrait
« l'amener à reconnaître aucun pouvoir. » *Voyage chez les
différentes nations sauvages, par J. Young, page* 57 *de la
traduction, par Billecocq.*

« Ces peuples (les Iroquois et la plus grande partie des peu-
« ples sauvages) sont libres dans toute l'étendue du droit naturel,
« et il semble que la liberté, presque bannie de toute la terre,
« se soit réfugiée chez eux. Rien ne les *divertit davantage* que
« quand *on leur parle d'obéir aux rois*, de craindre les me-
« naces et châtimens des gouverneurs. Cela les fait rire ; car ils
« ne peuvent supporter l'idée de *soumission* avec celle d'un *véri-
« table homme*, et le seul terme de dépendance leur fait horreur.
« Chaque *Iroquois* se croit *souverain*, et il prétend ne relever
« que de *Dieu seul*, qu'il nomme *le grand Esprit*. » *Voyages
de Mahontan, t. II, lettre V, pages* 36 *et* 37.

Ces sauvages me représentent les Etrusques refusant aux
Véïens des secours contre les Romains, tant qu'ils obéiraient à
un roi qu'ils s'étaient donné pour défendre leur ville.

. . . . Je préférai toujours
« A ce mérite faux des politesses vaines,
« A cet art de flatter, à cet esprit des cours
« La grossière vertu des mœurs républicaines. VOLTAIRE.

Une vérité est bonne à reproduire, n'importe d'où elle vienne.
Au surplus, toujours fidèles à notre maxime de ne point assassiner les morts, comme nos lâches du jour, au profit des vivans,
disons, avec la postérité, que les oppresseurs qui ne règnent
plus sont les condamnateurs les plus impassibles de ceux qui
pourraient opprimer.... Je dirai donc:

...... « Telles sont les erreurs et les faiblesses du peuple,
« qu'il faut qu'il essuie plusieurs générations d'intrigans pour
« arriver à un résultat d'idées qui doivent assurer le bonheur
« politique. — *Long-tems sa destinée sera entravée par les*
« *intrigues criminelles d'une faction redoutable.......*
                ROBESPIERRE, J. de la Mont., n°. 16, p. 134.

> (38) Arrête implacable démence!
>   Arrête : enchaîne ta vengeance,
>   Entends l'avenir, l'équité...
>   Airain, respecte ici l'argile ;
>   Cèdre, ombrage l'ormeau débile ;
>   Grandeur, guide la LIBERTÉ.

La mort de la reine répugne à retracer : toute violence qui ne
peut produire le plus petit bien, même équivoque, ne peut être
qu'un grand mal réel. Cette femme avait plus de caractère et plus
de politique que son mari ; en maintes circonstances elle a montré
du courage, de la tenue et de la réserve : au 5 octobre, comme
elle était à une croisée du château de Versailles avec M. de la
Luzerne, une balle frappe le mur ; celui-ci, sans doute pour parer
d'autres balles, se glisse, avec l'air de la curiosité, entre elle et
la fenêtre. Le motif de ce mouvement ne lui échappa pas : « Je
« vois bien, lui dit-elle, quelle est votre intention, M. de la
« Luzerne, et je vous en remercie ; mais je ne veux pas que vous
« restiez là, ce n'est pas votre place ; c'est la mienne. » Et elle
le força de se retirer.

> (39) Entre mon ame, et Dieu que j'aime,
>   Il n'est que le culte suprême
>   De la divine LIBERTÉ.

J'aime à élever ma pensée vers une divinité tolérante et rému-
nératrice, mais sans le vil intermédiaire d'un prêtre imposteur

et corrompu : le mot de prêtre, eu égard à la dignité de l'homme, à la raison divine, est pour moi synonyme de bête fauve.

Quelle étrange bizarrerie que celle de la vie humaine ! Au milieu des massacres juridiques, du deuil des familles, de l'épouvante et du paroxisme du désespoir, le sénat français proclame l'existence de l'Etre-Suprême et l'immortalité de l'ame ! En plein air, sous l'azur des cieux, élevés sur une éminence ombragée par le feuillage, les mandataires en panaches et ceintures tricolors, et environnés d'un peuple immense, rendent hommage, offrent leur encens à la divinité, au Dieu juste, équitable, magnanime, généreux, consolateur, et le sang coule de toutes parts par ordre de ce même sénat ! et les échafauds couvrent le sol français ! et le père n'ose pleurer son fils ! et la fille n'ose pleurer sa mère ! et les époux, les familles, les générations sont immolés ensemble !!! C'est bien là le comique et le tragique à la fois.

Décréter que le peuple français reconnaît l'Etre-Suprême et l'immortalité de l'ame est l'acte le plus étonnant du délire et de l'aveuglement humain. Eh ! mon dieu, croire à l'essence d'un ordonnateur des mondes est un sentiment individuel, le besoin du bon cœur, et non une tâche qui s'impose par décret.

J'ai voulu découvrir quelle pouvait être la haute politique enveloppée dans cet acte étrange : il ne m'annonçait ou qu'une arrière pensée bien criminelle, ou qu'une sotte démonstration de parti ; en un mot, qu'une ridicule impiété.

J'envisage bien différemment la création vraiment grande et sublime des fêtes décadaires. C'est toi, bassesse des traîtres survivans, qui empêcha de consacrer ces institutions morales, vraiment religieuses et régénératrices ! Assemblage vulgaire que la passion avait réuni, tu n'étais agité que par le génie du mal ! Je remarque que tous les projets d'institutions tendans à faire des hommes sont restés dans l'oubli : la main de l'étranger, qui ne

voulait pas de notre république, habile à détourner le bien, a
réussi pendant douze années à ne permettre que le mal, et le
bonheur politique des peuples et la liberté, comme la philosophie, sont restés en projet.

(40) L'ours fuit ses cavernes profondes ;
 L'ogre abandonne ses déserts ;
 Le requin tremble au sein des ondes ;
 Le vautour frémit dans les airs ;

Le décret du 22 prairial, surlendemain de cette fameuse fête
à l'Etre-Suprême, qui prive les accusés d'un défenseur, et qui
dit que les preuves morales ...firont à la conscience des juges
pour le prononcé de la condamnation; ce décret parricide, dis-je,
frappe tellement d'horreur toute la pensée d'un être sensible,
qu'il en reste immobile. Multiplier, salarier les commissions dé-
latrices, ôter aux accusés tout moyen de défense, dire à des juges
délirans qu'ils n'ont besoin d'autres preuves que leur opinion,
c'était vouloir dépeupler le monde, exterminer la race humaine.

Je ne sais dans quel antre, dans quelle contrée sauvage il s'est
vu de pareils principes ! « En Perse même (nous dit Linguet)
« les prisons y étaient mobiles. L'homme, dont l'ordre public
« exigeait que l'on s'assurât, ne perdait de sa liberté que ce qu'il
« fallait lui en ôter pour qu'il ne pût se soustraire au châtiment,
« ni se rendre criminel. » En Angleterre, si digne d'être notre
modèle en tant de circonstances, si nous étions de meilleure foi,
il existe six à sept sortes de prisons, suivant les divers délits pré-
sumés : en France, on entasse pêle-mêle les détenus.

(41) Sages, que l'univers admire ;
 Savans, dont l'esprit créateur...
 Dieux des arts, l'échafaud conspire
 Contre votre éclat bienfaiteur

Nommer Lavoisier, Bailly, Roucher, Thouret, Pétion, Hérault-Séchelles, Camille-Desmoulins, c'est rendre hommage au mérite de tant de victimes, c'est verser des pleurs sur la tombe des illustres talens dévorés.

L'exécution à mort de Jean-Sylvain Bailly, ancien maire de Paris, au champ de Mars, le 22 brumaire an II, est un de ces attentats dont la France aura le plus à rougir.

Le petit drapeau martial est attaché à la charrette, et brûlé avant l'exécution. Il tombait alors une pluie glacée : cependant on fit démonter et remonter plus loin l'échafaud qui avait été placé trop près de la rivière. Pendant trois quarts-d'heure que dura cette opération, l'ex-maire, tout déshabillé, frissonnait. « Tu as peur, Bailly, lui dit durement un de ceux qui l'accom- « pagnaient. Non, lui répondit, sans émotion, le philosophe ; « mais j'ai froid. » — Quand on se retrace les beaux momens de l'assemblée constituante, et la sagesse courageuse qu'y développa Bailly, on s'écrie avec l'éloquent Vergniaud : « Oui, la révolu- « tion est Saturne qui dévore tous ses enfans ! » et l'on étouffe ses cris pour sangloter, dans le silence de l'effroi, sur la perte des vertus et du génie.

Madame Rolland, femme de l'ex-ministre, avait un courage et des lumières au-dessus de son sexe : elle devait succomber. Arrivée aux pieds de l'échafaud, elle dit à Lamarche, qu'on allait exécuter comme elle, et qui se trouvait dans un grand affaissement : « Passez le premier, car vous n'auriez pas le cou- « rage de me voir mourir. »

(42) A travers les cachots funèbres,
La faim, les bourreaux, les ténèbres,
Cange honore sa LIBERTÉ.

On connaît l'action de ce commissionnaire généreux envers l'épouse et le mari : ainsi qu'en une épaisse forêt la clarté des

cieux pénètre par place, ainsi les vertus éclatent quelquefois
sur la terre des forfaits. Cange, simple et modeste journalier,
n'est point dans l'élévation; je le nomme pour l'offrir à la reconnaissance. O douloureux contraste! cet homme bienfaisant gémit
peut-être dans le besoin au faîte d'un grenier, tandis que le crime
remplit les palais! Cange! je t'ai nommé parce que tu es pauvre:
je laisse la tourbe de nos plats écrivains encenser bassement la
puissance qui peut leur être utile.

> (43) L'œil fixé sur le fils qu'il aime,
> Il trahit le funèbre appel.

Qui n'admirerait pas ce trait de Loiserolles père! Il s'agit de
conduire les condamnés au lieu de l'exécution ; c'était le fils qui
était désigné : Loiserolles père se glisse dans la foule des victimes du jour, répond au barbare appel pour son fils, et meurt
pour lui le 8 thermidor.

> (44) Non : c'est le cri des plus atroces,
> C'est le combat des plus féroces,
> C'est la soif de l'autorité,

Toute violence est de peu de durée: pourtant l'inouïe terreur
dura des siècles, chaque minute en était un. Le 9 thermidor eut
lieu, non parce que les tigres furent fatigués, mais parce qu'en-
tr'eux ils se dévorèrent. Ce n'est point le courage, encore moins
la philosophie qui a fait le 9 thermidor ; mais la rivalité, la
basse jalousie, la crainte, l'ambition des dominateurs. La postérité dira que les meneurs de la convention, que ce comité de
salut public n'étaient qu'une horrible manivelle d'exaltation,
qu'un assemblage sulphureux et despotisque, un composé
de barbares, et que les moins barbares, en effet, disparurent
le 9 thermidor. Que le sage analyse et les tems, et les
choses, et les hommes; il verra que la salutaire, que la vertueuse,

que la délivrante journée du 9 thermidor n'est que l'effet d'une lutte de partis, d'un combat entre les tyrans, et que les résultats de cet évènement inattendu des vainqueurs eux-mêmes, les glacent encore d'une sorte d'effroi, d'étonnement, d'une sorte de honte mêlée avec le plaisir de la victoire. Vous vivez, Barrère, vous n'êtes plus en exil : toute l'Europe connaît, l'histoire dira votre rectitude politique, votre franchise révolutionnaire, la grandeur, la magnanimité de vos démarches. Vous ne permettriez pas que je ne m'adressasse exclusivement qu'aux morts, que je troublasse leur cendre : ils ne sont pas là pour répondre, me crieriez-vous; laissez en paix les victimes de la révolution. O vertueux, humain Barrère! je vous entends : eh bien! permettez-moi de vous faire une petite question à l'oreille : pourquoi le jour même du 9 thermidor aviez-vous, dans votre poche, deux rapports, l'un pour, et l'autre contre Robespierre? Vos yeux observent : vous prononcez celui qui est contre, c'est tout simple. Mais pourquoi, généreux Barrère, reproposâtes-vous à la convention, le lendemain du 9 thermidor, pour la recréation du tribunal révolutionnaire, Fouquier-Tainville pour accusateur public, et la plupart des mêmes juges et jurés? Pourquoi, dans votre discours à la tribune contre la jeune Renaud, exaltâtes-vous le patriotisme et les vertus de Robespierre, quelques jours avant le 9 thermidor? Vous tonnâtes contre cette jeune fille qui, selon vous, avait attenté aux jours de l'un des plus vertueux défenseurs de l'humanité : vous vous exclamâtes, citoyen Barrère, et sans la moindre trace de crime de la fille Renaud, le père, la mère, les frères, les sœurs, etc., périrent sur l'échafaud, revêtus de chemises rouges?... Mais, citoyen Barrère, j'oubliais... j'oubliais que vous aviez toujours trahi lâchement, immolé tous les partis. — Vous avez eu connaissance d'une conspiration réelle, ourdie par Hébert, Vincent, etc., dirigée contre le régime de sang, dont

vous étiez le rapporteur exclusif : vous donnâtes le change à l'opinion ; sous prétexte d'athéisme, vous fîtes faire une *journée* des
hommes qui, sentant combien votre terreur était meurtrière,
voulurent généreusement la faire cesser. — Je ne sais pourquoi,
citoyen Barrère, vous devîntes tout à coup si *terriblement* révolutionnaire : vous étiez, en 89, reconnu, par la cour elle-même,
pour être dans les *meilleurs principes*. Le 6 octobre 89, au sujet
de l'évènement qui força le roi, et sa famille à quitter Versailles
pour venir à Paris, et d'un message qui fut fait au roi par l'assemblée nationale, vous vous écriiez : « Le monarque n'a jamais
« songé à se séparer de l'assemblée, et il ne s'en séparera jamais.
« La réponse de sa majesté a été analogue au vœu de l'assemblée
« et au caractère connu de ce bon roi, qui n'a jamais cessé d'ai-
« mer son peuple, et à qui l'histoire n'attribuera aucune des
« erreurs de son règne. » Au sujet de l'apparition de Louis XVI
au sein des électeurs de Paris, le 17 juillet 89, le citoyen Barrère
s'exprime ainsi : « Périssent les hommes pervers qui pourraient,
« par des insinuations coupables, calomnier encore les senti-
« mens d'une nation généreuse et fidelle à un roi juste et bon,
« qui, ne voulant rien devoir à la force, devra tout à ses vertus!
« L'orateur de cette assemblée (M. Ethis de Corni) a été inter-
« rompu par des cris de *vive le roi*! Il semblait que dès ce mo-
« ment le trône était affermi. Le même sentiment a échauffé toutes
« les ames, et, comme par une inspiration nouvelle, on n'a pensé
« qu'à rassurer le souverain sur la fidélité des Français. Est-ce là
« une assemblée de démocrates comme on a voulu le persuader?
« Non, il ne l'a jamais cru, le monarque qui, dans cette fête ci-
« vique, s'est écrié avec transport : *Mon peuple peut toujours
« compter sur mon amour.* » Vous ajoutâtes, citoyen Barrère,
que le discours de Louis XVI, en cette circonstance, *était digne
de Henri IV et de Louis XII.* Ce n'est sans doute pas vous, c'est

un autre Barrère qui présidait la convention nationale lors du jugement à mort de ce même Louis XVI. Non, le Barrère qui
flattait ainsi Louis XVI sous l'assemblée constituante, n'est sans
doute pas celui dont l'opinion détermina la convention à prononc-
cer ce genre de peine qu'abhorre la philosophie. Mais que vois-je!
l'ombre irritée de Démerville! Tu pâlis, Barrère!!... Il fut ton ami,
ton commensal, ton sauveur hospitalier.... Il gémit sur son éga-
rement; mais il te rappelle vos abandons réciproques, ces épan-
chemens de la confiance....Entends!.....baisse les yeux :... « Je fus
« aveugle, je succombe, et n'en murmure point contre le sort :
« mais toi que j'ai recueilli, que j'ai porté dans mon sein ; toi,
« dépositaire de mes funestes, comme de mes heureuses pensées,
« n'as-tu point trahi la plus expansive amitié, l'infortune, tes
« propres veux exprimés ?.... Héros réparateur qui gouverne la
« France, et dont je reconnais enfin la valeur, le légitime as-
« cendant! Peuples! rois! partis! étendards divers! redoutez....
« repoussez loin de vous le souffle de Barrère; il trahit sans
« remords, et par habitude, les plus saintes affections !.... » Oui,
comme le monde entier, je pourrais dire à Barrère qu'il fut
aussi perfide que faible et cruel, s'il n'était pas juste d'invo-
quer ici toutes les modifications que les circonstances, que nos
organes, que nos tempéramens, que la générosité, enfin, doit
commander après une révolution.

> (45) Quoi !... Vertus, arrêtez ma muse :
> L'aveugle univers les accuse.
> Qu'ici leur tombeau respecté
> Dise qu'il est encore un sage
> Qui n'applaudit à nul carnage
> Fait au nom de la LIBERTÉ.

En effet, des massacres ne justifient point des massacres, une

terreur ne justifie point une autre terreur : le crime est crime, et
surtout la peine de mort, n'importe contre qui elle s'exerce. Si la
convention eût été digne alors d'être mise au rang des humains,
elle eût au moins profité du 9 thermidor pour faire cesser les persécutions : point du tout; les féroces acteurs devinrent de féroces
réacteurs; le sang coula, il coule encore, et c'est l'ouvrage de la
convention. Cependant il me semble qu'elle aurait dû, pour ses
propres intérêts, rappeler les hommes à des sentimens généreux.
Quel est le sage qui ne pense pas comme M. Mounier : « A l'épo-
« que fatale de la chûte des gouvernemens, l'intérêt public est
« abandonné au choc des opinions particulières : chacun croit
« voir dans le système qu'il adopte le salut de la nation, et
« dans ceux qui le combattent les ennemis du bonheur général.
« La conscience n'a plus de guide certain; le fanatisme affaiblit
« le sentiment moral, il accumule les forfaits, sans qu'on ait
« des intentions criminelles : mais lorsque la fureur des factions
« commence à se calmer, comment connaître le fond des cons-
« ciences ? comment distinguer les méchans des insensés et des
« enthousiastes? Il ne reste à ceux qui veulent réparer les maux
« causés par la discorde d'autre ressource que de suivre l'exem-
« ple de Trasybule, qui, après avoir chassé les trente tyrans
« d'Athènes, fit ordonner le pardon de tous les outrages, le sa-
« crifice de tous les ressentimens. » Conventionnels ! vous n'é-
tiez point des Trasybules : voyez, et jugez comme vous avez
sauvé la patrie!..... Cette criminelle et dévastatrice convention n'était qu'un ramas d'insensés : elle renfermait sans doute
quelques hommes de mérite et par les talens, et par la modération, et par la probité, et par un sincère dévouement au bien ;
mais ils furent faibles et sans influence, sans énergie, sans courage. La presque totalité de la convention doit être en horreur au genre humain : ce qu'elle a pu faire, qui semblerait

grand, vient des convulsions de la frayeur, des viles passions, de l'intérêt, de la coupable ambition du pouvoir, des bassesses de l'orgueil individuel. Entendez ces insectes : ils outragent les morts! c'est tel et tel qui causèrent tous les maux. Eh ! misérables ! ne siégiez-vous pas à côté de ces tel et tel? aucun de vous a-t-il poignardé tel dominateur? Lâches! n'étiez-vous pas aux pieds de ces mêmes tel et tel? La mesure des cruautés se comble enfin : vous êtes honteux de vous-mêmes, vous vous décimez, vous êtes féroces en sens contraire, vous punissez, par des proscriptions, l'enthousiasme, le délire que vous avez excités, qui ne sont que votre ouvrage.

> (46) Mais quoi! l'hypocrite farouche,
> Parjure au plus doux sentiment,
> Ne solemnise que de bouche
> La vertu que son cœur dément!

J.-J. Rousseau, l'homme de la nature, a beau me dire qu'il n'a mis ses enfans à l'hôpital que par sensibilité; je n'en crois rien : la vraie sensibilité se comporte et s'exprime autrement. J'aime plutôt à penser qu'il ne s'en soupçonnait pas le père, et c'est pourtant ce qu'il est loin de nous dire dans ses confessions. Comment l'auteur brûlant des belles pages de l'Emile a-t-il pu se séparer de tous ses enfans, un à un, et par intervalles, jusqu'au nombre de cinq! Quelle froideur d'entrailles! quel odieux mélange de bassesse et de grandeur dans le même homme! ses enfans à l'hôpital !! mettre entre ses enfans et soi les remords de l'éternité !!!

Non, Jean-Jacques, sombre, atrabilaire, ombrageux, n'a point su chérir la vie dans ses enfans, goûter le bonheur de la paternité ! J.-J. Rousseau n'avait point cette heureuse, cette douce et sublime sensibilité de la vertu. Tous ses sophismes ne peuvent en imposer

à celui qui brûle véritablement des saints feux de la nature. Ce
moi qui parle, ces entrailles qui palpitent à l'aspect, au souvenir
d'un enfant sont plus forts que toute la logique de Jean-Jacques.
Jean-Jacques se séparer volontairement, pour jamais! de sa postérité! O crime! ô honte! ô tache indélébile.

Jean-Jacques parricide! Oh! non, sans doute : il est ici quelque
chose de surnaturel. Non, Jean-Jacques! tu n'as pu être un monstre, un législateur dénaturé.... Les lois de l'Émile ont frappé
mon cœur : j'ai ressenti le contact de tes vertus.... Mortels! respectez la mémoire, la sublimité, les faiblesses de mon Jean-
Jacques! contemplez son grabat, sa fierté, son mépris pour le
clinquant des classes oppressives.... Jean-Jacques! nous nous
connaissons,... nous nous aimons,... nous vivons ensemble,...
nous nous querellons... Mon Jean-Jacques! je t'aime,... je mesure la durée de ta gloire au nombre de tes détracteurs. O combien ton immortalité frappe mon ame et mes passions!... Jean-
Jacques, repose en paix; les siècles font la garde autour de ton
tombeau. Non, délirant ou barbare Jean-Jacques, tu n'es point
digne des hommages de l'homme de bien; l'ombre de tes enfans
poursuit ta renommée, tes admirateurs, les brûlantes pages de
ton Émile. Ah! tu t'es séparé de ce qui pouvait te rappeler à la
tendresse! froidement tu as jeté dans les flammes, tu as fait
dévorer par elles *ces signes, ces marques* qui t'étaient donnés
par l'hôpital pour reconnaître un jour ce que tu avais de plus
cher!... Non, ton éloquence n'effacera point l'odieux de ton
insensibilité. O, Jean-Jacques! faut-il que ces mêmes siècles
qui t'admireront déposent éternellement contre toi!

   (47) Antre fangeux, brillant théâtre!
     Je t'abhorre et je t'idolâtre :

On ne juge sainement les objets que par comparaison et loin
de l'amertume.

Contemplez en silence, d'un côté, la ténébreuse arène des dilapidations publiques ; de l'autre, un essaim d'Argus réunis, tounant la surveillance, et portant l'épouvante dans l'ame des traitans les plus déshontés ; d'un côté la candeur, la franchise, le tumultueux enthousiasme d'une grande assemblée délibérante sur le bien général ; et la fourberie froide, et la trahison spoliatrice de ce fonctionnaire, de ce canteleux ministre, de cet inepte agent de la nation, qui calcule, dans l'ombre et sans crainte, son moi particulier, vous jugerez que si une assemblée libre et politique n'est souvent qu'un théâtre de fureurs, de scandale, d'agitation et d'iniquité, elle est aussi le flambeau redouté par les sangsues du corps social. Les hommes exclusivement et bassement livrés aux spéculations vénales et mercantiles ; les athlètes avilis et démasqués d'une arène révolutionnaire ; la multitude de ces ames de boue, de ces mercenaires employés qui rongent le squelette politique : la fange des mortels, enfin, pâlit à la seule idée d'un corps vraiment libre délibérant, qui publie d'une bouche inflexible la bassesse du délateur, l'infidélité du comptable, l'impéritie de l'administrateur, la prévarication du juge, le despotisme du gouvernant, les attentats du militaire. Un corps délibérant de citoyens libres et indépendans de toute autorité, est, par essence, l'effroi du méchant, et l'appui du juste. Ce corps peut errer, commettre des fautes, opprimer même une grande portion d'hommes : ces maux, ces orages, cette oppression n'ont jamais des résultats aussi affligeans, aussi désastreux que ceux qu'enfantent l'isolement des individus, la crainte et l'apathie des membres du corps politique. Une ame sans tache et pure, une belle ame, enfin, respecte, pour ainsi dire, jusqu'aux écarts d'une assemblée d'hommes, même corrompus : les hommes réunis éclairent, défendent et propagent la vertu : tout ce qui est public et solemnel a toujours son côté de morale et d'héroïsme. Les scènes les plus tragi-

ques d'un corps d'hommes libres délibérant sont moins fatales,
quelles qu'elles soient, au repos et au bonheur des nations, que
le secret ténébreux d'un cabinet qui ne rend compte à personne et
décide en maître. Sans parler de Lacédémone, dont les habitans
discutaient publiquement les avantages et les inconvéniens de la
paix ou de la guerre, combien d'autorités se présentent en foule
à l'appui de mes assertions! Vous souriez de pitié, diplomates
fourrés, docteurs suprêmes en politique; vous criez au vandale,
à l'insensé : eh bien! fulminez; je persiste à dire que vos mysté-
rieuses et métaphysiques négociations ne sont le plus souvent
qu'une injure au bon sens, des attentats continuels à la saine
raison, comme un outrage aux droits et à la majesté des peuples :
vos scribes, vos émissaires et vos envoyés sont autant d'insectes
qui tourmentent les corps politiques, et divisent au lieu d'unir.
Dans vos antres sibilliens, séjour de trafic, de bassesse, de dissimulation et d'ineptie, les peuples sont à l'encan et livrés, réellement livrés : c'est ce qui n'est jamais arrivé par de simples artisans
délibérans au Forum avec le seul instinct du juste, le seul sentiment du bien : quelques misérables peuvent bien être soudoyés
au sein d'une assemblée, et la circonvenir un moment; mais une
assemblée entière est incorruptible,..... entendez-vous, illustres
prétendans à la suprématie des connaissances humaines et politiques! tout ce qui porte le cachet de cette austérité vous
révolte. Vous jargonez bien sur les contours de la carte, sur
les rapports vulgairement civils et sociaux de telle puissance
avec telle autre, sur les mœurs, les ressources de tel peuple,
sur le caractère de tel ministre et de sa courtisane, sur l'ensemble, les moyens et les dispositions notoires ou probables de tel
gouvernement, sur l'effet que fera telle mesure, tel maintien
sur l'esprit de tel autre : vous comptez jusqu'aux coulisses qui
conduisent à tel salon, à tel boudoir, à tel sofa.... Mais vous

calculez aussi toute la valeur de cet or dont sont avides les petites ames, les hommes sans génie, et vous vous prosternez devant le coffre fort qui vous dégrade. Hommes orgueilleux et vains! Hercules de bassesse! vous brillez, vous vivez d'arrogance dans vos chars fastueux; mais vous n'existez pas dans le souvenir des sages, dans les fastes de la postérité. Une réunion de citoyens agités n'avilit point l'espèce humaine; elle ne peut tout au plus que scandaliser, par ses passions, ou ceux qui l'écoutent, ou les lecteurs de ses débats; mais ce calme individuel et farouche, mais cet isolement de la crainte et de l'observation brisent tous les ressorts d'un esprit national et généreux, éteignent les plus sublimes facultés de l'ame, et tuent le génie des nations comme celui des individus. Alors cette lugubre nuit de l'humanité, cet état d'opprobre et d'avilissement effaçant le nom d'homme et d'éternelle justice de la vie, dit aux tyrans, aux esclaves, à tous les crimes victorieux : régnez avec l'or et l'effroi; ordonnez en maîtres insolens, en déprévateurs absolus; partagez-vous les trônes et la dépouille des peuples: la terre ne fleurit que pour vous; ces globes radieux qui roulent sur nos têtes ne brillent que pour éclairer vos fastueuses jouissances; ces fleuves ne précipitent leurs ondes que pour arroser vos domaines; le jour n'éclaire que pour montrer à vos pieds la foule prosternée; la nuit ne verse ses pavots que pour varier vos songes. Jouissez, tyrans! appesantissez un joug de fer sur un monde de reptiles.

Voilà le honteux langage que l'état d'affaissement tient à la criminelle ambition des audacieux corrompus; et cet état douloureux et plaintif d'affaissement n'a lieu, surtout après une révolution convulsive, que parce qu'il est interdit aux ames encore inquiètes, expansives, aux enfans de la nature de communiquer entre eux. Un bûcheron à la tribune des Jacobins de France était plus redoutable aux partis contraires, à la liberté de l'homme, que cet

essaim d'écrivassiers politiques, dont le rôle perfide et mensonger
ne fut et ne sera jamais que le parricide trafic des peuples, qu'un
attentat aux progrès des lumières, que le fléau de toute morale
et de toute équité naturelle, qu'un obstacle constant à la délivrance des nations. Un bûcheron en carmagnole à la tribune des
Jacobins de France portait l'épouvante sur les trônes les plus
éloignés : telle opinion émise par un Jacobin de France était
plutôt l'entretien alarmé des palais des rois, que la grimace menaçante d'un espion, nommé ambassadeur, que la situation topo-
graphique des terribles armées, que la politique heureuse d'un
Villars, que la mort d'un Turenne. Les Français eux-mêmes
n'ont aucune idée de l'influence et du pouvoir magique de leurs
sociétés populaires sur l'esprit de l'étranger. Plus d'un potentat
ont ordonné des processions, des prières, des jeûnes, et surtout des
pamphlets bien exterminateurs, pour anéantir saintement cette
maudite engeance de Jacobins qui menaçait le monde, et surtout
les trônes, d'un renversement général. Les gouvernemens ont prodigué l'or envers le parti vendu de la convention nationale, pour
le déterminer à trahir cette société célèbre, dont la plupart des
députés étaient membres. Fréron et Tallien, hommes dont les
noms ne rappellent que des souvenirs désastreux, des violences
contraires, en sont expulsés ignominieusement : ils s'arment contre
elle avec fureur. Le parti girondin, en quelque sorte créateur de
cette société, mais adroitement flatté par les émissaires de l'étranger, mais nourri de fiel et de vengeance depuis la mort de ses
chefs, ne formait des vœux que pour la destruction de cet épou-
vantail des rois et des esclaves, comme de toute modération philosophique. La foule des mécontens et des victimes n'attribuait
tous ces maux qu'à cette société : des feuilles meurtrières
inondent la capitale, et soulèvent cette multitude avide de chan-
gemens ; des jeunes gens soudoyés et répandus poussent des cris

vociférateurs; la police secrète est disposée au mouvement qui s'opère le 19 brumaire an III. Le 22 suivant, sur le rapport d'un nommé Laignelot, instrument vil, qui ne tenait son existence que de cette société, et qu'on vit depuis figurer dans la conspiration dite *Babeuf*, la convention décrète la suspension de ses séances. Ainsi fut abattu ce théâtre extraordinaire de vertus et de crimes, d'héroïsme et de lâcheté, de talens et d'ignorance. Elle a trop étonné le monde, pour ne point occuper l'histoire; je devais cette note à ma génération.

Philosophe, je ne défends ici qu'un principe éternel, que la dignité de l'homme.

Comme les ennemis nombreux et puissans de cette société, je sais qu'elle n'était souvent qu'une arène scandaleuse digne de toute l'animadversion de l'homme de bien, du penseur. Mais, rameurs injustes! faut-il, parce que vous êtes passionnés, vous interdire le droit de communiquer entre vous? Les réunions de citoyens en Angleterre sont tolérées; et certes, l'Angleterre n'est pas le pays le moins libre, le moins sage, le moins heureux. J'ai le pressentiment que cette Angleterre sera un jour ma patrie adoptive.

Hommes rassemblés! vous êtes l'effroi des traîtres: oppresseurs de l'humanité! vos efforts, contraires aux réunions d'hommes, leur élèvent des autels.

(48) **Par quelle horrible tyrannie,**
     Sbire! as-tu troublé mon repos?

Je mets cette apostrophe dans la bouche de tant d'êtres des différens partis et des deux sexes qui, des bras d'un sommeil tranquille et vertueux, d'une retraite scientifique, d'une solitude bienfaisante, furent jetés dans les cachots de l'action ou de la réaction. Cette tyrannie criminelle, envers tous également, était

plus ou moins meurtrière pour chaque individu : car, comme le
dit Montesquieu, nos peines sont en raison de notre degré de
sensibilité ; le poids de l'oppression et de l'injustice, qui révolte
un être quelconque, irrite encore plus celui-là dont le moral est la
fibre sont organisés plus délicatement. Comme je le répète dans
l'examen politique de cet ouvrage, je suis de ce grand nombre
persécuté et sensible, et peut-être me serait-il permis ici d'entrer
dans quelques détails sur l'une des époques les plus sensibles de ma
vie, si je ne m'interdisais ce qui m'est personnel, pour ne parler
que de la masse des humains malheureux. Je dirai pourtant que
l'historique de mes persécutions est tracé, que la morale en est
liée à la morale des peuples et à des observations sur la prospérité et la décadence des empires, que je me propose de publier
cet ouvrage, et que les circonstances politiques, comme la situation du personnage, le rendront digne peut-être de l'accueil des
penseurs. Il doit me suffire aujourd'hui de dire qu'un 5 germinal
un citoyen, appelé *Goumaz*, que je crois encore attaché au gouvernement, est venu m'apporter un mandat d'arrêt signé de neuf
membres du comité de sûreté générale, que je conserve comme
un monument du délire, lequel mandat n'exprime que mon nom
et ces mots : *Sera incarcéré sans explication de cause.* Le sage
devine quelle révolution d'idées éprouve en cet instant un être
tout solitaire, tout moral, et qui n'eut jamais rien de commun
avec aucune sorte d'oppresseurs. C'est dans ma prison qu'a pris
naissance *la Libertéide :* puisse-t-elle à jamais mettre en horreur
tout rafinement du démon de la tyrannie !

    (49) — De Rome écoutons les vieillards....

    « — Montrons à la race future.....

    « — Que mon être soit la pâture

Un saint effroi d'admiration me glace encore aujourd'hui. La disette atteignait surtout cette foule d'artisans persécutés, et gémissans dans les cachots de la réaction. J'ai entendu dire par plusieurs de ces estimables Français à leurs compagnons d'infortune, et avec la sublime froideur de la résignation réfléchie : « Amis, « la faim va nous dévorer; il faut que les moins utiles d'entre « nous servent de pâture aux autres : toi, par ton énergie; toi, « par tes talens, tu peux, en survivant à cette crise, servir encore « la Liberté. Moi, mes amis, j'ai le sentiment que je vaux « moins que vous; le dévouement n'est qu'un devoir commandé « par le patriotisme : que mes membres servent à votre existence « de quelques jours : mon ame, dans vos ames, vivra, jouira de « la Liberté! » Et qu'on ose tenter de mettre aux fers un pays qui possède de tels citoyens!...... Ils se taisent un moment; la lassitude peut les comprimer quelques heures :.... le réveil est sûr;.... ses effets retrempent de nouvelles ames.

Oui, voilà du fanatisme : mais prosternez-vous, et l'adorez, monarques et plébéïens. Oui, c'est du fanatisme; mais c'est celui des ames les plus élevées, c'est celui du plus saint, du plus intrépide héroïsme. Adorez celui-là, et non celui des prêtres.

Pendant la nuit du 9 au 10 août 1792, Chabot, membre de l'assemblée législative, se précipite au sein du comité insurrecteur dirigé contre le trône. « Amis! s'écrie-t-il, l'infame cour a « beaucoup de partisans, et le peuple est dans une tiédeur qui « nous laisse peu d'espoir pour lui-même; nous sommes perdus « si nous ne vainquons. Je viens vous proposer un moyen infail- « lible pour soulever, pour irriter ce peuple engourdi : faites « qu'à ses yeux cette horrible cour commette un grand crime « sur la personne d'un député populaire. Tuez-moi, mes amis! « je n'ai qu'une vie, elle appartient à la cause des peuples : tuez- « moi, et répandez sur-le-champ l'alarme de ma mort, en accu- « sant la cour de cet attentat : traînez mon cadavre parmi tout

« Paris, en appelant les vengeances sur l'homicide château des
« Tuileries. Dites à l'artisan des faubourgs : voilà l'ouvrage des
« despotes! voilà le crime des rois! Peuple! c'est ton ami, c'est
« ton représentant, c'est ton mandataire incorruptible qu'ils ont
« frappé!.... » Les insurrecteurs n'écoutèrent point Chabot, et
le peuple vainquit sans ce crime-là. Puisque tout est fièvre, que
tout a son bon et son mauvais côté sur la terre, le dévouement
me paraîtrait ici sublime, s'il ne s'agissait point d'en faire retom-
ber artificieusement l'odieux sur des têtes innocentes. Ah! n'usons
jamais de perfidie quand il s'agit surtout d'atrocités. Hommes!
soyons toujours vrais, et dans les momens les plus périlleux,
choisissez les moyens que la vertu ne réprouve point. Ce dévouement de Chabot n'est qu'un délire de parti : puisqu'il s'agissait
de combat, il pouvait périr les armes à la main, et plus glorieusement. Le fanatisme des sublimes actions a des couleurs plus augustes : j'admire infiniment plus le: habitans de la commune de
Tremblay, district de Fougères, département d'Ille-et-Villaine,
qui, attaqués par un corps nombreux de chouans, se réfugient
dans leur église, s'y défendent avec courage, refusent de se rendre, et y périssent tous au milieu des flammes allumées par les
assaillans du parti royaliste.

(50) Et, d'un bras que Minerve guide,
　　　Frappé des insectes sanglans :

Déportation de Collot-d'Herbois, Barrère, Billaud-Varennes
et de plusieurs autres membres de la convention.

(51) Cet arrêt, peuple qu'on égare!
　　　Proscrit tes plus purs sénateurs :

Allusion à ce que répétaient tant d'hommes égarés sur le compte
de ces tigres déportés.

Ici, comme les autres, Barrère est frappé : respectons le malheur.

(32) La clarté succède aux ténèbres,
  Un ciel pur ouvre l'horizon :

Français persécutés, immolés dans tous les sens, il n'est donné qu'à vous de peindre le plaisir que des cœurs sensibles éprouvent en rentrant dans le sein d'une famille affligée !

(53) Des tyrans l'odieux caprice
  Ne fait que changer nos cachots,

Des compagnies d'assassins organisées et salariées égorgeaient sur les routes les prisonniers transférés à dessein de telle prison à telle autre.

A Lyon, il fut institué une espèce d'école où l'on enseignait à tuer les hommes par le poignard, la massue, etc. : et il existait alors une convention et des sénateurs influens, qui se proclamaient des modèles de vertus, de justice et de modération !!! Je ne me sens pas la force de vous dire un mot de plus, siècles qui frémissez.

(54) O ma famille ! ô ma patrie !
  Célébrez la gloire et la vie
  Du martyr de la LIBERTÉ.

Il faut avoir quelque courage pour se dire martyr de la Liberté, quand tant d'hommes méprisables, qui ne sont élevés que par elle, en ont proscrit jusqu'au nom, jusqu'au souvenir, jusqu'au sentiment ; quand nos cercles du jour, enrichis par le tourbillon révolutionnaire, blasphèment contre le sage, et méprisent toute espèce d'opinion d'homme libre ; quand tant de lâches écrivains se vendent au despotisme, et foulent aux pieds les idées philosophiques qu'ils ont professées.

> (55) Vertus! n'avez-vous plus d'empire?
>   Faut-il qu'un coupable délire

On avait que trop raison de craindre tant d'épouvantables journées qui ont encore eu lieu depuis le 9 thermidor.

> (56) Demain, je puis frapper l'audace
>   Des artisans de ma disgrace,

Pourquoi la révolution fut-elle aussi meurtrière? Parce que la dépravation et l'immoralité en occupèrent les emplois, et que chaque parti vainqueur punissait les offenses qu'il croyait avoir reçues.

Hommes! qui avez le malheur de prononcer sur le sort de vos semblables, soyez surtout indulgens quand il s'agit d'opinions politiques, aujourd'hui vertueuses, demain criminelles, suivant les fougues d'Eole et de l'audace des factions. La sévérité dans les actions politiques n'est qu'un aveuglement qui entraîne des remords : la modération et la générosité envers un ennemi font la satisfaction d'une belle ame.

> (57) Est-ce la foudre qui ravage?
>   Sont-ce les combats du carnage?
>   L'horizon est-il empesté?
>   Non : la famine, plus cruelle,
>   Couvre de sa fureur mortelle
>   La terre de la LIBERTÉ.

Il fallait abattre, énerver un grand peuple par toutes les tourmentes, toutes les cigües, toute l'horreur des premiers besoins, et la convention a fait succéder la disette aux échafauds. Boissy-d'Anglas! vous étiez l'ordinaire rapporteur des farines, et je me rappelle que votre éloquence n'avait point la vertu du législateur des Israélites : votre manne était bien tardive!... Boissy-d'Anglas!

sous votre influence le peuple français subit une horrible disette ;
tous les partisans de la Liberté remplissaient les cachots, et le
jeune enfant des Bourbons périt au Temple deux jours avant
votre rapport sur une prétendue constitution de 93 que vous
osiez offrir.

> (58) Le fils a dévoré sa mère !
>   La mère a dévoré son fils !

Cette assertion est un peu outrée, j'en conviens. Ah ! c'est
qu'on ne peut trop s'alarmer sur les suites d'un tel fléau ; on ne
peut trop irriter l'espèce humaine *contre des magistrats spécula-
teurs qui affament un peuple au sein de l'abondance.*

> (59) C'est Jupiter dans les orages,
>   Lançant, maîtrisant les éclairs :

A côté de l'énergie du mal est quelquefois l'amour-propre du
bien : Boissy-d'Anglas se trouvait au fauteuil lors de l'attroupe-
ment du premier prairial, et du massacre du député Ferrand ; il
eut, ce jour-là, le sentiment et la fermeté de son devoir. Mais
il se vengea d'une manière effroyable des dangers qu'il avait cou-
rus : Goujon, Bourbotte, Duroy, Soubrany, Romme et Duques-
noy périrent sur l'échafaud, victimes de cette journée, d'après
l'horrible jugement d'une commission militaire. On admire le
courage de ces amans vertueux de la Liberté, qui se poignardè-
rent l'un après l'autre, et avec la même pointe d'acier, devant
leurs juges-bourreaux, aussitôt le prononcé de leur condamnation.
Mânes généreux ! appaisez-vous ; les générations vous préparent
des vengeurs : déjà vos assassins ne vivent que dans le mépris et
la haine des hommes.

Je serai toujours, par caractère comme par réflexion, ennemi de ces révolutions absurdes, sanglantes et désastreuses, qui nous ont tant de fois affligés. Mon premier mouvement a été de maudir ce trouble et cet assassinat du premier prairial; mais quand j'aperçois les envoyés ostensibles, comme les émissaires secrets des gouvernemens étrangers, demander, solliciter, exiger, commander la mort et la proscription d'une foule de représentans du peuple, je dis que cette journée n'est point l'ouvrage du parti qui en a été victime. Le Venitien Quirini, le Toscan Carletti, d'autres valets titrés, fidèles aux instructions de leurs maîtres, donnaient des bals aux Brutus français, pour les engager à se décimer.

(60) C'est quand du Plébéïen austère
     S'éteint la gémissante voix,
     Que l'Olygarque sanguinaire
     Frappe le rejeton des rois:

Le dernier fils de Louis XVI est mort au Temple le 20 prairial an III, et c'est un forfait de plus à reprocher à la cruauté. Opprimer l'homme, punir une dynastie, avilir, outrager tous les rois dans un jeune enfant que le hasard a fait naître plutôt au palais de Versailles qu'à l'Hôtel-Dieu, c'est le comble de la rage et de la démence!!! Les membres décharnés, le cadavre dissout, pour ainsi dire, quoique encore animé, de cet infortuné, accusaient hautement la barbarie; mais enfin sa mort, et celle de M. Desaulx, son médecin, arrivée subitement le lendemain, permettent plus que des conjectures. Dès cette époque, une espèce de patriciat voulait se partager les dépouilles du trône: les observateurs ont remarqué que c'était dans le moment même des persécutions du parti populaire qu'arrivait la mort du dernier fils du roi des Français. Ailleurs je développerai ce tissu d'horreurs.

(51) L'autel du peuple est renversé.

Une constitution qui ne présente aucun caractère politique déterminé n'est qu'une lance dont chaque parti veut se servir contre les autres, sans avoir néanmoins aucune sorte de respect ni d'affection pour elle. Cette constitution n'était déjà qu'un croquis insultant à toute espèce de principes, de fixité politique ; qu'un outrage à toute raison populaire.

(62) Belley, du sein de l'esclavage,
    Est assis dans l'Aréopage :

L'un des esclaves nègres qui siégèrent à la convention comme représentans du peuple.

(63) Mais que peut un troupeau d'esclaves
    Devant quelques-uns de ces braves,

Bonaparte était un des lieutenans de Barras au 13 vendémiaire : il n'y ménagea point les révoltés Parisiens. Aussi, par une carricature, ont-ils fait dire à un dégraisseur royaliste que cette horrible tache ne peut être effacée que pour un *Louis*. Lâches Parisiens ! vous vous êtes révoltés contre la représentation nationale, après vous être révoltés contre le trône ; vous avez été vaincus par quelques soldats : vous deviez l'être. Peuple frivole et corrompu ! tu te prosternes aujourd'hui devant le chapelet d'un vil capucin ; demain devant un Cartouche démagogue ; après demain devant le cimeterre et les quatre queues de Passwan-Oglou.

(64) C'est le frelon au lourd ramage,
Le paon stupide au vain plumage,
La nuit épaisse et la clarté;
Bizarre et monstrueux mélange,
C'est le diamant et la fange,
L'esclavage et la LIBERTÉ.

Un corps littéraire ou scientifique, institué sous une dénomination quelconque et salarié par l'état, est un révoltant abus. Les ouvrages qui honorent l'humanité, comme les actions généreuses et les découvertes utiles, doivent être sans doute récompensés partout et toujours, mais nominativement et personnellement, d'une manière *ad hoc*, si je puis m'exprimer ainsi. Une réunion d'hommes salariés comme supérieurs n'est qu'un obstacle au développement du véritable génie, qu'un attentat aux véritables progrès de l'esprit humain. Homère, Virgile, les Rousseau, les Piron, les Collardeau, les Molière, les Bossuet, les Helvétius, les Pascal, les Diderot, les Montaigne, et tant d'autres, n'étaient d'aucune académie salariée : en sont-ils moins chers aux connaisseurs, moins illustres aux yeux des siècles?

De tant d'académies qui ont existé, combien de leurs membres survivent à la poussière des tombeaux?

Ne pourrait-on pas dire que souvent la médiocrité compose les académies, parce que la médiocrité fait parler d'elle, remplit toutes les avenues, se dispense l'immortalité. On voit dans l'aréopage des sciences et du génie des hommes qui n'ont d'autre mérite que de flétrir avec impudence et le pinceau des Michel-Ange, et la lyre des Virgile, et le tout puissant levier d'Archimède, et l'attractive des Newton, et le ciseau des Praxitèle.

(65) Loin de vos tréteaux infertiles,
  Nos Euripides, nos Virgiles
  Promènent la célébrité :

On sait comment l'Institut fut composé dans son principe.
Laharpe, Delille, Saint-Lambert, Clément (de Dijon), Valmont
de Bomare, Parny, Rétif-de-Bretonne, Geoffroy, Palissot, Vil-
leterque, et tant d'autres hommes de mérite, n'y furent point
admis. Pourquoi? Parce que ces hommes n'avaient point professé
des opinions révolutionnaires, ou n'y étaient point restés fidèles,
ou..... Quel motif juste et plausible a pu les éloigner? Ne
s'agissait-il pas, puisqu'enfin on voulait ressusciter l'académie,
de faire un choix digne, le plus possible, de l'estime publique et
de la considération des étrangers? Ne s'agissait-il pas alors déjà
de terminer la révolution, de faire revivre les sciences et les arts?

Ne pourrais-je pas m'écrier avec J.-J. Rousseau : « Dans ce
« siècle où règnent si fièrement les préjugés et l'erreur sous le
« nom de philosophie, les hommes, abrutis par leur vain savoir,
« ont fermé leur esprit à la voix de la raison, et leur cœur à celle
« de la nature. »

Enfin, puisque nous avons une académie, qu'elle honore donc
son institution; qu'elle soit utile au monde; qu'elle connaisse toute
la valeur du domaine de la poésie ; qu'elle en étende la gloire.
Voilà.... oui, voilà l'objet le plus digne de l'occuper. Je ne puis
m'empêcher de donner ici à ma pensée quelques développemens.

La poésie est le langage sublime des dieux et du génie.

Oui, des hommes sont assez vils, assez coupables pour pros-
tituer le plus beau talent à des productions lâchement satiriques,
obscènes ou calomniatrices ! mais n'est-il point une foule de
génies qui se sont honorés par la poésie? Eh! parce qu'il a été
fait tant de lois pour abâtardir l'espèce humaine, faudra-t-il ran-

ger les Solon, les Pythag⟨ ⟩ les Justinien, les d'Aguesseau dans
la classe des persécuteurs et des fléaux du genre humain? Tous
les poëtes ne sont pas des Archiloque et des Arétin, même des
Boileau, ce grand prêtre de nos inanimés versificateurs, ce plat
polisseur de mots, qui osa flétrir le mérite des Hainaut, des Qui-
nault, des Perrault ; mais il était bassement satirique : il flatta
le goût de la multitude jalouse et corrompue; elle applaudit au
crime du diffamateur. Il est des poëtes légers et frivoles, il est
vrai ; mais il n'en faut rendre que plus d'hommages aux muses
graves et sublimes. Si nous avons des poëtes licentieux, puérils,
satiriques, ou bassement adulateurs, nous avons des Corneille,
des Racine, des Shakespear, etc. Non, cet art n'est point
frivole qui prête de l'énergie aux pensées, qui crée si souvent
les ressorts des grandes conceptions, la magie de l'éloquence ;
cet art n'est point frivole dont les plus célèbres personnages se
sont honorés, qui ennoblit l'intellectuel, élève l'ame, échauffe
l'enthousiasme de toutes les vertus, qui nous peint les plus grands
hommes avec les attributs de leur véritable gloire.

Cicéron s'écrie, dans sa harangue en faveur du poëte Archias :
« Rien de plus sacré que la poésie : les autres arts ne s'acquiè-
« rent que par l'étude ; mais celui-ci est une émanation céleste. »
Une dame française (madame de Staël) dit que « la poésie est
« celui de tous les arts qui tient de plus près à la raison. » Thémistocle, interrogé quel concert, quelle musique lui serait le plus
agréable : « La poésie, dit-il, parce qu'elle chante dignement la
« vertu. » On sait que Marius rendit les plus grands honneurs à
Plotius; que Scipion l'Africain chérit Ennius, et qu'il grava le
nom de ce poëte à côté du sien. Décius-Brutus fit graver sur
les frontispices des temples des vers et un magnifique éloge d'Ar-
tius. Fulvius, vainqueur des Etoliens, consacra les dépouilles
des vaincus aux divinités du Parnasse, et couronna le poëte En-

nius, qui l'avait accompagné dans cette guerre. Sylla, Métellus s'honorèrent par leur enthousiasme pour la poésie. Théophanes fut fait citoyen romain à la tête des légions par Pompée, dont il écrivait l'histoire. Pourquoi César lui-même honora-t-il les vers? C'est qu'il avait le sentiment que la gloire du poëte est plus utile aux hommes, et plus agréable aux dieux que celle du sanglant guerrier, quel qu'il soit; c'est qu'il savait, comme nous, que les chants poétiques enfantent le courage, le délire des grandes choses; enfin, que les muses sont dispensatrices de la gloire, et transmettent, en caractères de feu, les sublimes comme les plus honteuses actions au jugement de la postérité. Les anciens philosophes, les sages de la Grèce, Socrate, Epiménide, Anaxagoras, Aristote, Pythagore, Empédocle, Timon, etc., cultivèrent la poésie. Solon, tout en s'opposant aux impostures tragiques de Thespis, composa lui-même beaucoup de vers, et y renferma les préceptes de sa morale. Pline, dans sa préface à Tite, loue cet empereur de ce qu'il excellait en poésie, quoiqu'il eût d'ailleurs tant d'autres qualités. Lelius, Furius, Caton, ce personnage divin, non moins illustre par ses connaissances que par son stoïcisme consacrait une partie de ses momens à la lecture des poëtes, parce qu'il en regardait les productions comme utiles aux vertus, à la grandeur, à la dignité de l'homme. La lyre d'Orphée fut mise au rang des astres, non pour avoir charmé l'oreille, mais adouci la férocité. Homère, en Asie, en Egypte et en Grèce, révéré comme un dieu, à qui Ptolomée Philopator et Smyrne élevèrent des temples, Homère fait chérir la vertu plus efficacement que les leçons de Crantor et de Chrysippe: ses vers ont étendu le domaine des connaissances; la leçon que présente l'un de ses vers a plus de poids sur nos cœurs qu'un sentiment d'Hérodote. Platon, poëte lui-même, couronne les poëtes dans sa république, et consacre la poésie aux hymnes des dieux, et aux louanges des grands hommes. Platon, nous dit Amyot, répétait aux Grecs : *Intro-duisons la raison de philosophie à la poésie ; car, comme la Mandragore, croissant auprès de la vigne, et transmettant par infusion sa force naturelle au vin qui en sort, cause peu après à ceux qui en boivent une plus douce et plus gracieuse envie de dormir, aussi la poésie, prenant les raisons et argumens de la philosophie, en rend la science plus aisée et plus agréa-ble à apprendre aux jeunes gens, en les mêlant parmi les fables.* Oui, Platon, c'est la philosophie qui doit guider, enflam-mer, enivrer la poésie ; c'est pour la gloire de la philosophie que j'honore l'inclination, le talent du poëte ; c'est encore plus comme amant passionné, comme adorateur de la philosophie que je célèbre les vers, que comme ami des vers. Le poëte qui prodigue son art, le plus saint des arts, aux vains caprices de ces cercles frivoles que les sots appellent beau monde, qui se torture aux pieds de nos fangeuses Laïs, est plus sacrilège que le farouche Omar qui fait embraser les bibliothèques, et contemple avec joie, dans les airs, se dévorer les productions du génie. Poëtes obscènes ou frivoles, vous êtes, aux yeux des humains sensés, semblables à ces prostituées qui déshonorent les charmes de l'adorable sexe.

La poésie, dit Plutarque, était tellement chère, tellement su-blime aux yeux des premiers Grecs, que les institutions morales et civiles, la législation et les principes de philosophie étaient écrits en vers. L'auguste caractère de poëte fut sacré dans tous les âges : ouvrez, profanes ! ouvrez les annales de tous les peuples, feuilletez leurs livres augustes, et soyez frappés de vénération, de respect et de reconnaissance pour le sublime délire des chantres divins.... La Grèce révérait les poëtes ; Athènes leur défendait de s'embarquer sous peine de mort ; Lacédémone appela Xénodame, Xénocrite, Polymneste, Sacados, Périclite, Phrinis, Timothée, et chérissait à un si haut degré les poésies de Terpandre, de

Spandon et d'Alcman, qu'il était défendu à tout esclave de les chanter : c'était, disait-elle, profaner les choses saintes. Si elle bannit Archiloque, c'est que ce lâche, comme tant de poëtes de nos jours, avait dit en vers qu'il était plus sage de fuir que de périr les armes à la main en défendant la patrie. « *J'ai abandonné* « *mon bouclier*, s'écrie-t-il dans un de ses ouvrages, *mais j'en* « *trouverai un autre, et j'ai sauvé ma vie.* Cet Archiloque fut « tué par Callondas de Naxos, qu'il poursuivait depuis long- « tems. La Pythie regarda sa mort comme une insulte faite à la « poésie. *Sortez du temple*, dit-elle au meurtrier, *vous qui avez* « *porté vos mains sur le favori des muses.* Callondas remon- « tra qu'il s'était contenu dans les bornes d'une défense légitime; « et quoique fléchie par ses prières, la Pythie le força d'appaiser, « par des libations, les mânes irrités d'Archiloque. » (*Voyage d'Anacharsis.*)

C'est dans ce même livre du savant Barthélemy que Lysis s'écrie à Euclide : « C'est la poésie qui a civilisé les hommes, qui « instruisit mon enfance, qui tempère la rigueur des précep- « tes, qui rend la vertu plus aimable en lui prêtant ses grâces, « qui élève mon ame dans l'épopée, l'attendrit au théâtre, la « remplit d'un saint respect dans nos cérémonies, l'invite à la « joie pendant nos repas, lui inspire une noble ardeur en pré- « sence de l'ennemi ; et quand même ses fictions se borneraient « à calmer l'activité inquiète de notre imagination, ne serait-ce « pas un bien réel de nous ménager quelques plaisirs innocens au « milieu de tant de maux dont j'entends sans cesse parler? »

Les poëtes, dans les premiers âges, furent les ministres et les conseillers des rois : Polycrate, roi de Samos, eut Anacréon; Hyeron de Syracuse eut Simonide et Eschyle; Denys eut Phi- loxène; Antigone, roi de Macédoine, eut Antagoras de Rhodes, et Aratus de Soles; Archélaüs eut Euripide. — Les premiers oracles

étaient rendus en vers, et chantés par les prêtres ou la prêtresse de
la divinité consultée, et c'est ainsi qu'ils le sont encore chez plusieurs peuples. Les principes de la religion, de la morale et de la
politique étaient enseignés autrefois par la poésie : il ne peut y
avoir de méthode plus sûre pour graver dans les cœurs, d'une manière durable et profonde, le sentiment du juste et de l'injuste.

Avec la magnificence des expressions et des images, quelle
morale sublime les cantiques de Moïse, de Débora, de Judith,
des Lamech, des Salomon et des David n'inspirent-ils point !
L'Oratorio de Néri, les hymnes de Santeuil impriment à l'ame un
sentiment que la prose ne peut imprimer. Toutes les sectes ont
fait usage de la poésie comme d'un charme toujours séduisant et
victorieux. Racine nous dit :

> C'est l'art d'enchanter les oreilles
> Qui fait la conquête des cœurs.

« Les vers sont la musique de l'ame, dit Voltaire : la pensée,
« resserrée dans un vers, est comme cette eau qui, renfermée
« dans un tube, s'en élance avec plus de jet, de force et d'élé-
« vation. »

Législateurs des nations ! voulez-vous être dignes du regard de la
postérité, protégez, respectez, honorez les poëtes, et cette poésie
qui donne des ressorts à l'ame, de l'élévation aux idées, de l'héroïsme au sentiment, de la douceur aux caractères. Je l'ai dit ailleurs, le poëme est l'optique agréable, le prisme délassant, à travers lequel l'œil contemple d'affreuses vérités, les ténèbres de la
raison, ou le disque étoilé des cieux imposteurs. Tout ce qui
est harmonie porte à l'harmonie ; les nations qui connaissent la
poésie sont plus humaines, plus civilisées que celles qui l'ignorent.
Les vertus, les plus hautes vertus, sont dans l'ame d'un poëte, et
ce sont les vertus qui reportent l'harmonie de son ame vers la

pûreté des mœurs, et la dignité de notre espèce. Cette harmonie qui transporte un poëte est l'emblême de la grande harmonie qui doit animer l'univers, régir ces globes roulans dont la clarté nous émerveille. Vous qui gouverniez les peuples, favorisez en eux la raison poétique, et vous en ferez des peuples désintéressés, généreux et paisibles. Mais que dis-je? Ils ne seraient pas si corrompus; il ne serait point aussi facile de les asservir: vous n'en seriez que les magistrats chéris, et vous voulez en être les oppresseurs exécrés! Repoussez les muses, éteignez leur flambeau, dévouez les poëtes à l'opprobre, avilissez la poésie; elle est l'ennemie née des tyrans et de toutes les basses ambitions.

Sans doute il est en toute chose des exceptions; mais il est reconnu qu'un gouvernement dans lequel dominerait le véritable amour des lettres et de la poésie serait infiniment plus pur, moins dévorateur que tout autre, plus favorable à la gloire, à la liberté. Il est également reconnu qu'un gouvernement qui aurait trop de prédilection pour les sciences exactes serait le plus favorable à l'esclavage, à tous les genres de corruption. Ne vous en déplaise, froids calculateurs, vous êtes souvent de fourbes égoïstes, de glacés fripons: comme l'enthousiaste est près de la vertu, l'ame froide est toujours près du crime.

Thalès, successeur de Minos, était aussi grand poëte que sage législateur; ce fut lui qui donna d'heureuses lois à la Crète, et qui les chanta sur sa lyre. Dans l'île de Jutland, le suprême législateur était aussi le poète le plus éminent du pays. Les Bardes, au rapport de Diodore de Sicile, étaient en si grande vénération chez nos pères les Gaulois, que leurs chants arrêtaient soudain la fureur des guerriers ennemis dans la plus grande ivresse du combat. Ils sont contraints de se réfugier dans la province de Galles: un souverain anglais connut quel était, dans les rochers de cette région, l'ascendant des Bardes; ils allumèrent, par leurs chants, un desir si vif de la Liberté, dans les cœurs des Bretons, que le monarque anglais, irrité de se voir traverser dans son despotisme, fit massacrer ces prêtres généreux!....

Soldats français! ne devez-vous pas à l'harmonie poétique vos lauriers suprêmes?..... Héros! qui fixez l'univers, n'est-ce pas à quelques hymnes, à quelques chants de circonstance que vous devez l'éclat de vos victoires?....

N'est-ce pas aux accens de Tyrthée que les Spartiates triomphaient des Messéniens?.... Prosternez-vous, guerriers, devant la poésie; elle est la mère de vos trophées,.... de vos conceptions,... Abaissez-vous, faisceaux consulaires; rendez le suprême hommage aux Tyrthées tout-puissans.....

Les vers!

> « Jadis on les chantait : les annales antiques
> De Moïse et d'Orphée exaltent les cantiques.
> Te faut-il rappeler ces prodiges connus,
> Ces rochers attentifs à la voix de Linus ;
> Et Sparte qui s'éveille aux accens de Tyrthée,
> Et Terpandre appaisant la foule révoltée ;
> Et le jeune David, par ses pseaumes hébreux
> Calmant du vieux Saül les accès douloureux ;
> Et Timothée au sein de Babylone en cendre,
> Disposant à son gré de l'ame d'Alexandre?
> Ces poètes divins, maîtres des nations,
> Savaient porter alors l'accent des passions :
> L'ame était adoucie, et l'oreille charmée,
> Et même des tyrans la rage désarmée.
> Ce fut l'attrait des vers qui fit aimer les lois :
> L'art de les déclamer fut le talent des rois.
> Les dieux même, les dieux, par la voix des oracles,
> De cet art enchanteur consacraient les miracles. »

Les soins qu'apporta Lycurgue à recueillir les œuvres d'Homère, vous prouvent, gouvernans modernes, que les vrais grands hommes se sont glorifiés d'honorer les poëtes.

De nos jours, j'aime à le dire, plusieurs potentats ont cultivé la poésie avec respect. Le grand Frédéric associait les muses à la foudre de Mars, et n'en gouvernait pas moins glorieusement. On connaît l'amour poétique de plusieurs souverains d'Italie, et combien les plus puissans seigneurs français honorèrent les Troubadours.

Vous, hommes-prophètes, chantres privilégiés, qui avez le courage de ne consacrer vos lyres qu'à l'amour des vertus et de l'humanité, combien vous leur êtes chers! Salut, hommes-dieux, possesseurs du souffle sacré, augustes interprètes des trépieds célestes, des prodiges-pensées, divins animateurs de tout ce qui frappe le regard! C'est vous qui faites ramper l'aigle, et planer le ciron; qui glacez les feux créateurs, et donnez au marbre la chaleur, la vie, le geste et l'éloquence: c'est vous qui abaissez les Alexandre, et ennoblissez un Thersite; qui détrônez les dieux, sanctifiez l'Erèbe, lancez les tonnerres, ébranlez le firmament, irritez le zéphyr, appaisez l'Etna : c'est vous qui transposez les fleuves, aplanissez les montagnes, éteignez le souffle éternel, immortalisez le néant. Poëtes délirans et possédés!.... salut! salut! Rage convulsive, démon inspirateur, poëtes rugissans, désordonnés et terribles, salut! Oui, vos ames, vos cœurs, vos fibres, votre organisation tiennent plus de la divinité que ceux des autres mortels : le mérite, la grandeur, la sublimité des autres arts disparaît à côté de vos muses inspirées. Vous aimez l'héroïsme, le désintéressement, les institutions libérales, tout ce qui est grand, noble et généreux : vous abandonnez le théâtre de la fortune et des jouissances vulgaires aux suppôts des traitans, aux esclaves de la puissance : vous livrez le champ de l'opprobre et du remords à l'assassin-guerrier, au serpent diplomatique, au glacé géomètre, aux bas-

sesses du financier, à l'inique et mercenaire phrasier du barreau.
Poëtes insensés !.... c'est vous qui possédez la vraie sagesse, qui
êtes ivres d'immortalité !.... Vous vivez d'avenir, d'illusions heureuses, d'oxigène surnaturel. Les dieux seuls vous comprennent
et vous louent : vous vous précipitez dans les siècles, et leur admiration anticipée vous tient à l'avance lieu de tous les trônes et
de tous les empires.

Et quel autre fruit que celui de la véritable gloire peut être
ambitionné par les poëtes? « On peut tenir pour un homme à
« miracles, dit Pope, celui qui s'est enrichi par la poésie. »
Qui ne connaît ces vers de Piron?

> « Ce mélange de gloire et de gain m'importune ;
> On doit tout à l'honneur, et rien à la fortune.
> Le nourrisson du Pinde, ainsi que le guerrier,
> A tout l'or du Pérou préfère un beau laurier.
> L'avocat se peut-il égaler au poëte ?
> De ce dernier la gloire est durable et complète ;
> Il vit long-tems après que l'autre a disparu :
> Scarron même l'emporte aujourd'hui sur Patru.
> . . . .
> Qu'on me laisse à mon gré, n'aspirant qu'à la gloire,
> Des titres du Parnasse annoblir la mémoire.
> . . . .
> Que la fortune donc me soit mère ou marâtre,
> C'en est fait, pour barreau je choisis le théâtre ;
> Pour client, la vertu; pour loi, la vérité ;
> Et pour juge, mon siècle et la postérité. »
>
> MÉTROMANIE.

Elle est donc toute noble et toute généreuse, la passion poétique ? elle a en horreur ce fangeux métal qu'adore la tourbe des
reptiles humains. Oui, le poëte est la grandeur même, et son uni-

vers vous est aussi caché que les ressorts de ses inspirations! Pâlissez au faîte de vos chars superbes, conquérans meurtriers, péculateurs odieux, devant l'obscur et désintéressé favori des muses! Que sont vos trésors, enfans de Plutus, aux yeux, à côté de la suprême intelligence? Essaims des vampires, mondes fastueux et vains, prosternez-vous devant les lambeaux du poëte : il est l'astre qui brille pour la honte de vos richesses ténébreuses.

En effet, la pauvreté, l'infortune des plus grands poëtes fut telle, qu'il n'est donné qu'à l'ame grande de consacrer quelques momens à la poésie. Peuples ingrats! nations insensibles! contemplez le destin des plus beaux génies : admirez Homère, le Tasse, le Camoëns, Milton, sous le poids de la misère, mendiant leur existence, ou gémissant, mourant dans les hôpitaux, victimes de leur désintéressement et des persécutions. Frémissez à l'aspect des dégoûts, des chagrins dévorans du sublime Corneille, du tendre Racine, de l'élégant Quinaut! fixez, mortels, J.-B. Rousseau, banni, persécuté, immolé à l'envie! Crébillon insulté jusque sur sa tombe! Voltaire à la Bastille presque encore enfant, et dans les neiges du Mont-Jura, flatté par les grands, et flétri par eux! Le poëte, ah! le plus candide, le plus près de la nature, le plus inimitable, La Fontaine ne fut pas toujours en sécurité : il vit proscrire ses ingénieuses, ses immortelles fables. Un La Fontaine méconnu!!! Sans doute les philosophes et les orateurs n'ont souvent pas plus d'abri que les poëtes : Socrate, Aristote, Descartes, Sydney, Jean-Jacques, Fénélon, Galilée, Desmosthènes, Cicéron, Patru, Linguet, et tant d'autres talens supérieurs, sont la satire des siècles, et l'affligeante preuve que la haine et l'envie de la médiocrité font partout le malheur du génie vivant, et que la mort seule restitue aux hommes célèbres les hommages immortels qu'ils ont mérités.

La poésie est par essence tantôt la mère, tantôt la fille, toujours la sœur des vertus, de l'héroïsme et de la liberté de l'homme : à chaque page, l'histoire dépose en faveur des poëtes ; je ferais des volumes de ce que je ressens pour la poésie, des hommages suprêmes que lui adresse mon admiration.

La véritable éloquence est toute poétique, soit dans le discours écrit ou oral. L'éloquence profane ou sacrée exige les images, les figures, les inversions, les mouvemens, l'impétuosité, la modulation, les fureurs de la poésie. Desmosthènes, Isocrate, Cicéron, Fléchier, Bossuet, Massillon, Bourdaloue, Mirabeau n'eussent point été orateurs s'ils ne fussent nés poëtes : ces hommes sont nés sur le sublime trépied. Raynal, Buffon, Helvétius nous montrent à chaque page qu'ils sont poëtes : nulle prose n'est durable sans la poésie. Les ennemis des vers, je l'ai toujours remarqué, sont ceux qui ont le sentiment de leur insuffisance pour ce langage des dieux, ou dont les productions en vers ont échoué. Qu'on observe le genre d'hommes qui se déchaîne contre la poésie, et l'on verra qu'en général c'est la médiocrité jalouse, orgueilleuse et humiliée qui flétrit cette langue absolument inconnue aux écrivains mortels. La poésie est un ciel incompréhensible à ces intelligences naines qui rampent avec la satire et l'envie dans le bourbier d'un monde avili.

Et moi, je ne veux pas de votre prose soporifique, écrivailleurs sans entrailles, méthodiques phrasiers, vrais assassins de l'imagination et du génie! Je repousse avec mépris, avec horreur, vos productions toisées et symétriques, vos riens peignés et parfumés. Mourez tout entiers, timides reptiles; mourez à chaque page, à chaque mot; traînez le néant de votre incapacité : moi je veux vivre pour aimer, pour admirer le volcanique essor de nos poëtes. Les ames ardentes, emportées et tumultueuses, sont susceptibles d'excès, de fautes et d'écarts, sans doute; mais elles n'en sont pas moins considérées comme les plus humaines et les plus généreuses, les plus capables de ces hautes passions, de ces procédés qui honorent l'homme. Oui, le soleil brûle et dévore ; mais il n'éclaire pas moins, il ne vivifie pas moins l'univers. Les plus grands crimes ont été commis par les ames froides ; ce sont les hommes froids et métaphysiques qui bouleversent les empires, qui ont organisé tous les mouvemens désastreux de la révolution française : les assassins les plus atroces de tous les partis furent des prêtres théologiens et métaphysiques, de compassés prosateurs : c'est en mesure géométrique, en raisonnemens de prose que les plus fameux scélérats ont frappé leurs victimes : la zone brûlante est celle des belles ames; la zone glacée est celle des coupables. Mourez en prose inanimée, écrivains faits pour cesser d'être;.... sommeillez en prose dans la nuit éternelle : moi je veux ne m'exprimer qu'en vers; la plus noble partie de moi-même veut se survivre en vers, et le néant ne peut atteindre l'Apollon qui dit *je veux*.

Tout en aimant, tout en honorant la belle prose et les prosateurs, j'exalterai donc la poésie, et j'invoquerai même le témoignage de Boileau à l'appui de ma vénération pour le langage suprême.

« Un vers coûte à polir, et le travail nous pèse;
« Mais en prose, du moins, l'on est sot à son aise.»

(66). A la voix du sang et du sage
       Frédéric a juré la paix.

Le roi de Prusse actuel, qui semble avoir été inspiré par le grand Frédéric, s'est montré, depuis sa paix avec les Français, le gouvernement le plus sage et peut-être le plus adroit.

(67) C'est Alexandre qui révère
  Le toit de l'enfant d'Hélicon;

A la destruction de Thèbes, Alexandre fit respecter la famille et la maison de Pindare.

(68) L'Anglais qui détourne la guerre
  Du sol où marcha Fénélon,

Malboroug, les armées protestantes marchant dans le Cambrésis contre les catholiques romains, respectèrent les propriétés du vénérable archevêque, qui joignait la majesté du langage à l'héroïsme des actions.

(69) C'est Démétrius qui s'appaise,
  Et suspend les coups de Némèse
  Près d'Ialisus enchanté.

Démétrius assiégeant Rhodes ne voulut point mettre le feu à un quartier de la place, (quoique ce fût le seul moyen de s'en emparer) quand il sut que c'était dans ce quartier que Protogène, célèbre peintre, avait son atelier; il leva le siège. Le plus beau tableau de Protogène était l'*Ialyse*, fameux chasseur, qui passait pour le fondateur de Rhodes.

Ainsi, les farouches conquérans Démétrius, Alexandre, et tant d'autres, se prosternèrent devant le génie; devant l'œuvre sublime de l'homme supérieur : ainsi donc le génie est la seule essence toute puissante, toute révérée sur la terre.

(70) A la force qui le dédaigne,
    Ici, le peuple-atome enseigne
    Les secrets de la LIBERTÉ.

Bonaparte offrit à la petite république de Saint-Marin un
agrandissement de territoire : elle le refusa, dans l'intention de
se conserver libre. Leçon mémorable donnée aux grands états qui
s'étendent avec tant d'imprudence et d'avidité !

(71) Rois, tous les êtres sont vos frères ;
    Peuples, les rois sont mandataires
    De vos vœux, de la LIBERTÉ.

Il n'est pas nouveau de penser que les chefs des états ne sont
que les mandataires des nations, et que plus ils sont puissans,
plus ils sont responsables de l'emploi de leur puissance.

(72) Mais quel sort atteint la puissance
    Antique parmi l'univers,
    Dont l'orgueil et l'indépendance
    Semblaient vivre autant que les mers ?

C'est avec peine que j'ai vu passer Venise république sous la
domination impériale. Mais quand je pense à l'insupportable orgueil des prétendus nobles de cette république ; quand j'ouvre
leur livre d'or, les annales de leurs horribles tribunaux secrets ;
quand je vois l'abrutissement de ce peuple à carnaval,..... je l'a-
bandonne au joug monarchique.

3₂

(73) C'est un carnage médité,

Ce sont des suppôts mercenaires,

Et les frères contre les frères

Qui trahissent la LIBERTÉ.

Cette prétendue conspiration de Grenelle n'était qu'un mouvement suscité par quelques agens de l'étranger et du gouvernement directorial. Il fallait des prétextes,..... des holocaustes,.... précipiter des évènemens :.... des agens de la police se trouvèrent les meneurs de celui de Grenelle.

(74) H...., tombe sous les Séides,

Tombe !... Un tribunal d'homicides

Frappe et trahit la LIBERTÉ.

Antoine Huguet, évêque constitutionnel du département de la Creuse, membre de l'assemblée législative et de la convention nationale, fut traduit devant la commission militaire établie au Temple pour juger les prévenus de la conspiration de Grenelle, et condamné à mort par cette même commission qui avait soif du sang des hommes. Antoine Huguet était l'un des fonctionnaires les plus probes qui aient voulu honorer la révolution ; sa mort est du nombre de ces révoltantes atrocités qui souillent nos annales. Le plaidoyer courageux et philosophique prononcé par son défenseur prouvera sans doute un jour combien est horrible l'assassinat commandé de cette victime célèbre, et combien son sang crie vengeance !

Pendant ce massacre juridique qui eut lieu au Temple sur une foule d'artisans et de pères de famille, le directoire, aussi ombrageux que faible, tenait, devant une haute cour placée à Vendôme, le député Drouet, Babeuf, Antonelle, Buonarotti, Fiquet, etc., pour être jugés comme prévenus de la conspiration dite *Babeuf*. En effet, Babeuf et Darthé périrent sur l'échafaud. C'est ainsi que, par une mort violente, on honora ce Babeuf, regardé, avec raison, comme un vil aventurier par d'estimables amis de la démocratie même. Cette conspiration était peut-être la plus formidable qui jamais ait été conçue : mais, ourdie sur des bases sanglantes, pouvait-elle capter l'assentiment intérieur de la masse des Français ? Non : il était passé le tems des massacres !

Cette faction nombreuse renfermait quelques hommes de talens, de courage et de philantropie. Ainsi, la sage nature a mis un contre-poids parmi tous les êtres, au sein de toutes les réunions : dans tous les partis de la révolution, on a vu sur le même banc s'asseoir le crime et la vertu. A mes yeux, l'arène de Babeuf ne fut qu'un site marécageux : il avait distribué ses étendards à des hommes justement diffamés ; il s'est aliéné cette masse d'opinions qui fait la force, quoique la moins agissante. Ce Babeuf lui-même, déjà condamné aux fers pour crime de faux, et qui, par des vociférations libellistes, avait, après le 9 thermidor, armé les poignards de la réaction, ne pouvait être aux yeux des penseurs que l'instrument coupable de plusieurs langages et de différentes doctrines. Comment un Antonelle, et quelques autres dont le civisme et la pureté ne peuvent être équivoques, ont-ils pu se lier, se liguer avec de vils habitués de cabarets, d'ineptes et fangeux héros de tabagie, horde impure familiarisée avec la bassesse, la turbulence, le crime et la vénalité ?

Voici ce que j'apprends quatre années après le jugement de cette conspiration. Dans l'un des plus secrets et des plus solemnels conciliabules des conjurés, ils délibéraient, entre autre chose, sur les moyens les plus prompts de se procurer l'argent nécessaire au succès de leur vaste entreprise. Le nommé Génevois, l'un des meneurs, s'écrie avec vivacité : « Moi, je me charge de vous « apporter, dès aujourd'hui s'il le faut, une somme assez consi-

« dérable.. » Quels sont tes moyens? lui répliqua-t-on avide-
ment. « Je connais, dit-il, une femme qui a chez elle cent cin-
« quante mille livres dans ce moment-ci; à telle heure qu'il me
« plaira je puis l'assassiner... C'est déjà cinquante mille écus de
« trouvés... » Un morne silence régna plusieurs minutes, et, sans
aucune espèce de réflexion, tous les conjurés se séparèrent en frémissant, excepté celui qui venait de faire l'épouvantable propo-
sition. Pour éloigner ce monstre, les conspirateurs feignirent de
se dissoudre; mais ils se réunirent en d'autres lieux, et poursui-
virent leur projet jusqu'à leur arrestation. — Il n'est pas inutile
d'ajouter que, quelque tems après, cette femme signalée disparut
tout à coup, et que ce Génevois périt sur l'échafaud comme assassin, d'après un jugement du tribunal de la Seine. Misérables!
apprenez donc qu'il est un sort vengeur.

Peu de tems après le jugement des accusés de Vendôme, le
directoire découvrit une autre conspiration, mais toute opposée
en principes à celle de Babeuf: elle était faite au nom des Bourbons; Brothier, Dunan et Lavilleurnois en étaient les agens prin-
cipaux, et tenaient leurs pouvoirs de Monsieur directement.
Cette conspiration fut plus ménagée que les précédentes, parce
qu'elle avait des ramifications avec toutes les premières autorités; qu'elle était plus puissante par l'or et tous les moyens de corruption; enfin, parce que, dans ses formes extérieures, dans son
bouleversement même, elle paraissait vouloir user de clémence,
d'oubli, de générosité.

(75) C'est la colère orientale,
　　　L'œuvre des cruels triumvirs;

Rewbell, Larévellière-Lépaux et Barras firent le 18 fructidor, foulèrent aux pieds cette constitution de l'an III qui les
avait faits directeurs, et, par une portion des membres des conseils

législatifs, firent prononcer la déportation de leurs collègues Carnot et Barthélemy, d'un grand nombre de représentans du peuple,
et d'hommes d'un mérite reconnu. En vérité, ce sont des actes de
violence contre lesquels mon caractère se prononcera toujours.
Je ne dis pas que les républicains, essentiellement ombrageux,
ne dussent être inquiets à cette époque; mais il y avait, ce me semble, une autre conduite à tenir de la part de ces trois directeurs.
Ils n'ont pas réfléchi, ces hommes, que cette déportation sans
jugement était inique et révoltante; qu'elle consacrait, pour
ainsi dire, une mesure contre eux-mêmes; que c'était tracer
une route de représaille à leurs ennemis, aux opposans nombreux du système républicain. La modération prouve un parti
pris, et la fougue n'est ordinairement que passagère, dit Mirabeau. La modération, je dirai même la générosité, à plus forte
raison la justice, doivent caractériser un gouvernement. Toute
peine infligée à un citoyen, sans jugement préalable, est une iniquité qui naturellement a sa réaction. Il est une providence qui
crie aux hommes d'être justes pour ne point être foudroyés par
l'injustice... Ecoutez Rovère, l'un de vos déportés, qui, de Ro-
chefort, écrit à sa femme : « Ma bonne amie, les charriots que
« nous avions fait faire pour les accusés de Vendôme nous ser-
« vent aujourd'hui : telles sont les vicissitudes révolutionnai-
« res. » Ne craignez-vous pas les mêmes charriots, citoyens directeurs?

(76) Ce tombeau du mordant critique ;....

Juvénal fut exilé par Néron sur les frontières d'Egypte et de
Lybie : Syenne est le lieu de son tombeau. Le sort de Juvénal est
assez ordinaire aux satiriques.

« La satire, dit d'Alembert, n'est que l'odieuse et banale
« ressource de la médiocrité jalouse. »

En effet, quel malheureux penchant de ne dire que du mal d'autrui! Les satiriques flattent les passions haineuses et la méchanceté des hommes : on les lit plutôt que des livres de morale et d'obligeance; mais toujours on finit par les éconduire et les mépriser.

Au sein même du bouillonnement des passions, le peuple a souvent fait justice par le mépris de ces listes de parti, de ces libelles diffamatoires, de ces volumes intitulés *Dictionnaires*, ou autrement, *des hommes, des choses de la révolution.* Et en effet, la plupart de ces fabricateurs de nomenclatures de proscriptions sont des êtres pervers qui, insultant à la fièvre politique, à la maladie morale des nations, au paroxisme du genre humain, signalent criminellement tel ou tel citoyen, pour en avoir été plus ou moins frappé, plus ou moins victime. Le sage, le philosophe doit rappeler les hommes sous l'étendard de l'indulgence et de l'estime, après un combat où tous les athlètes, comme les lâches observateurs, étaient aussi coupables, aussi aveugles, aussi à plaindre l'un que l'autre.

Qu'on examine de près quels hommes osent aujourd'hui flétrir, par des calomnies, tel ou tel partisan, tel ou tel ennemi de la révolution; en général, on verra que c'est l'écume de la société, comme celle de la littérature. Ne sont-ce pas toujours les êtres les plus vils qui font métier de diffamation? Aujourd'hui, que le délire politique a cessé, quelques écrivassiers mercenaires, suppôts désastreux de ce même délire, changeant de crimes et de bassesse, font des spéculations sur telle ou telle note plus ou moins hasardée, plus ou moins meurtrière à leurs yeux, plus ou moins susceptible de plaire, d'agiter la passion d'un vulgaire corrompu. Qu'ils sont malheureux, ces hommes qui, oubliant leurs fautes, leur propre aveuglement, leur fragilité, le respect qu'un être quelconque se doit à lui-même, vont mendiant la révélation des faiblesses humaines, du mal que leur semblable a pu commettre, souvent avec l'intention de la vertu ! Je rends grâce à la Providence de ne m'avoir point jeté sur le flot d'aucune action révolutionnaire ; je lui rends grâce de m'avoir donné une ame aussi douce, aussi désintéressée qu'elle est ardente : je n'ai point à déplorer pour mon compte l'oubli de la morale et de la tolérance. Un destin particulier, tutélaire et bienfaisant m'a fait victime, et non sacrificateur ; je le bénis chaque jour, et le fais bénir à mes enfans. Mais que dis-je ? est-il moins estimable celui qui eut le malheur d'obéir ou de commander dans nos jours de guerres, de discordes et de ténèbres ? Non : après l'accès du malade, il a droit au secours, à la générosité : le philosophe applique sur le corps meurtri, encore agité de l'espèce humaine, un appareil somnifère, anodin, et il n'en renouvelle pas les maux par des irritans. La plupart des hommes qui, au moment où je parle, se trouvent membres de nos autorités, ont agi plus ou moins activement dans le cours de la révolution, peut-on les accuser de ne pas vouloir conduire leur vaisseau vers le port glorieux et consolateur ? Où brillent le courage et les vertus réparatrices de ceux qui, n'ayant rien fait, ni rien empêché, n'ont souvent été vus que dans le passif opprobre, applaudissant avec fureur, ou blâmant avec lâcheté ? ....

Mortels ! dont le tempérament irascible et bilieux est de rechercher les maux et les erreurs individuels de la révolution pour les révéler, je plains votre penchant ; il n'est pas celui de l'homme de bien : sachez que l'injustice et la perversité entraînent toujours les remords, et tôt ou tard les châtimens. La chose qui me paraît la plus sacrée, la plus digne de respect, c'est l'opinion d'un homme ; lui en faire un crime, c'est en commettre un véritable. Ah ! si les saisons, si l'univers, si l'atome diffère de lui-même, si les différences de climats et de températures ont tant d'influence sur nos êtres; si, dans le rapide éclair, il est tant de nuances diverses, que ne sont point les hommes mus par leurs différens besoins, leurs différentes éducations? Non, tout le génie des la Rochefoucault et des la Bruyère ne peuvent nous dévoiler, découvrir les nombreux ligamens, tous les viscères de l'homme. Peuples! pour vous porter à des réflexions tolérantes, il n'est pas inutile de vous rappeler à vous-mêmes que ce qui est juste au *nord* est injuste au *midi*. Le vol, par exemple, permis à *Lacédémono*, était regardé chez les *Scytes* comme le plus grand des crimes. Aujourd'hui il est en honneur au royaume de *Congo*, pourvu qu'il soit fait de force. Dans l'*Indoustan*, c'est un acte de vertu que de livrer sa fille à des faquirs. Au royaume d'*Angola*, le mari peut vendre sa femme, le père son fils, et le fils son père. Au royaume de *Batiména*, toute femme, de quelque condition qu'elle soit, est forcée, sous peine de mort, de céder à l'amour de quiconque la desire. J'ai lu quelque part « qu'il existe un pays, dans les terres australes, où l'on ne fait pas d'autre sacrifice que celui-ci: le pontife prend chaque jour une des filles consacrées, et, après des prières, il la féconde. On la renferme ensuite dans le cloître, et si elle devient enceinte, elle est libre de se marier après son accouchement. Son enfant est destiné au sacerdoce, qu'il soit mâle ou femelle. Si elle n'est pas fécondée, elle est remise avec les vierges, pour être reprise à son tour. — Jamais, dans ce pays, le libertinage n'a uni deux êtres d'un sexe différent. On y est persuadé que c'est l'acte le plus saint et le plus directement consacré à la divinité. En conséquence, ce n'est jamais qu'avec les sentimens de la plus grande piété, du plus profond respect qu'ils s'en acquittent: aussi tout ce peuple est beau, et n'a aucun des vices physiques et moraux qui dégradent le reste du genre humain. »

Dans la Guiane, et sur les bords de l'Orénoque, le sauvage se
met au lit lorsque sa femme est accouchée, et cette malheureuse
est obligée de soigner son mari comme s'il était malade. Dans ce
même pays, les mères, par pitié, sont dans l'usage de faire périr
les filles qu'elles mettent au monde, afin de leur épargner les
peines et les chagrins dont leur sexe est menacé. (*Morale Universelle*, *tome III*, *p.* 4.)

« Dans la république des Amazones, dit Montaigne, pour fuir
« la domination des mâles, on leur estropiait, dès l'enfance, bras,
« jambes et autres membres qui leur donnaient avantage sur elles,
« et elles se servaient d'eux à ce seulement que nous savons. »

Le vice et la vertu seraient-ils donc arbitraires, une chose versatile et subordonnée aux climats? Quand tout change à nos yeux;
quand, à chaque pas, d'une cause aveugle, le hasard fait jaillir un
être intelligent; quand nous différons autant par nos traits, ne de-
vons-nous pas différer par nos pensées? Cette auguste harmonie
de l'univers, qui, chaque jour, frappe, étonne, élève et console
le sage, ne lui répète-t-elle pas que, malgré que tout soit différent
chez les hommes, tout les rappelle à l'indulgence, à la vertu, à
la contemplation d'eux-mêmes, à l'éternelle et suprême harmonie?

Ces cruelles Amazones dont parle Montaigne reviennent à
mon esprit. Elles ne nous laissent que ce qui leur convient; et
elles nous ravissent les facultés dont elles n'ont que faire, et
qu'elles redoutent; n'est-ce pas pour venger leur sexe des outrages continuels qu'il reçoit du nôtre? Les femmes ne sont-elles
pas réellement esclaves presque par toute la terre? Cette belle
et tendre moitié du genre humain ne semble-t-elle pas n'exister
que pour le caprice tyrannique et brutal de l'autre moitié? Oui,
les femmes sont dans un honteux assujétissement; nous ne leur
accordons réellement que le droit de nous admirer, de nous applaudir, de resserrer chaque jour leurs chaînes par l'oubli de leur

33

abjection. Elles n'ont que le droit d'étaler leurs charmes, de marier, de nuancer leurs fards,.... de grasseyer leurs minauderies de cercles, de s'étendre sur un canapé ;... elles n'ont que le droit de prévenir nos besoins, et de croire encore que nous sommes à leurs pieds. Hommes oppresseurs ! pourquoi donc ôtez-vous aux femmes l'accès de toute fonction, de toute existence politique ? Les femmes n'ont-elles pas, comme vous, en partage l'esprit, le jugement, le génie, le courage, les vertus et la force ? Sur les trônes, à la tête des armées, dans les académies, dans l'atelier des arts, sur le trépied sacré, ne voyons-nous pas journellement des femmes atteindre au plus haut degré de gloire ? L'intellectuel de la femme est donc, comme le nôtre, susceptible de toute pénétration, de tout sublime, de toute grandeur, de toute persévérance, de tout héroïsme, de toute perfectibilité ? La femme, par la nature, par essence, n'est-elle pas plus particulièrement philosophe que l'homme ? La nature ne nous porte-t-elle pas constamment à l'amour, à la bienfaisance, à la compassion ? La femme n'est-elle pas toujours et plus douce, et plus sensible, et plus indulgente, et plus humaine que l'homme ? La prétendue faiblesse de la femme, sa prétendue inaptitude à tels ou tels travaux, à tel ou tel emploi, n'est-elle pas l'œuvre de la barbarie, du préjugé, d'une odieuse éducation ? Faites lutter une de ces femmes nerveuses des campagnes avec un de nos Adonis des villes, et vous verrez où réside la force. Quant à l'intellectuel, je crois celui des femmes capable de plus de développement que celui des hommes; les siècles le prouvent, malgré leurs ténèbres et leur injustice contre le sexe. Si la philosophie et les lumières existaient réellement, nous verrions les femmes aptes à toutes les fonctions par les lois, et, enfin, celles de mérite commander nos armées, gouverner l'état, siéger dans nos tribunaux, diriger l'administration. Choisissez : ou les femmes, par la nature, peuvent ce que nous pou-

vous; ou leur constitution, plus faible et différente, ne leur permet pas, en général, de marcher sur nos traces : dans le premier
cas, n'est-il pas juste qu'elles parviennent aux emplois, aux honneurs, aux rangs les plus élevés ? Dans le second cas, n'est-il
pas révoltant qu'elles soient assujéties aux mêmes lois que ceux
qui se prétendent les plus forts? Dans nos cours de justice, vous
voyez cette femme prétendue faible être jugée par la loi du prétendu fort ; vous voyez cette femme subir le même arrêt que
l'homme, être frappée par le même bourreau !... O siècle encore
mille fois barbare! Cette femme si faible ne devrait-elle pas ne
subir que la loi de ses pairs? N'est-ce pas la femme faible qui de-
vrait *juger* la femme faible? J'offrirais cette auguste pensée à la
méditation du législateur, s'il en était un qui pût m'entendre ;
mais l'idée d'une vraie civilisation n'est point du ressort de nos
raisonneurs superficiels et corrompus. Les hommes sont encore
dans les langes de l'ignorance et de la cruauté : voilà tout. Sans
doute la première jouissance, la plus belle gloire de la femme
est d'allaiter ses enfans, de couvrir de fleurs les douces chaînes de
l'hymen; mais faut-il, pour cette raison, lui interdire l'accès des
fonctions par lesquelles elle peut illustrer son nom., reculer les
bornes des prodiges humains? Vous aimez les femmes au théâtre :
là, leur éloquence, l'élévation, la magie de leur ame, la flexibilité de leurs talens servent à vos plaisirs.... Mais s'agit-il de
quelque préséance consacrée? de quelque autorité réelle, vous en
repoussez les femmes, vous leur défendez d'y prétendre.... « Les
« femmes sont faites pour le ménage, pour donner des enfans à
« l'état ; les femmes règnent par le doux empire qu'elles ont sur
« les hommes, » répètent sans cesse, avec l'Hypocrisie, le stupide
Préjugé; et les femmes se parent de fleurs dans leur abaissement;
et l'éducation de ce sexe aimable, formée d'après ces honteux
principes, se perpétue chez l'enfance; et le genre humain, tou-

jours dans les fers par l'éducation, ne voit, dans le philosophe
qui le déplore et veut l'éclairer, qu'un rêveur extravagant, et ces
femmes avilies, insensibles à leur servile condition, insultent
au pinceau magnanime qui ose les défendre ! En France, comme
ailleurs, le préjugé, à leur égard, est tellement enraciné, qu'elles
empaleraient volontiers l'écrivain généreux qui veut briser leurs
fers. Non, la barbarie n'est point reléguée dans les climats brûlans !

> (77) C'est lui.... c'est Epaminondas !
>   C'est lui ! Bonaparte s'incline :

J'aime à me dire que la liberté de l'ancienne Grèce, aujour-
d'hui la Morée, était dans la pensée de Bonaparte, lorsqu'il com-
mandait en Egypte. Il m'est doux de faire venir à sa rencontre
le fils de Polymne, le disciple de Lysis, par conséquent de Pythagore ! Il m'est doux d'évoquer l'ombre des grands hommes
pour rendre hommage à tant de héros français ! Il m'est doux
de faire parler l'incorruptible fierté de ce Thébain qui vécut
grand, et mourut pauvre !

> (78) Et toi !... vis-tu pour l'infamie,
>   Pour servir la ligue ennemie,
>   Pour l'horreur de l'humanité ?

La chronique malicieuse raconte que Jean-de-Bry, de retour,
si miraculeusement de Rastadt, s'agitait à la tribune du conseil
des cinq-cents, et que, dans la chaleur du discours, perdant de
vue qu'il avait le bras en écharpe, l'étend d'une manière distraite.
Un plaisant s'écrie : vous oubliez que vous avez mal au bras...

> (79) Non, vils apôtres d'Epicure !
>   Fuyez les temples de Zénon ;

Rappelons aux hommes les institutions qui peuvent les honorer : ceci, plus qu'on ne le pense, sera du domaine de l'histoire.

Il se forma, dans le mois de thermidor de l'an VII, une réunion littéraire sous le nom de *Portique*, à l'instar du portique d'Athènes, dont le but était de consacrer les talens à la régénération des mœurs, à la morale, à la philosophie, à la doctrine de l'indépendance et de la liberté. L'on ne conçoit pas comment, sous le gouvernement consulaire, enfant de la révolution, et qui a tant donné de preuves de son amour pour les institutions libérales, cette société littéraire se soit anéantie; un génie d'opprobre semble avoir dit à l'oreille de chaque membre : *tu fais ombrage au gouvernement*, et les reptiles tremblans se sont dispersés. Je pense que cette conduite est la plus forte preuve de la bassesse humaine, et l'outrage le plus caractérisé envers l'intention, les principes et la loyauté du gouvernement, qui, tout en signalant quelques intrigans agitateurs, ou peut-être un seul qui a pu se glisser dans ce portique, ne pouvait qu'estimer la masse, et rendre hommage à l'institution.

S'il est encore des sentimens d'élévation et de vraie gloire dans l'ame de quelques littérateurs français, ils relèveront le sublime édifice dont s'enorgueillissaient, à tant de titres, les arts, les sciences et la morale de l'antiquité.

(80) Un roi triomphe !... la Vengeance
Foule aux pieds les pactes sacrés.

Quelle puissance humaine pourrait étouffer la voix terrible et vengeresse de l'histoire? Le sang des hommes libres fume à Naples, et les siècles même de ténèbres n'en pourront voiler l'épouvantable horreur. Les momens où la politique et la paix commandent le plus l'indulgence ne pourront effacer l'aspect de la terreur royale et des massacres napolitains. On peut voir à cet égard ce que dit le gouvernement français, dans son exposé du traité de paix avec la cour de Naples, au corps législatif.

(61) Ivres de luxe et d'arrogance,
    Les dévastateurs de la France
    Brillent de leur impunité.

La corruption n'a pas moins signalé le gouvernement directorial que tout autre ; les places, comme la liberté individuelle,
étaient au plus offrant. Le célèbre commodore Sydney Smith,
détenu au Temple comme prisonnier d'état, voulut se prome-
ner dans Paris, aller au bain, au bal, dans les cercles, à la campagne, au Palais-Royal..., (Il avait de l'or.) On s'empressa de
le satisfaire. Il se lassa de Paris, voulut aller en Egypte défendre Saint-Jean-d'Acre contre les Français. (Il avait de l'or.) On
lui obéit : et notre Sydney Smith, quoique bien *dorloté* par la
femme du concierge du Temple, ne fit qu'un saut de Paris à
Londres, qu'un autre saut de Londres en Egypte, où il se com-
porta, dit-on, en brave soldat, en Anglais magnanime. L'épouse
du concierge, quoique très-bienveillante pour l'aimable commodore, montra des dispositions contraires à son évasion. Sa
présence devint incommode aux auteurs du stratagème : une paire
de boucles d'oreilles lui fut donnée : le plus violent poison se
manifesta ; une maladie longue s'ensuivit : elle ne mourut point.
Le mari voulait pourtant gagner son argent :.... il contraignit
sa femme de s'éloigner. Elle exigea une somme : elle lui fut
comptée. La voilà disparue ; et quelques jours après, Sydney
Smith, quoique fuyant précipitamment, n'oublia point les bons
soins de sa gardienne ; il lui fit tenir cette lettre :

« J'espère qu'une indulgente amie voudra bien me pardonner
« le mystère que je lui ai fait d'un évènement qui, dans son état
« de maladie, ne pouvait lui être communiqué, les craintes sur
« l'avenir pouvant augmenter ses douleurs. D'ailleurs, j'ignorais
« jusqu'à quel point s'intéressait à moi les personnes qui, en me
« rendant à la liberté, me mettront à même de lui prouver ma.

« reconnaissance et la sincérité d'un attachement qui ne finira
« qu'avec la vie de....

« **W. sir SYDNEY.** »

C'est le 5 floréal an VI, à huit heures du soir, que deux émissaires, revêtus, l'un du grade de chef de brigade; l'autre, de celui
de capitaine, se présentèrent au Temple, porteurs d'un paquet cacheté au timbre du ministère de la marine et des colonies. Ce
paquet renfermait un ordre signé *Pléville-Lepeley*, qui enjoignait au concierge, sous le plus grand secret, de remettre sur-le-
champ le commodore et Weith, son secrétaire, pour être conduits à Fontainebleau. A cet ordre il était joint copie d'un arrêté
du directoire, du 23 ventôse précédent, relatif aux prisonniers
de guerre. Cette copie était signée des membres du directoire et
du secrétaire-général. Sydney a fui, après avoir tracé cette pensée sur la muraille de sa prison :

    « *Celui qui espère a déjà le bien de l'espérance.*
    « *Celui qui a peur du mal a déjà le mal de la peur.*

Sydney a fui, et personne ne veut y avoir contribué, pas même
vous, M. le venitien Wiscovitch, ami confidentiel de Sydney,
et l'un de ceux qui l'accompagnaient dans ses soupers chez un
restaurateur rue du Mont-Blanc, où se réunissaient d'autres étrangers :.... pas même vous, secrétaire-négociateur de tel Pentarque,
qui, d'une chambre que vous aviez louée en face de la prison du
Temple, donniez des signaux, et y répondiez..... O corruption!
ô bassesse! soit qu'il y eût tôt ou tard une providence contre la
vénalité; soit que, pour la forme, on eût voulu faire un contre-
poids au scandale de cette évasion, le concierge fut traduit en
jugement comme complice, condamné par un tribunal, et acquitté
par un autre.

  A une réputation justement acquise, sir Sydney joint des qua-

lités nobles et recommandables. Je suis fâché qu'il soit sorti de
sa prison glorieuse par des moyens de corruption : je ne voudrais
aucune ombre à tel tableau de la nature.... Sir Sydney ! de même
que vous avez porté à Londres le portrait d'une femme que vous
avez trouvée jolie et spirituelle, de même le vôtre orne sa che-
minée. Ainsi, quoique nous en pensions sur les femmes, vous
voyez que par fois elles conservent, malgré les distances, *de ten-*
dres souvenirs....

Cet évènement, fruit du crime et de la dégradation, n'est ici
qu'une esquisse... J'ai voulu donner un échantillon de cent mille
iniquités de ce genre, qui flétrissent nos différentes annales.

> (82) Sois accessible , mont suprême,
> Auguste asile du malheur,
> Où semble respirer Dieu même
> Pour y soulager sa douleur.

Ces pauvres et bienfaisans hermites du mont Saint-Bernard,
qui viennent au secours des voyageurs, excitent toute ma vénération. Hermites ! vertueux hermites ! vous êtes, sur votre mon-
tagne, des dieux qui planez sur les mondes, et leur montrez chaque jour, par vos œuvres, la grandeur de vos divinités. Hermites !
je vous salue ; vous êtes mes potentats.

> (83) C'en est fait, le sort t'est parjure ;
> Héros, tu cesses d'être cher.
> Souffre ici l'abandon , l'injure
> Du lâche courtisan d'hier...

Allusion à la lâcheté des flatteurs dans tous les genres. La
Libertéide ne peut trop répéter aux puissans qu'à la moindre
disgrace du pouvoir les courtisans abandonnent, foulent aux
pieds l'homme tombé qui était hier en faveur, et dont ils révé-
raient les plus coupables caprices. Héros ! bannissez loin de vous

ces reptiles prosternés, dont l'haleine méphitique corrompt votre
atmosphère.

« Tu es homme, dit Ménandre, c'est à dire l'animal le plus
« sujet aux caprices du sort. »

Si j'étais courtisan, j'irais chaque jour au lever de Bonaparte
lui répéter cet éternel adage. Mais que dis-je? si j'étais courtisan, je ne lui parlerais que de sa fortune, de son infaillibilité,
des hommages qui lui sont dus. Un courtisan est la lâcheté toujours agissante : comme il est sans mérite personnel, ce n'est que
par le frivole extérieur, ce n'est que par la bassesse qu'il croit
pouvoir être quelque chose. Je frissonne à l'aspect de tant de
misérables qui trompent l'intention comme l'intérêt du pouvoir.
Les basses inclinations sont les mêmes sous toutes les formes de
gouvernement : les mêmes êtres qui ont présidé, célébré le délire et les égorgemens, sont les mêmes qui provoquent les excès
opposés : les mêmes qui singèrent les Cratès et les Zénons
sont les mêmes qui ont pris tous les costumes, toutes les at-
titudes, qu'on a vus prosternés à toutes les époques dans les antichambres, sont les mêmes qui sont devenus des Verrés et des
Claudius, qui exaltent, encensent les faiblesses et les fautes, qui
obstruent les avenues de l'autorité nouvelle. On a beau avoir la
fermeté du bien, le caractère du grand homme, on est homme,
enfin, et l'atmosphère que l'on respire imprime son influence. Toi,
de qui mon pays attend son bonheur et la liberté, ne consulte,
n'écoute que ta gloire pour être toi-même; repousse avec horreur ces insectes courbés qui flétrissent ton palais : les flatteurs ont perdu tous les hommes puissans, et fait plus de mal au
monde que les fléaux de la guerre, de la famine, de la peste et
même que celui des révolutions. C'est pour faire une sorte de
contre-poids magnanime et généreux que je voudrais voir s'éta-
blir, par la morale et l'appui du gouvernement même, un esprit

d'opposition comme en Angleterre. Un véritable esprit d'opposition, comme je le conçois, ne serait que conservateur : loin de ma plume, comme de mon cœur, les idées d'agitation et de turbulence ! L'esprit d'opposition est de l'essence d'un état libre ; je pourrais ajouter que lui seul annonce et caractérise la liberté d'opinion. Un gouvernement fort et bien intentionné ne redoute pas cette opposition, mais il y défère quand il y a lieu. C'est l'esprit d'opposition qui crée un caractère national qui nous manque, et qui pourtant devient indispensable au gouvernement lui-même. Que de maux résultent de la crainte et de l'apathie ! Chef d'un état, je récompenserais dans l'homme de bien l'esprit d'opposition. Etienne de Battor, roi de Pologne, donna le riche palatinat de Sandomir à Stanislas Pékolawski, lequel, étant nonce de cette province à la diète, avait toujours opiné contre lui. L'esprit d'opposition rappelle sans cesse au patriotisme ; et le patriotisme, dit Young, est une fièvre sublime qui, dans ses convulsions, triomphe de la nature : Caton en mourut. C'est le patriotisme qui dicta la vertueuse réponse de Fabricius à Pyrrus : « Gardez « votre or et vos honneurs : nous autres Romains nous sommes « tous riches, parce que la patrie l'est pour nous ; nous sommes « tous grands, parce que la patrie, pour nous élever aux grandes « places, ne nous demande que du mérite. » C'est le patriotisme vertueux qui, élevant l'ame d'Aristide, le rendit tellement désintéressé, qu'après avoir disposé long-tems des forces et des revenus d'Athènes, ne laissa pas de quoi payer ses funérailles. C'est le patriotisme.... Mais que dis-je ? Nos héros de boudoirs regardent les grands hommes comme d'illustres fous, et leurs actions comme des vertus de théâtre....

Le mot *patrie* rappelle à une ame forte tout ce qui est grand, généreux, héroïque, créateur de prodiges. Au nom de la patrie, et pour elle, Brutus chassa les tyrans ; Valérius Publicola rendit le sénat plus populaire ; Ménénius Agrippa ramena le peuple du mont sacré dans le sein de la république ; Véturie, car les femmes à Rome, comme à Sparte, étaient citoyennes, Véturie désarma Coriolan, son fils. Manlius, Camille, Scipion, Pompée vainquirent les ennemis du nom Romain. Régulus, au pouvoir de Carthage, s'oppose à l'échange des prisonniers, et, fier, il retourne, au milieu de cette même Carthage, subir mille supplices. Deux Caton se rendent immortels en voulant conserver les anciennes mœurs. Trois Décius signalent leur consulat en se dévouant, comme Régulus, à une mort certaine.

Qui croirait que le mot *patrie*, qui se faisait entendre sous les Charlemagne, les Charles V, les Louis XIII et les Henri IV, et que les avant-derniers états-généraux faisaient retentir avec tant d'éloquence ; que le mot sublime de patrie s'était perdu sous le cardinal Richelieu, fondateur de l'académie française ? C'est ce misérable prêtre qui dit, dans son testament politique, « Que, « si dans le peuple il se trouve quelque malheureux honnête « homme, un monarque doit se garder de s'en servir. » Nous avons vu faire usage de cette exécrable doctrine par des êtres qui ne se nomment point monarques. La subversion de tout principe, de morale et d'élévation d'ame est souvent la règle exclusive des gouvernans de la terre. « Aussi, sous de tels gouverne- « mens, dit J.-J. Rousseau, l'égalité n'est qu'apparente et illu- « soire ; elle ne sert qu'à maintenir le pauvre dans sa misère, et « le riche dans son usurpation. » Les tyrans achètent les lumières pour éteindre jusqu'à la pensée de l'indépendance. Ah ! ce n'est que pour assurer leur op   ion que quelques ambitieux caressent hypocritement quelques gens de lettres, et ces hommes, que l'étude et l'amour des arts, que le cri de la nature avaient rendus simples philosophes et libres, une fois achetés, une fois

aux gages des oppresseurs, s'écrient en esclaves titrés : *La patrie
est une vision*. Que l'héroïsme tient un autre langage !

> (84) Célébrez, lauriers tributaires,
> L'un des conquérans de la paix !
> Annales des zones contraires,
> Répétez son nom, ses succès !

L'Europe proclame Moreau l'un des plus probes, des plus éclairés, des plus habiles capitaines dont puisse s'honorer la France.
J'aime à lui rendre hommage : il est aujourd'hui dans la retraite,
loin sans doute de ce luxe, de ce fracas dont s'éblouit un stupide
vulgaire. Moreau ! jouis en philosophe de la gloire des héros et
de la reconnaissance qui les environne. J'honore ici, dans tes
lauriers modestes, tant d'illustres braves rentrés dans leurs
foyers paisibles, heureux de leurs sacrifices, fiers de leur pauvreté, grands de leurs solitudes. J'honore en toi, Moreau, les
mânes des Dugommier, des Joubert, des Marceau, des Cham-
pionnet, des Desaix, des Kléber, des Hoche, des Westermann,
des innombrables héros dont l'histoire recueillera les noms.

> (85) Des fers !... le crime en vain les donne :
> Le tems divinise et couronne
> La lyre de la LIBERTÉ.

Oui, le tems impose silence à l'envie, à la bassesse, à l'aveuglement, à l'ingratitude : le tems honorera la Libertéide ; j'en
lègue aux sages du vingtième siècle le triomphe et la gloire.

Si j'avais ajouté quelque agrément de plus aux frivolités du
jour, un semi-ton au chœur de l'Opéra, un mouvement à l'art de
Vestris, je serais l'entretien des cercles, proclamé grand homme
par des journalistes, mon nom remplirait l'Europe, et les gouvernemens m'offriraient leur appui. Mais, en 1802, publier la Libertéide et les Chants du Philosophe, ah ! quelle abjection !... quel
oubli de soi-même !...

FIN DES NOTES.

ALLÉGORIE.

Monstre ! laisse aux humains la paix et l'espérance :......
La discorde et la guerre enfantent les tirans !............
Univers ! mon flambeau luit pour ta délivrance.......
Loin du trouble et des conquérans.

LES CHANTS

DU

PHILOSOPHE.

Par MOUSSARD.

ASPECT

DES

CHANTS DU PHILOSOPHE.

« Il n'est point de philosophie sans vertu, ni
« de vertu sans philosophie. La philosophie est
« la recherche de la vertu, mais par le moyen
« de la vertu même : la philosophie et la vertu
« sont donc intimement unies. »

SÉNÈQUE.

LES penseurs remarqueront peut-être
que ce n'est ni la morale d'un jour,
ni d'une secte, mais celle du genre
humain et de tous les tems que j'ai
soumise au rythme poétique, à la fois
le plus pompeux, le plus concis, le

plus auguste, le plus propre à frapper le sentiment, à élever l'ame, à la fixer sur les plus grands objets, à la diriger vers le beau.

Je combats l'erreur et la frivolité ; j'ai dû prendre l'attitude sentencieuse, la touche du distique, l'accent le plus digne de l'homme, celui dont les traits, comme à notre insu, frappent sensiblement nos organes, et s'y gravent d'une manière durable.

Oui, j'aime la morale ! elle brûle en moi comme sous mes pinceaux : j'adore cette morale qui rend l'homme meilleur, sensible et tolérant, qui porte au sublime ses facultés intellectuelles, agrandit ses conceptions généreuses, le console de l'ingratitude, et le fortifie contre les tourmentes de la vie.

Etre philosophe n'est pas être pédant inintelligible et présomptueux, zélateur affecté de quelque maintien, de quelque système extraordinaire et bizarre : c'est être bon par la nature, c'est en suivre les doux penchans, en rechercher les lois divines et simples ; c'est aimer, pratiquer l'héroïsme du désintéressement, de la bienfaisance, de la constante modération. Etre philosophe, c'est être amant de la sagesse ; c'est n'admettre de vrai, de juste que ce que la raison, nos lumières, notre entendement avouent et consacrent ; c'est repousser le prêtre perfide, les imposteurs de tout genre, qui, sur des tréteaux avilis, sanglans et cupides, répètent aux faibles : « Mor-« tels ! ne pensez pas ; obéissez-nous, « rampez pour nos jouissances. » Etre philosophe, c'est n'écouter que sa conscience, être toujours soi dans ses actions comme dans son langage.

Voilà, ce me semble, la plus saine doctrine que l'on puisse embellir du nom de philosophie. Et pourquoi donc, ô dégradation ! ce mot, sacramentel pour tant d'illustres sages, devient-il pour mon siècle un objet de risée ? Pourquoi donc l'écrivain courageux, qui s'élève contre la corruption de ses semblables, est-il regardé comme un autre Oza, portant sur l'arche une main sacrilège ? C'est que les corrupteurs même ont prodigué, profané le mot de philosophie, dénaturé son immortelle, son immuable significa-tion. Hé bien ! reportons-le, cet auguste mot, à sa hauteur première ; purifions-le de ce qu'il a d'étranger à son essence : il est encore des vertus dont le regard et l'af-fection encouragent et soutiennent l'effort des vertus. D'ailleurs, que peuvent contre la raison les traits empoisonnés de tant de pervers, de tant de parjures à leurs propres écrits, de tant d'apostats de cette philosophie que je révère, de tant d'hypocrites vendus au parti le plus offrant, dont la plume prostituée, dont la main parricide, ramène, appesantit le voile des ténèbres, le joug du fanatisme, de l'intolérance et des persécutions? Que peuvent, dis-je, les clameurs de la multitude, si quelques-unes de mes pensées attendrissent un seul être? Mais quoi! les belles ames me liront: n'est-ce pas avoir atteint la véritable gloire? La solitude et la méditation sur l'aveuglement de nos semblables nous en éloignent souvent avec trop d'âpreté, mais elles nous rendent aussi plus propres à juger, à penser en sage : le recueillement et la paix de l'ame nous portent à l'indulgence, à la maghanimité. Je plains ,.... je fuis les hommes , mais sans les haïr , sans les abandonner ,... sans cesser d'être juste envers eux. Doctrine que j'aurai chérie, lecteurs que j'aurai quelquefois intéressés , observateurs qui m'aurez suivi , sages qui aurez connu mon cœur , vous aimerez à redire un jour , avec un tendre épanchement : « Il « ne se contentait pas de la vertu de « théorie , il a laissé aux hommes un « code de morale qu'il n'a point désa- « voué par ses actions. »

LES CHANTS

DU

PHILOSOPHE.

CHANT PREMIER.

Mortels! pour vous guider brille un nouvel aurore;
La sagesse et les arts unissent leurs bienfaits:
Echappé du trépas, cet hymen que j'honore
 Respire dans les cœurs français.

Que dis-je? Il est en deuil le stoïcisme austère!
Le monde, prosterné, chante ses corrupteurs!
Le droit de l'innocence est banni de la terre!
 Les dieux sont pour les malfaiteurs!

L'égoïsme commande; il a flétri les ames:
Les faveurs du destin sont pour l'être avili;
Le forfait tout puissant couronne les infames;
 L'honneur même est enseveli.

Avilissement de l'homme.

36

Celui-là qu'applaudit l'ivresse de l'empire,
Qui brave le talent et flétrit le penseur ;
Celui-là dont la foule encense le délire,
     Peuple ! c'est le riche oppresseur.

Celui-là, repoussé des vautours qui ravagent,
Qui consacre aux vertus un cœur persévérant ;
Celui-là que le crime et la fortune outragent,
     Peuple ! c'est ton appui souffrant.

Ces chars et ces coursiers qui traînent l'ignorance ;
Cet or et ces rubis dont brille l'impudeur ;
Ce mets de la débauche et de l'intempérance,
     Peuple ! c'est ton sang, ta sueur.

Le civisme a perdu ses glorieux sectaires :
Le Plébéien naguère est satrape aujourd'hui ;
Du peuple abandonné rampent les mandataires ;
     Le genre humain est sans appui.

En vain Fabricius nous fait chérir sa cendre :
Ici, comme le Grec, la lanterne à la main,
Qui ravit son soleil au farouche Alexandre,
     L'homme cherche un autre homme en vain.

Aux ravages du crime, il n'est plus de barrière;
L'astre qui nous dirige est l'astre des bourreaux :
Avec toi, sage Young, maudissant la lumière,
    Je fuis et cherche les tombeaux.

Paroxisme rongeur de la mélancolie,
Convulsive mon être, assombris mes instans;
Traîne à ton tribunal cette horde avilie,
    Ces mondes,... ces fangeux traitans...

L'homme naît, vit et meurt au milieu des alarmes;
Ses momens sont tissus par l'espoir, le malheur;
Quelquefois le plaisir lui fait verser des larmes,
    Mais bien plus souvent la douleur.

Que dis-je? A la souffrance, il est doux de survivre :   *Caractère du*
Du plus injuste sort, le courage est vainqueur.   *philosophe.*
Plus nos jours sont amers, plus il est beau de vivre :
    Souffrir est l'œuvre d'un grand cœur.

Le véritable grand vit de sa propre estime;
Des outrages divers, le grand s'enorgueillit;
Le grand foule à ses pieds le destin, le régime
    Dont la chaîne s'appesantit.

Breuvage des Socrate, exil des Aristide,
Laissez la multitude au char des Anitus :
Il faut Antipater pour créer Hypéride ;
    César pour illustrer Brutus.

Vous m'obsédez en vain, préjugés, imposture.
Je parle aux nations, tyrans, baissez les yeux :
L'univers, l'avenir, la gloire, la nature
    Sont mes oracles et mes dieux.

La philo-
sophie perce
les ténèbres.

Mais quelle est la beauté que le tems déifie,
Qui me sourit sans art, sans crainte, sans courroux ?
C'est l'amante du vrai, c'est la Philosophie :
    Faibles ! puissans ! prosternez-vous.

Elle parcourt le monde, et franchit ses orages ;
A célébrer les arts ses jours sont occupés :
Son pied foule du tems les injustes outrages,
    Et gravit les monts escarpés.

Elle voit du même œil le palais, la chaumière ;
Du préjugé honteux elle fuit l'horizon :
Son bras, environné d'une vive lumière,
    Tient le sceptre de la Raison.

Salut, astre du bien! Je suis fier; tu respires!
L'atome ambitieux pâlit à ton aspect;
A l'obscure cabane, à l'éclat des empires,
    Ta gloire imprime le respect.

Au sein des factions, des sombres artifices,
S'illustrent ta grandeur, ta magnanimité :
Sous l'opprobre des fers, des bourreaux, des supplices
    Brille ton immortalité.

A l'aspect des combats, des morts, des funérailles,
De ces tigres armés que nourrit la fureur,
Aux plaintes des déserts, aux accens des batailles,
    Mars n'eut jamais que ton horreur.

Tu hais l'affreux laurier que chante un sot vulgaire ;
Tu fuis le bras sanglant du farouche vainqueur,
L'athlète audacieux, le lâche tributaire,
    Le cruel sacrificateur.

Tu fais du monde entier ton temple et ta patrie,
Ton regard maternel couvre l'immensité :
Toujours ta main présente à mon idolâtrie
    La Paix, les Arts, la Liberté.

Tu fuis un monstre affreux, l'horrible Calomnie,
Qui frappe,... qui ternit ton éclat bienfaiteur.
Les échafauds dressés fument la tyrannie
    Du lâche calomniateur.

Le calomniateur ouvre tous les abimes :
Vérité! fais pâlir le fourbe confondu.
Le calomniateur commande à tous les crimes :
    Le vrai commande la vertu.

Socrate a bu la mort; c'est par la calomnie :
Par elle, Miltiade a péri dans les fers;
Aristide, par elle, a pleuré sa patrie ;
    Par elle, gémit l'univers.

Tu maudis l'art trompeur qu'on nomme politique :
Toujours le politique est perfide, cruel :
Des rois et des partis, des peuples qu'il trafique,
    Il encense et détruit l'autel.

Ainsi que la discorde avilit les familles,
Le serpent politique avilit les états :
C'est avec le poison, l'échafaud, les bastilles
    Qu'il légitime ses contrats.

Fuyez, sages! penseurs! le glaive politique;
De la Vérité sainte il éteint les flambeaux.
Fuyez! il s'affermit le sceptre despotique
　　Dans la nuit et sur les tombeaux!

L'odieux politique, ivre d'un art perfide,
N'élève des autels qu'à la duplicité:
L'ambition nourrit ce fléau parricide
　　De la plaintive humanité.

Ces ministres d'un jour, ces potentats-victimes,
Que la bassesse élève, et qu'un souffle détruit,
Ne sont à ton flambeau que le jouet des crimes
　　Que le tems signale et poursuit.

La philoso-
phie n'admire
que la vertu
dans l'éléva-
tion.

Le vulgaire les chante, et tes lois les condamnent,
Ces esclaves courbés, instrumens du vouloir.
Le sage fuit ces rangs, ces palais que profanent
　　Les adulateurs du pouvoir.

Puissans! où vous lança la souplesse et l'audace,
Le lâche vous prodigue un zèle intéressé:
Bientôt d'un ouragan l'aquilon vous terrasse;
　　Tout fuit le sceptre menacé.

Toi seule, ô mon flambeau, douce philosophie !
Tu consoles, taris les larmes du malheur ;
C'est pour l'infortuné que s'illustre ta vie,
     Jamais pour le triomphateur

Tu braves des trépieds la secte menaçante :
Aux cris d'Iphigénie, aux larmes de Jephté,
Tu maudis les Calchas; et ta voix gémissante
     Déplore un monde ensanglanté.

Ta majesté commande au sein de l'esclavage :
Quand tu combats pour nous les tyrans éperdus,
Tes pleurs baignent la foudre ; arbitre du carnage,
     Tu fais respecter les vaincus.

Des plus justes arrêts les sages sont avares :
La mort est inconnue à tes pactes divins.
L'aspect des échafauds rend les peuples barbares :
     Ta clémence les rend humains.

O terreur !.... tu frappais.....jusqu'à l'intelligence !.....
Que reste-t-il au sage, aux mortels abusés ?
Le deuil, des ossemens, les fers et l'indigence,
     Les cœurs insensibilisés.

La mort! qui la permet consacre l'homicide :
C'est dans l'arrêt de mort que règne l'attentat.
Quelque lieu, quelque main, quelque loi qui la guide,
 La mort est un assassinat.

C'est toi qui, de Vespus parcourant l'émisphère,
Y ravis la nature à son joug étranger.
Le nègre, homme par toi, s'illustre et te révère
 En pleurs sur la tombe d'Oger.

La philosophie abolit l'esclavage des nègres.

Quel est ce front noirci qu'a porté la vengeance
De la case du nègre au rang des potentats?
C'est un fourbe rebelle, enfant de la démence,
 Du trouble et des maux des états.

Bruit de révolte d'un chef nègre contre la mère patrie.

Non, c'est un instrument qu'arment les arbitraires,
Qui, las d'être opprimé, commande aux oppresseurs,
Qui redit aux humains: le crime a ses contraires,
 Et la nature ses vengeurs.

C'est ta main qui traça dans les cœurs spartiates :
« Mortels! le célibat est un outrage aux mœurs. »
Et la loi Julia, si chère aux dieux pénates,
 Enchaînait Rome à tes faveurs.

La philosophie réprouve le célibat et la superstition du mariage.

Non, frappe cet hymen, œuvre de l'esclavage.
Amour! fuis cet enfer par le crime inventé;
Libre, chaste et fidèle, imprime à ton image
    La grandeur et la majesté.

Xantipe, furibonde, épouvante l'histoire :
Socrate en vain du sage implorait le secours.
L'hymen est le tombeau des plaisirs, de la gloire;
    L'hymen est la nuit des beaux jours.

L'hymen! ses fers cruels ont flétri ma sagesse...
Tout mon être souffrant languit désespéré :
Les chaînes de l'hymen ont hâté ma vieillesse;
    L'affreux hymen m'a dévoré.

L'hymen! O coupe amère, assassin du bel âge!
O fléau destructeur des plus doux sentimens!
Père du préjugé, reçois son vil hommage :
    Le mien n'est que pour les amans.

Les amans   Lucidor et Palmyre, enfans de la Nature,
Ignorent ces liens qui chassent le plaisir :
Ils s'aiment sans contrats, sans feinte, sans parjure;
    Ils sont unis par le desir.

Sur le gazon fleuri, le couple, en allégresse,
Reçoit un nouvel être, et l'offre aux dieux du jour :
Près du berceau, Nature, appelant la tendresse,
    Dit : Veille sur le tendre amour.

Palmidor est chéri; fruit des plus douces flammes,
Palmyre et Lucidor sont unis pour l'aimer :
L'enfant est le nœud saint qui rapproche les ames
    Qu'un saint amour a su charmer.

Rougis, honteux hymen, source des adultères !
Fuyez, prêtres, sermens, besoin des cœurs flétris :
Amour ! brûlant Amour ! n'admets à tes mystères
    Que Dieu, la Nature et les Ris.

FIN DU PREMIER CHANT.

CHANT DEUXIÈME.

Sexe! je t'idolâtre; et ma philosophie...   L'amour.
Chaque jour dans tes bras, chaque jour délirant,...
Me dit que la vertu, le bienfait de la vie
    N'est sans toi qu'un fatal présent.

Quand mon œil, arrêté, sur ton sein, dans ton ame,
Voit s'allumer tes feux, les feux du saint amour;
Quand mon brûlant délire électrise ta flamme
    Qu'épurent les rayons du jour;

Quand, ivre de plaisir, tu cesses de connaître...
Quand ton être, en tumulte égaré dans mes sens,
Aspire en jets de feu l'essence de mon être,
    Qu'il n'est plus d'écho, ni d'accens,

Tu le dis, célébrons nos transports : nos images...
Amans! c'est le bonheur : il parle; obéissez...
L'amour est le nectar dont s'enivrent les sages :
    L'amour commande; jouissez.

L'amour a fait les rois, les enfers, le théisme ;
L'amour attache au monstre un charme séducteur ;
L'amour fonde les arts, les vertus, l'héroïsme :
     L'amour est le dieu créateur.

Amans ! loin de vos feux les terreurs homicides :
L'Eternel applaudit vos amoureux concerts.
L'Éternel vous inspire ; amans, vierges timides,
     Jouissez, peuplez nos déserts.

Le mortel sans amour est un ormeau stérile :
Amoureux, le ciron divinise son flanc.
Le mortel sans amour n'est qu'un fangeux reptile :
     Amoureux, le reptile est grand.

Le foyer du génie est dans une ame ardente :
Qui respire sans feux vit pour être éclipsé.
Les sublimes vertus sont dans l'ame brûlante ;
     Le crime est dans le cœur glacé.

Porcia ! Cornélie ! Eponine ! Antigone !
Noms que l'airain transmet aux fastes avenir ;
Flammes du sexe aimé qu'armait Lacédémone,
     Vous remplissez mon souvenir.

Sapho! tendre Héloïse! amantes que j'honore,
Mon feu s'allume au vôtre, et brûle avec vos cœurs;
Mon feu dresse un autel au feu qui vous dévore,
    Et dit vos illustres malheurs.

Mais en vous adorant, doux charmes de la vie!
La sagesse m'élève et soutient ma grandeur:
Tout est vide sans toi; sans toi, Philophie,
    Le plus doux bien n'est qu'un malheur.

D'un impassible front tu fixes les tempêtes,
La douleur, le plaisir, les revers, les succès,
Et, jusque dans tes vœux, tes bienfaits, tes conquétes,
    Tu bannis l'audace et l'excès.

Caractère de la philoso-phie.

Du vulgaire abusé, prudente conseillère,
Ta main, avec respect, déchire le bandeau:
C'est en traits mesurés que s'offre la lumière,
    L'éclat de ton divin flambeau.

Tu préfères la tombe à la clarté sanglante;
Aux orages du vrai, le calme de l'erreur;
A la guerre du juste, une paix tolérante;
    La nuit douce, au jour de terreur.

A Cimon généreux tu permets l'opulence :
Tu présentes la palme à l'austère Cratès.
Tu souris à Gélon qu'élève ta puissance :
    Tu fuis l'esclave Damoclès.

Tu contemples les cieux, l'abime, le nuage,
La modeste fourmi, l'aigle perçant les airs,
Et l'éléphant docile, et l'abeille volage,
    L'affreux silence des déserts.

Avec le tournesol, tu suis la clarté vive
De ce char lumineux, flambeau des élémens :
A ton œil étonné, la tendre sensitive
    Te semble fuir nos vains momens.

Sur le marbre effacé,... sur le roseau fragile
Tu trouves le néant, l'arrêt de nos travers :...
Tu cherches la vertu dans l'antre du reptile,
    Des mœurs, un plus juste univers.

Qui sacrifie au jeu s'enchaîne à tous les crimes :
Tu fuis du jeu cruel l'exécrable pouvoir,
Ces antres caverneux où gissent des victimes
    Et la honte et le désespoir.

Aux bords d'une onde pure, à l'ombre des bocages,
Au sein d'un champ fleuri, tu dresses tes autels;
Sous le dôme azuré, tu rends tes fiers hommages
    A l'essence des immortels.

Ces mondes que soumet le compas d'Uranie,
Ces globes enflammés, ces radieux essaims,
Cet immuable ciel t'annonce l'harmonie
    Qui doit animer les humains.

Renais, douce Amitié! touche mon ame émue;   L'amitié.
Parais : des malheureux ombrage le grabat;
Fais révérer le sage en proie à la ciguë;
    Confonds l'insensible et l'ingrat.

Quand les glaces des sens ont remplacé l'ivresse,
Tout brûle dans ton cœur, tout brille en ton regard;
Et quand l'amour éteint a vieilli la jeunesse,
    Ton feu rajeunit le vieillard.

Quand les mortels, frappés d'une douleur profonde,
Succombent sous les maux, les attentats divers,
La sublime Amitié doit consoler le monde,
    Détourner les coups des pervers.

L'Amitié nous élève ; elle est la grandeur même :
L'Amitié magnanime accompagne l'honneur ;
L'Amitié bienfaitrice est la vertu suprême ;
    L'Amitié vit pour le bonheur.

Non , suffis-toi, mon cœur ; au sein des cœurs avides,
L'auguste nom d'Ami n'est qu'un nom profané.
Doux abandon de l'ame! il n'est que des perfides ;
    Fuis leur sourire empoisonné.

La reconnais-
sance.   Fuis, chante le bienfait, enfant de la sagesse ;
Maudis l'ingratitude, élément des pervers.
Ainsi que le bienfait ennoblit notre espèce ,
    L'ingrat avilit l'univers.

D'un Dieu la bienfaisance est la vivante image :
L'ingrat voile à nos yeux la main du créateur.
Envers Dieu le bienfait est un constant hommage :
    L'ingrat est son blasphémateur.

La vieillesse. Tu redis au vieillard, aimé de l'innocence :
En toi mon œil révère un oracle, un soutien.
Sur un front sillonné brille l'expérience :
    Le tems est le flambeau du bien.

Les rides sont du tems la suprême parure :
Il est beau de vieillir quand on a bien vécu !
L'homme naît pour s'éteindre et rendre à la Nature
    Le bienfait qu'il en a reçu.

Age qu'ont célébré l'Eurotas et le Tibre,
Reçois de la vertu l'hommage solemnel :
Du laurier filial le pinceau le plus libre
    Embellit ton front paternel.

Quoi ! l'immense univers n'est que l'antre des crimes,
Le théâtre agité des tyrans, des bourreaux !
Mon oreille n'entend que le cri des victimes !
    Mon œil ne voit que des tombeaux !

Voilez votre raison, sage, penseur timide :
La nuit du préjugé couvre encor l'univers ;
Le prêtre vit encor de son souffle perfide,
    Et répand l'horreur des enfers.

La vie est pour le sage une longue agonie :
Le trépas est des dieux le premier des bienfaits.
Salut au doux repos qui succède à la vie !
    Salut à l'éternelle paix !

Que dis-je? bon vieillard, imprime ton exemple,
Eclaire les beaux jours de tes faibles enfans:
Que tes cheveux blanchis soient l'idole du temple
    Que Minerve ferme aux méchans.

Trompe par tes vertus la faulx inexorable:
Le souvenir du bien franchit l'éternité.
Dans le dernier soupir de l'homme irréprochable
    Commence l'immortalité.

Allusion à la fête de la Souveraineté du Peuple, autrefois veille de germinal.

Ainsi vers le vieillard ton encens pur s'élève,
Sagesse! ainsi t'entend l'auguste citoyen;
Ainsi tu t'exprimais quand germinal en sève
    Semblait sourire au Plébéien.

Du Pantarque odieux, dédaignant le suffrage,
Tu célébrais l'aurore et l'ame du printems:
Aux peuples assoupis, montrant le doux feuillage,
    Tu tonnais tes libres accens.

Hommage aux droits des nations.

Aux stériles frimas succède la culture;
Des feux étincelans rayonne la splendeur:
Français! à tes regards s'éveille la Nature
    Qui te rappelle à ta grandeur.

Reprends avec tes droits ta dignité sublime:
Quand un peuple s'élève, il a rompu ses fers ;
Quand le peuple est lui-même, il est grand, magnanime:
    Le trouble est l'enfant des pervers.

Enchaîne à tes destins l'autel des sacrifices :
Libre dans l'univers, sois libre en tes remparts ;
Et, vainqueur des partis au temple des Comices,
    Sois aussi fier qu'au champ de Mars.

Quel que soit son crédit, réprouve l'homme injuste,
L'esclave prosterné qui flatte le pouvoir :
Du chaume et du palais honore l'être auguste
    Qui prend la vertu pour devoir.

Confonds du délateur les sanglans stratagêmes,
Le satrape orgueilleux, le farouche ignorant.
Les vertus, les talens s'illustrent par eux-mêmes :
    L'intrigue est l'œuvre du méchant.

Le cri des factions sème la tyrannie,
Le rebelle menace et répand les clameurs :
L'homme libre pardonne et répand l'harmonie ;
    L'homme libre est grand par ses mœurs.

Attitude que doit conserver un peuple libre.

Allusion aux suffrages du peuple.

Venez, amans des Arts, cohorte respectée,
Athlètes du génie, émules de Platons,
Condamner l'œil flétri du reptile-prothée
    D'admirer l'ame des Catons.

Quittez, bons artisans, vos chaumières obscures;
Du pauvre et du crésus l'urne a le même poids.
Invincibles soldats, découvrez vos blessures;
    Leur nombre est garant de vos droits.

Guerriers! mon luth redit les chants de la Victoire,
Qu'en chœur font retentir les peuples affranchis:
L'univers vous admet au temple de la Gloire,
    L'univers est votre pays.

Pour la honte de l'homme éterniser la guerre,
Le Ténare a vomi le sceptre et ses forfaits:
Pour châtier les rois et consoler la terre,
    Les dieux ont armé les Français.

Des climats affranchis la Liberté s'écrie:
Gloire au peuple sauveur qu'admirent ses rivaux!
Devant la majesté de la mère patrie,
    Licteurs, abaissez les faisceaux.

Liberté! dans les cœurs affermis ta puissance;
Enfante les vertus qui fondent tes autels;
Force le genre humain à la reconnaissance ;
    Donne le bonheur aux mortels.

Que dis-je? où sont les fers l'ilote est le seul sage :
Qui n'est rien dans l'état doit en être admiré.
Quand un bras despotique ordonne l'esclavage,
    L'instrument vit déshonoré.

Le sage n'ambitionne que l'obscurité.

Haine au lâche suppôt! salut aux prolétaires!
Le vertueux n'est rien où le coupable est tout:
Le vice a submergé les plantes salutaires;
    L'univers moral est dissout.

Le Français corrompu n'est qu'un peuple frivole,
Qui, changeant de régime, a changé de tyrans :
Chaque jour il encense une nouvelle idole,
    Qu'abattent ses vœux inconstans.

Corruption et frivolité des peuples.

Le juste s'exilant sur le froid coquillage......
Camille pardonnant..... Pour vaincre les Gaulois,
Marius refoulant les débris de Carthage.....
    Desmosthènes tonnant les lois....

Déplorable Abydos, sublime Télésiles,
Courage d'Othanès, de Véturie en pleurs,
Nombreux Léonidas, mourant aux Thermopyles,
Vous montrez quels sont les grands cœurs !

FIN DU SECOND CHANT.

CHANT TROISIÈME.

Partout le crime heureux brille dans l'allégresse; Prêtres into-lérans.
Chaque moment insulte au sage consterné.
Les souffrantes vertus, adorable Sagesse,
Pleurent ton culte abandonné.

En gémissant sur nous, sur les coupables êtres,
Tu nommes l'ignorance et les religions;
Tu montres ces pervers que l'enfer nomma prêtres,
Pour le malheur des nations.

Le prêtre gouverna pour opprimer la terre;
Le prêtre, né perfide, est une insulte aux dieux.
Le sage fit du bien l'éternel caractère:
Le sage est seul aimé des cieux.

Dieu n'est point dans le prêtre; il est dans la nature:
Dieu n'est point dans l'espace; il est dans l'équité.
Le talisman du prêtre est l'art de l'imposture:
Dieu brille dans la vérité.

La cruauté du prêtre arma l'intolérance :
L'humanité du sage unit les dieux divers.
Le prêtre inexorable a banni l'espérance :
    Le sage pardonne aux pervers.

Qui défend les autels est armé pour des maîtres ;
Qui défend les autels conspire avec les rois :
Peuple ! où sont les autels sont révérés les traîtres,
    Les spoliateurs de tes droits.

Tombeaux, ouvrez vos flancs ; parais, foule immolée :
Exhume-toi, douleur sur le prêtre inhumain :
Des attentats du prêtre, ombre de Galilée,
    Dépose... aux yeux du genre humain.

Vénérable Calas ! infortuné Labare !
Montrez sur le gibet vos membres expirans,
Et le dévot stupide, et le prêtre barbare
    Sourire à vos cris déchirans.

Repose, immortel Huss ; ta voix est entendue :
Au feu de ton bûcher s'éclairent tes vengeurs ;
Et par les vents ailés ta cendre répandue
    Sème l'arrêt des imposteurs.

Socrate, succombé sous l'opprobre d'Athène,
Fait maudir Anitus des vertueux humains.
Le lion, caressant l'esclave dans l'arène,
    Etonne, attendrit les humains.

Je couvre de parfums vos tombes magnanimes,
Sages! ma voix redit vos actes bienfaiteurs.
Vous fûtes des tyrans les illustres victimes:
    Les siècles seront vos vengeurs.

Prêtres, dont l'éloquence a brisé la barrière
Qu'opposait à nos vœux l'essaim des oppresseurs,
La Vérité vous nomme, en ouvrant la paupière,
    Ses plus glorieux défenseurs.

Les seuls prêtres dignes des hommages de l'homme sont les prêtres philosophes et mariés.

Salut, abjurateurs de l'odieux papisme!
Salut au titre d'homme, et de père et d'époux!
Là, vous sanctifiez la raison, le civisme:
    J'encense et suis prêtre avec vous.

La lumière poursuit vos ombres qui s'effacent,
Brames, Rabins, Muphtis, Déités du Harem;
La raison luit enfin, et ses décrets vous placent
    Avec l'ânon de Béthléem.

Votre empire naquit au sein des nuits profondes,
Cultes divers, fléaux des mortels divisés :
Vertu ! j'adore en toi l'ordonnateur des mondes,
    Et brave les dieux insensés.

Raisonnement de l'athée. Les Dieux ! tout est néant, matière impénétrable ;
Tout est songe et hasard en ce monde imparfait :
La nuit succède aux nuits ; la lumière coupable
    Ne brille que pour le forfait.

S'il est un Dieu suprême, il ordonne les crimes ;
S'il est un Dieu sauveur, c'est le Dieu des méchans :
Savoure, Teutatès, le sang de tes victimes ;
    Enivre-toi de nos tourmens.

Dieu, tu n'es qu'un vain songe, où ta puissance atroce
Règne pour le forfait, et guide ses auteurs :
En toi, dans tes suppôts, je hais un Dieu féroce,
    De féroces adorateurs.

Tes soleils brillent donc pour les antropophages ?
L'ame du scélérat est donc ton firmament ?
Oui, les mondes en deuil sont tes affreux ouvrages ;
    Le prêtre est ton vil instrument.

Pour les faibles trompés, ravis à Nature,
Les prêtres ont vomi les enfers et les dieux.
Mais les forts ont pensé,... détrôné l'imposture;...
    Les forts ont l'Éternel en eux.

Non, au lâche Thersite, à la valeur d'Alcide,
Il faut l'œil redouté d'un éternel témoin :
Rentre au fond de l'Erèbe, aveugle Théocide;
    Les Dieux sont pour l'homme un besoin.

Non, à nos vœux cachés, à la sombre imposture,
Aux revers, aux succès, il faut un créateur;
A l'essence de l'homme, aux maux de la nature,
    Il faut un Dieu consolateur.

Oui, Dieu règne; l'atôme atteste sa puissance:
Des prodiges d'un Dieu le tems s'est revêtu.
Dieu commande; le juste annonce sa puissance:
    Son diadéme est la vertu.

En vain Bellone fière a déposé sa lance,
Si tous les Dieux unis n'offrent pas le bonheur:
La guerre s'alimente où vit l'intolérance:
    La paix fuit le persécuteur.

Nécessité d'un Dieu. — Sa présence.

Embellis tes autels, adorateur paisible :
Là règnent les vertus où les cœurs sont en paix :
Tout être a son Lama, son oracle invisible,
  Qui lui commande les bienfaits.

L'ame des élémens, l'arbitre de la vie
S'annonce à tous les cœurs, et parle au malheureux :
Le vrai Dieu règne en toi, douce Philosophie ;
  Le vrai Dieu s'est fait généreux.

Révère ce prélat, ce ministre sensible,
Dont la voix tolérante unit tous les mortels :
Le prêtre philosophe est un père accessible ;
  C'est Dieu : fais chérir ses autels.

Devoir de la tolérance. Mais résiste au délire, au sanglant fanatisme,
A la lugubre nuit qu'enfante son poison,
Au monstre intolérant qui brise le saint prisme
  De l'imprescriptible raison.

Flétris, peuple abusé, ces coupables sophistes
Qui, sur un char profane, où le divin Tabor,
Sont le matin Oza, le soir Evangélistes,
  Et n'ont d'autre Dieu qu'un vil or.

Quel vain bourdonnement m'annonce un vain concile?

Du papisme agité c'est le fangeux débris;

C'est l'encan des humains, une horde servile

    Qui rêve ses dogmes flétris.

Appareil imposteur! ô misérables prêtres!

Qui, pour quelques tyrans, égarez le mortel,

Qui trafiquez les dieux pour de coupables maîtres,

    Nos droits, la Raison, l'Éternel!

Fourbes! qui, par calcul, blasphémez le déisme;

Apôtres avilis des oracles menteurs,

Qui servez tour à tour le stérile athéisme,

    Et les bûchers inquisiteurs,

Je vous fuis. O raison! laisse agiter la scène,

D'un mercenaire encens flatter les dieux du jour:

Au sage, à l'humble grand descendu de l'arène,

    Prodigue ton sublime amour;

Lance aux coups du mépris la fortune traîtresse,

Ses aveugles faveurs, ses lâches abandons:

Redis aux potentats, sans fiel et sans bassesse,

    La chûte et les maux des Bourbons:

Néant des grandeurs. — Chûte des Bourbons.

Redis-les sur un trône environné d'hommages,
Consacré par des lois, des aïeux, des autels,
Des siècles soumis conjurant les orages,
　　D'un vœu commandant aux mortels.

Peins Louis garrotté sous la faulx meurtrière,
Louis.... dont la faiblesse a creusé le tombeau,
Du premier rang des rois traîné dans la poussière,
　　Expirant sur un échafaud.

Lamballe ! Élisabeth ! idoles passagères !
Qui vîtes à vos pieds les maîtres des états,
J'admire, non vos rangs, vos grandeurs mensongères,
　　Mais vos héroïques trépas.

L'œil affligé parcourt, ce trône... la puissance...
Vos êtres confondus, épars, ensanglantés....
Du genre humain en deuil s'élève la vengeance ;
　　Calmez-vous, mânes irrités.

Marie-Antoi-
nette d'Au-
triche, fem-
me de Louis
XVI.

Silence, ombre superbe, objet de tant d'outrages ;
Calme-toi : le bonheur n'est qu'au sein du tombeau :
Le tems, juge suprême, élève à tes images
　　Le mausolée ou l'échafaud.

Dans la tombe commune, au deuil qui t'environne,
Je cherche ces grandeurs,... cet amour des Français :...
Vains soucis! le tems même a flétri ta couronne,
    Reine! tu n'es plus, je me tais.

Enfant à qui le sort destinait la puissance,   *Dernier fils de*
                                                  Louis XVI.
Fils des rois! le poison a corrodé ton sein :
O rage du forfait! sur la débile enfance
    S'est appesanti l'assassin!

Règne-tigre! il n'est plus cet espoir des monarques!
Ses membres décharnés annoncent aux tombeaux
Et l'horreur de la vie, et la douceur des Parques,
    Et la présence des bourreaux.

Thérèse, fuis au loin ta famille égorgée;   *Marie Thé-*
                                              rèse, fille de
Fuis ces spectres chéris, dont les vengeurs accens   *Louis XVI,*
                                              échangée par
Soulèvent et les rois et l'Europe affligée,   *le directoire*
                                              pour Quinet-
    Et les humains de tous les tems.   *te, Camus,*
                                              Drouet, dé-
                                            putés; Maret
Qu'au récit des malheurs de ton adolescence,   *et Sémon-*
                                              ville, ambas-
Les Bourbons alarmés proclament les Français   *sadeurs.*
Indignes de courroux, de remords, de vengeance,
    Indignes de pardon, de paix.

Non, la France maudit ces tourmentes bizarres,
L'épouvantable excès dont frémit l'univers.
Bourbons! vos courtisans, vos conseillers barbares,
    Le prêtre a causé vos revers.

Morale! suis ton vol; compte les sacrifices
De ces princes trahis, méconnus, indignés,
Intercédant le bras, les armes protectrices
    De ces rois qu'ils ont dédaignés.

Dis-les armant au loin ces castes vagabondes,
Les portant au carnage, à l'attentat vengeur,....
Chaque jour leur offrant l'assistance des mondes,
    Chaque jour leur étant trompeur,

Dispensant le destin,.... la dépouille incertaine
Des succès avenirs.... Dis la témérité....
Dis... non, voile les torts de la faiblesse humaine,
    Les crimes de l'adversité.

Hommes autrefois grands aux yeux du sot vulgaire,
Aujourd'hui vraiment grands au regard du penseur,
Recevez de ma voix l'hommage tributaire
    Que la vertu doit au malheur.

O honte! celui-ci qui, prosterné sur vos traces,
Naguères invoquait un seul de vos regards,
Sacrifie aux vainqueurs, insulte à vos disgraces,
    Vous signale aux coups des poignards !

O du sort courroucé mémorables caprices !
Où régnaient les Bourbons, des soldats sont assis !
Autres dieux, autre encens, autre cour, autres vices,
    Autre vouloir, autres proscrits.

Inconstance du sort. — L'homme susceptible d'élévation comme de chûte subite.

Dans la foule ignoré, l'enfant du Liamone
Naguère obéissait: arbitre des états,
Son glaive étincelant dicte, commande, ordonne
    Aux nations, aux potentats.

Demain sur son tombeau vivra la calomnie;
Le lâche qui l'encense outragera mes pleurs;
Des partis rallumés la fourbe tyrannie
    Consternera jusqu'aux douleurs.

Non, héros ! sois vainqueur des destins infidèles,
La leçon des guerriers, des peuples, des puissans:
L'impassible burin suit tes rapides ailes,
    Et grave les arrêts du tems.

Guerrier ! ton vol suprême illimite la France ;
Le laurier du prodige orne ton étendard ;
Et le sceptre des rois aux pieds de ta puissance
    Embellit l'éclat de ton char.

L'Adige, le Texel, le Pô, le Rhin, le Tibre ,...
Le Nil présomptueux vit ses maîtres errans ;
Le Vésuve irrité, protégeant l'homme libre,
    Bouillonna contre ses tyrans.

Allusion à l'ex-plosion de la machine dite infernale du 3 nivôse an 9. Mais quel tonnerre éclate et répand les alarmes?
Quel effroi se promène et glace les esprits?
D'où jaillit ce désert, ces mourans et ces larmes,
    Ces épouvantables débris ?

Dieu ! contre le héros !... Soulève-toi, patrie ;
Sauve ici la valeur, et brave l'assassin ;
Célèbre le grand homme, et frappe la furie
    Qui s'agite autour de son sein.

Les lâches sont armés : je frémis et t'admire ;
Je maudis tes bourreaux, ainsi que tes flatteurs :
Achève ton destin, règne, enivre ma lyre,
    Règne par des jours bienfaiteurs.

Français! commande au monde, enorgueillis l'histoire,
Enchaîne au repentir le prêtre et les tyrans:
Du poids de tes lauriers, de ton nom, de ta gloire
    Remplis les annales du tems.

Loin du bruit de ton char, ma muse solitaire
Voit l'abime de l'homme et ses fragiles traits....
J'entends le courtisan,... le flatteur mercenaire
    Diffamer ton nom, tes bienfaits.

Laisse les dieux mortels, Sagesse impérissable;
Cherche la solitude et les champs et les arts:
D'un front majestueux, porte aux yeux du coupable
    Tes nobles et saints étendarts.

Les arts et la campagne sont les dieux du sage.

Du chaume, du hameau, célèbre l'innocence;
Au sein de la nature, ils en ont la grandeur:
L'odieux préjugé, l'orgueil de la naissance
    S'éclipse devant ta splendeur.

Le juste, au premier rang, doit seul guider la terre;
Le seul bras des vertus doit régir les destins:
Qui s'arroge le droit de régner sur son frère,
    Est armé contre les humains.

Le sage est le seul grand.

L'égalité en-
tre les hom-
mes est mar-
quée par la
nature.

La vertu, le génie est la seule distance
Qui d'entre l'homme et l'homme honore la raison :
Les rois sont éclipsés par ta seu.e présence,
　　Pindare! enfant de l'Hélicon.

Sagesse! dans les traits de l'humaine structure,
Dans l'instinct de nos sens, dans la fragilité,....
Dans la vie et la mort, dans toute la nature,
　　Ta main grava l'égalité.

Homages dûs
à la cendre
des morts.

Tu mêles tes soupirs, ta voix consolatrice
Au pas silencieux d'un cortège éploré ;
Et l'amère douleur, puissante bienfaitrice,
　　Se calme à ton flambeau sacré.

La dépouille de l'homme est la cendre des mondes :
Siècles, prosternez-vous, invoquez le respect ;...
Saluez le trépas : et vous, urnes profondes,
　　Défendez son divin aspect.

Qui descend au tombeau triomphe de l'envie :
Du calme des tombeaux tonne la vérité ;
Du tombeau naît l'opprobre, ou la gloire et la vie,
　　La mort ou l'immortalité.

FIN DU TROISIÈME CHANT.

CHANT QUATRIÈME.

Triomphe de la Philosophie.

Pʜɪʟᴏsᴏᴘʜɪᴇ! ô toi que les grands cœurs professent !
Ta puissance a vaincu l'impitoyable mort :
Des théâtres divers les héros disparaissent ;
 Tu survis seule aux coups du sort.

Du potentat Guillaume, armé contre ta gloire,
L'ombre de Frédéric désarma les fureurs :
La cendre du héros fume pour la victoire,
 Et pour enflammer tes vengeurs.

Les humains sont cruels, privés de ta présence ;
L'oubli de ta grandeur combat pour gouverner :
La Drave et le Wolga, la Tamise et Bisance
 En vain t'ont voulu détrôner.

Mais si, quoique enchaîné, ton bras fut tutélaire ;
Si le sage Sénèque épouvantait Néron ;
Si des usurpateurs le Romain tributaire
 Rougit à l'aspect de Caton,

Que ne peut ton empire environné d'hommages?
Vainqueur du sacerdoce et des rois conjurés,
J'admire l'univers aux piéds de tes images,
    Bénissant leurs traits révérés.

La Paix, la Concorde et la Tolérance sont filles de la Philosophie.

Echappée aux tyrans, elle vient la déesse :
Compagne de tes vœux, fille de tes bienfaits,
A son rire enchanteur, à sa vive allégresse
    Le monde reconnaît la Paix.

C'est au sein de la paix que vit l'indépendance :
La discorde et la guerre enfantent les tyrans.
Monde ! la vérité luit pour ta délivrance,
    Loin du trouble et des conquérans.

Vésuve, calme-toi ;... flattez-vous, bords du Tibre ;...
Globes inaperçus, solemnisez nos dieux...
Les Francs ont triomphé : l'univers sera libre ;...
    Le tems rompt ses fers à mes yeux.

La Paix, la douce Paix ! la Concorde et la Gloire
Bannissent des fureurs le fatal souvenir ;
Et la Liberté sainte annonce la Victoire
    Qu'invoquait l'heureux avenir.

Paix! attribut des dieux, conjure les orages,
Des fleuves courroucés les flots persécuteurs.
Empire de la loi, tolérance des sages,
    Répands tes bienfaits protecteurs.

Un voile généreux nous dérobe nos larmes:
L'homme n'est plus féroce, ombragé de laurier;
Le héros fuit l'aspect de ses sanglantes armes,
    Et sourit au doux olivier.

Peuple! jure aujourd'hui ta concorde éternelle,
Présente à l'avenir tes Epaminondas;
A l'amour des humains, à ta foi solemnelle,
    Tes Solons, tes Pithagoras.

Exaltez-vous, enfans du sage Triptolême;   *Bienfaits de*
Des hymnes de la Paix embrasez vos sillons: *l'agriculture.*
Nourriciers bienfaisans, la Liberté suprême
    Vous doit ses nombreux bataillons.

Le globe étincelant plane sur l'atmosphère,
Pour animer le monde, en féconder les champs;
Et la fraîcheur succède aux éclats du tonnerre,
    Pour calmer ses feux dévorans.

Des Faunes, des Sylvains, des Dryades sensibles,
L'agricole concert frappe l'immensité :
Les antres caverneux, les monts inaccessibles,
    L'espace est ivre de gaîté.

Pour orner la Nature, en fêter la présence,
Le calice des fleurs parfume le printems ;
Et, joyeux, enivré de son indépendance,
    L'oiseau remplit l'air de ses chants.

Montrez-vous, bords fleuris, côteaux, plaines fécondes ;
L'aspect de la nature éloigne Némésis :
Mondes ! sanctifiez la richesse des mondes,
    Chantez le bienfait d'Osiris.

Le champ du laboureur est une providence ;
La terre est le trésor sans cesse renaissant :
Habitans des hameaux, pères de l'abondance,
    J'admire votre art tout puissant.

C'est pour vous que les dieux ont créé l'étendue ;
Que le soleil parcourt le cercle des saisons ;
Que le taureau dompté promène la charrue ;
    Que Cérès préside aux moissons.

Vous bannissez l'orgueil, les tyrans, la mollesse :
Sous vos paisibles toits habite l'équité.
Pomone, en vos jardins, célèbre la tendresse ;
    Les Amours, la fécondité.

Des habitans des airs, entendez le ramage :
Ils mêlent à ma voix leurs chants mélodieux ;
De la reconnaissance ils adressent l'hommage
    A l'agriculteur généreux.

Fuyez du citadin le funeste génie,
Des mortels amollis l'essaim dévorateur.
L'être laborieux enfante l'harmonie :
    Flétrissez l'oisif corrupteur.

Et du sage et des mœurs la Nature est le temple :
Orgueilleux potentats, fondez-lui des autels.
Du fertile Indostan, solemnisez l'exemple :
    La terre enrichit les mortels.

Parterres odorans, vert platane, onde pure,
Jasmin, épis doré, bocages, frais gazon,
Vous êtes les sophas, les boudoirs, la parure
    Du philosophe simple et bon.

Puissans de qui le sort renverse la statue,
Descendez sans effroi du faîte des grandeurs :
L'humble Cincinnatus, au soc de sa charrue,
     S'est fait un temple dans les cœurs.

Bienfaitrice des arts, mère de l'Industrie,
Compagne du bonheur, amante des Français,
Divine Agriculture, illustre la Patrie,
     Charme les accords de la paix.

Le doux chant de la Paix, la féconde Amalthée
Répand sur les mortels ses biens consolateurs :
Son regard embellit les feux que Prométhée
     Dispense aux talens créateurs.

Salut au génie.
– Exhortation
aux amans des
arts et des
sciences.

Salut, enfans des arts, disciples du génie,
Sophocle et Phidias, Héraclide et Memnon !
Oracles qu'ont chantés Minerve et Polymnie,
     Thalès, Epictète, Zénon !

Elle s'enorgueillit, l'auguste espèce humaine ;
Elle contemple en vous ses bienfaiteurs nouveaux ;
Elle admire, applaudit son glorieux domaine,
     Vos impérissables travaux.

Détournez vos regards du pédant satirique :
Ainsi que le flatteur il naît pour le mépris.
Le défaut du génie enfanta la critique,
    Aliment des cœurs pervertis.

La satire est souvent fille de la bassesse et de la médiocrité.

A l'oreille du juste, aux talens, au courage,
Que font les cris fangeux du jaloux détracteur ?
Le serpent siffle au pied du cèdre qui l'ombrage,
    Sans en ébranler la hauteur.

Bravez le vain critique, offrez-lui vos ouvrages :
La plante salutaire irrite le poison.
Le chêne, dont la cime affronte les orages,
    Dédaigne la paix du ciron.

Si la saine critique est toujours utile, la fausse critique est souvent malveillante.

Tel qu'au marais impur sont les fruits de la terre,
Tel au lâche Zoïle est l'éclat des talens :
C'est l'insecte agité qui s'attache au parterre,
    Aux fleurs, à l'odorat des champs.

Le lustre du génie est né de la censure,
Aventurière enfant d'un auteur dédaigné.
L'ouvrage offensé brille et vit de sa blessure :
    Tout meurt dans l'ouvrage épargné.

En bannissant l'orgueil, opprobre de la vie,

Des parfums du pouvoir l'odorat imposteur,

Opposez aux tourmens, aux forfaits de l'envie

    Le magnanime admirateur.

Coloris des Zeuxis, ame des Praxitèle,

Eternisez l'éclat des sublimes vertus ;

Montrez la France libre et sa gloire immortelle,

    Des trônes tremblans abattus.

Rattachez au bienfait son charme et sa puissance;

Rapprochez du malheur l'espoir et l'équité ;

Relevez les autels de la Reconnaissance,

    Et ceux de la Fidélité.

Pour signaler le crime et l'audace impunie,

Au brasier des vertus allumez vos flambeaux ;

Dans la sombre couleur qui peint la tyrannie

    Retrempez vos hardis pinceaux.

Dédaignez le regard des maîtres de la terre ;

Qui brave le présent, commande à l'avenir ;

La victime survit au sanglant cimeterre,

    S'illustre dans le souvenir.

L'admiration des talens d'autrui est le propre d'une belle ame.

Talens réparateurs, bravez le despotisme :
Le fer d'Oppimius embellit vos destins :
Des Gracches succombant brille encor l'héroïsme,
    Père des généreux desseins.

Présentez Empédocle, Aratus, Parménide,
Préférant au pouvoir l'illustre obscurité.
Ah ! r'ouvrez au penseur l'antre d'Epiménide :
    Loin de l'homme est la vérité.

Montrez des rangs humains les bruyantes chimères;
De vos humbles réduits le calme indépendant,
De l'éclat usurpé les rayons éphémères,
    Et votre durable ascendant.

Sous la bure, admirez le lin de la sagesse :
Souvent le haillon couvre un talent créateur.
Les dehors fastueux annoncent la bassesse,
    Le vide, le poison du cœur.

Le luxe est
la source de
tous les maux.

Le luxe est l'ennemi des ames magnanimes :
Le théâtre du luxe est celui des pervers.
Du luxe corrupteur naquirent tous les crimes;
    Le luxe a forgé tous les fers.

Cet art, vénal enfant de Tyr et de Carthage,
Que chante l'oppresseur, l'ignoble avidité ;...
Cet art qui sur le monde a semé l'esclavage,
Les forfaits, la déloyauté...

Cet art qui cherche l'or, et répand la misère,
Le commerce ! avilit et l'homme et les états ;
Le commerce a rendu l'honnête homme improspère ;
L'opprobre en dirige les pas.

Ce n'est plus le travail, l'équitable industrie
Qui suffit à nos vœux, au besoin mesuré ;
C'est l'oubli des vertus, des arts, de la patrie,
De l'honneur, autrefois sacré.

Rousseau, le Tasse, Homère, astres d'intelligences,
Qui traversez le tems sur le sommet chéri,
Etalez vos grandeurs, dites vos jouissances
A l'inepte opulent flétri.

Le haillon du talent éclipse l'or servile ;
Aristide a son temple ; Argire est ignoré.
Le Crésus vit dans l'ombre ; et le flambeau d'Emile
Plane sur le tems révéré.

Demi-dieux bienfaisans, redites-moi vos veilles ;
Confidens du ciel même, interprétez sa loi.
D'un autre créateur, muet, dis les merveilles :
    Combien l'art est sublime en toi !

Allusion au bienfaiteur des sourds-muets l'abbé de l'Epée.

Muse de feu, 1 terreur de la fourbe romaine ;
Gloire de ton pays, fidèle Wasinghton ;
Genévois trop sensible, 2 ame de l'ame humaine ;
    Sublime et sage Fénélon ;

(1) Voltaire.

(2) Jean-J. Rousseau.

Oracle de Thémis ; 3 favori de Mercure ; 4
Penseur Helvétius ; lumineux d'Alembert ;
Arbitre des états ; 5 peintre de la nature ; 6
    Humain et généreux Colbert,

(3) Montesquieu.
(4) Mirabeau.

(5) Mably.
(6) Buffon.

Reportez sur son char la morale offensée :
Ainsi que sur mon cœur, régnez sur les mortels ;
Gouvernez l'univers ainsi que ma pensée :
    C'est à vous qu'il doit des autels.

Le sceptre du pouvoir n'appartient qu'au génie :
L'inepte au rang suprême en ternit la splendeur.
L'ignorant élevé vit pour l'ignominie :
    Le talent vit pour la grandeur.

Ascendant du génie.

Tous les maux des humains sont fils de l'ignorance:
La gloire et la vertu sont filles du talent.
Pour l'immortalité brille l'intelligence:
    L'inepte vit pour le néant.

Gloire du poète.

Régnez, fils d'Apollon; régnez sur les monarques:
Régnez en immortels aux sommets glorieux.
Régnez: votre grandeur n'est point soumise aux Parques;
    Votre empire est celui des dieux.

L'empire d'Apollon est celui de la gloire:
La gloire de la lyre illustre les guerriers.
Les guerriers illustrés sont enfans de l'histoire:
    L'histoire assure les lauriers.

Lauriers purs, lauriers saints, commandez à l'histoire:
Embrase, feu sacré, délire inspirateur;
Souffle auguste et suprême, alimente la gloire
    Qui survit au tems destructeur.

Impassibilité du sage.

Règne, essence des dieux, sagesse indélébile;
Soumets ces univers qui rampent tourmentés:
Règne, impose la loi, lève un front immobile
    Au sein des pervers agités.

Mais, qu'entends-je? Effrayé, le soutien de l'église
Appelle sur mon front les foudres menaçans ;
Contre mon œuvre saint le prêtre dogmatise,
    Arme le glaive des puissans.

Ils viennent : réunis pour juger le profane,
Ils demeurent frappés d'un rayon lumineux :
C'est le souffle divin, qui n'absout, ne condamne
    Que par l'ordre émané des dieux.

Les rois de l'Europe tiennent conseil sur la Liber-téide, et prononcent en sa faveur.

Leur temple est l'humble bord d'une onde libérale,....
Sous le ciel, sur la terre, asile de chacun !
Temple saint que remplit la voix patriarchale,
    Et l'œil de l'arbitre commun.

Recueillis, ils ont vu... les nations plaintives !
Et des Bourbons errans l'aspect implorateur !
Et ces fumans débris des grandeurs fugitives,
    Et l'avenir contemplateur.

Loin d'eux ils ont banni cette cour fastueuse,
Ces dômes, ces palais, ces rubis, ce vermeil,
Des suaves parfums l'odeur voluptueuse
    Qui vient troubler le doux sommeil.

A d'aveugles humains la lumière est rendue :
Ils briguent notre amour, et non de vains autels ;
Ils sont hommes, enfin, et, fixant l'étendue,
    Ils ne s'élèvent qu'en mortels.

Le pontife n'est point dans la métamorphose :
Monarque de l'erreur, il en défend les droits ;
Abusé de lui-même, il importune, il ose
    M'interpeller devant les rois.

« Disciple du démon, quelle audace t'inspire ?
« Qui limita nos droits, commanda nos revers ;
« Qui brave notre érèbe, affaiblit notre empire ;
    « Trouble l'ordre de l'univers.

« C'est un serpent nouveau qui lance ses ravages :
« Enchaînez son délire, augustes souverains ;
« Dans son livre est caché le germe des orages ;
    « Le prétendu droit des humains.

« Penser !.. c'est nous trahir, c'est armer le blasphème.
« Sur l'insecte coupable appesantissez-vous :
« Le repos des états, l'appui du diadême
    « Est dans l'implacable courroux...

« Ce refrain, 1 vil enfant d'une muse bizarre,
« Ce refrain monstrueux que la fièvre a conçu,
« Ce refrain criminel, extravagant, barbare,
    « Recèle un but inaperçu...

(1) Le refrain de la Libertéide.

Il dit. Avec fureur applaudit le sectaire,
Le suppôt des traitans, l'esclave chamarré,
Le pédant lycéen, le vénal pamphlétaire,
    L'envie à l'œil défiguré.

Sans peine, sans plaisir, au sein de l'assemblée,
Ma muse est impassible et fière de ses droits;
Mon ame impétueuse, indépendante, ailée,
    Plane sur le tems et les rois.

Irrité, Ferdinand 2 expose tout mon crime;
Coulent à son appui les pleurs d'Emmanuel : 3
Mais Achmet 4 pense,... Achmet, inspiré, magnanime,
    Parle en vrai fils de l'Éternel.

(2) Roi de Naples.

(3) Roi de Sardaigne.

(4) Grand sultan.

« Régnons par la clémence, et non par la colère:
« Le bandeau ne ceint plus l'humble front des humains;
« Ces prestiges menteurs qu'adorait le vulgaire
    « Se sont échappés de nos mains.

« Si le sceptre a des dieux, ils sont dans la prudence :....

« Nos maux sont dans l'erreur; cherchons la vérité.

« Que le trône affermi soit une providence,

  « Aveugle en son immensité.

« Oublions ce mortel dont l'ame est offensée ;

« Qu'il élève ses chants, son trépied, sa candeur :

« L'homme est roi par son œuvre, et dieu par la pensée;

  « Rendons hommage à sa grandeur.

(1) Autocrate de toutes les Russi s.
(2) Le pape.
(3) L'empereur d'Allemagne.
(4) Le roi de Prusse.
(5) Le roi d'Angleterre.
(6) Le roi d'Espagne.

Alexandre 1 s'écrie, en fixant le saint père : 2

« Par nos seules vertus enchaînons les esprits. »

Et François, 3 Frédéric, 4 l'Hanovrien, 5 l'Ibère 6

  Respectent l'homme et ses écrits.

S'éclipse le sénat, étonné de lui-même :

Les rois vont sur le trône asseoir enfin l'honneur,

Cet amour du vrai bien, cette équité suprême,

  Qui fonde et répand le bonheur.

FIN DU QUATRIÈME ET DERNIER CHANT.

TABLE

DES MATIÈRES

DE

LA LIBERTÉIDE.

PHASE DEUXIEME.

PHASE TROISIÈME.

PHASE SEPTIÈME.

PHASE HUITIÈME.

Rewbell, Barras et Réveillère-Lépaux, directeurs, font arrêter et déporter leurs

F I N.

TABLE

DES MATIÈRES

DES

CHANTS DU PHILOSOPHE.

CHANT QUATRIÈME.

FIN DE LA TABLE.